青春ブタ野郎はロジカルウィッチの夢を見ない

鴨志田一

イラスト 溝口ケージ

「さっきまで着てた服は、洗ってもいいよな？」
梓《あずさ》川《がわ》咲《さく》太《た》
県立峰ヶ原高校の2年生。人気タレントの麻衣とお付き合いしている。
青春QUESTION 01
ふたりになった理央の片方をかくまうことに……
これって同棲？

双《ふた》葉《ば》理《り》央《お》
峰ヶ原高校2年生で、科学部。
咲太との共通の友人である
佑真に思いを寄せる。
「梓川は見るな！
触るな！ 出て行け！」

「おいしいです！
ふわふわしてます」
梓《あずさ》川《がわ》かえで
今年15歳になる咲太の妹。
いじめが原因で家から
出られなくなった。

「おはよう、かえでちゃん」
青春QUESTION02
麻衣まで梓川家に泊まり込み。
新婚生活ってこんな感じ？
桜《さくら》島《じま》麻《ま》衣《い》
県立峰ヶ原高校3年生で、人気タレント。超多忙な日々を送る咲太の彼女。

牧《まき》之《の》原《はら》翔《しょう》子《こ》
拾った子猫を咲太に預けた
12歳の中学1年生。子猫の様子を
見にたびたび梓川家を訪れる。
青春QUESTION 03
初恋の女子高生と同じ名前・同じ顔の女子中学生。
これって一体どういうこと？

「きゃっ、きゃあ！」
シャワーは翔子の全身を
容赦なく濡らしていく。

デザイン　木村デザイン・ラボ

青春ブタ野郎はロジカルウィッチの夢を見ない

鴨志田一
イラスト 溝口ケージ

――ねえ、キスしよっか

そう言って僕《ぼく》をからかってきた当時高校生だったはずの彼女は、二年後に再会すると中学生になっていた。

つまるところ、一体全体これはどういうことなのだろうか。

第一章

不思議が不思議を呼んできた

1

その日、梓川咲太《あずさがわさくた》は夢を見た。

昔の夢……とは言っても、二年ほど前のこと。

咲太が中学三年生だった頃《ころ》の出来事。

謎《なぞ》の三本傷が胸に刻まれ、血まみれで病院に運ばれてから十日が経過していたあの日……担当医の困った顔も見飽きていた咲太は、病院を抜《ぬ》け出《だ》して近くの駅から電車に乗った。

行き先は別にどこでもよかった。なんとなく海に行こうと思ったのは、昨日ヒマ潰《つぶ》しに見ていたTVドラマの登場人物が、海でたそがれていたのを思い出したからだ。

気分が沈んでいるときは、そうすればいいんだと思えた。

そうしてやってきたのが七里《しちり》ヶ浜《がはま》の海岸。砂浜に下りると、意外と力強い波の音が聞こえてきた。波打ち際までゆっくりと歩く。

潮の香《かお》りを含《ふく》んだ海辺特有の風。昼下がりの日差しは心地よい。海面には太陽へと続く光の道が生まれている。そのはるか彼方……空気が透《す》き通《とお》っているのか、水平線がはっきりと見えた。

海と空の境目をしばらく見ていると、隣《となり》に人の気配がした。

「知ってますか？　人の目の高さから見える水平線までの距離《きょり》は、約四キロメートルなんですよ」

透明感《とうめいかん》のある声。音色はか弱いのに、はっきりと意思のこもった凛《りん》とした声だった。

「……」

ちらりと横を確認する。風に揺《ゆ》れる髪《かみ》を手で押《お》さえた制服姿の女子高生が立っていた。ベージュのブレザーに、紺色《こんいろ》のスカート。砂の上に裸足《はだし》で立っている。

面識のない女子高生。名前を知らない女子高生。

咲太の視線に気がつくと、彼女は悪戯《いたずら》っぽく微笑《ほほえ》んだ。

一応、周囲を確認したが、咲太以外の人影《ひとかげ》はない。犬の散歩をしている老夫婦が遠くに見えたくらい。咲太が話しかけられたという解釈《かいしゃく》で間違《まちが》いはなさそうだった。

「この辺の人って、みんなそうなんですか？」

「ん？」

質問の意図が伝わらなかったのか彼女は首を傾《かし》げている。

「見ず知らずの人に、突然《とつぜん》話しかけたりするんですか？」

この一帯は海辺の観光地だ。西に江《え》の島《しま》、東には鎌倉《かまくら》がある。だから、外から訪れた人に対して、もてなそうというやさしい文化を築いているのかもしれない。

「あ、もしかして、わたしのこと、変な人だと思ってます？」

「いえ」

「よかった」

ほっと、彼女が胸を撫《な》で下《お》ろした。

「ウザい人だと思ってるだけです」

「それ、女子高生に禁句です。ウザい、ダサい、空気が読めないは三大禁句」

両手を腰《こし》に当てたポーズで、彼女が頬《ほお》を膨《ふく》らませる。お冠《かんむり》のようだ。

「なら、イタイ人で」

「それは四番目」

恨《うら》めしそうに彼女は不機嫌《ふきげん》な顔を向けてくる。

「少年は、随分《ずいぶん》とやさぐれているようですけど、何か嫌《いや》なことでもあったんですか？」

「さっきの話」

彼女からの質問は無視して、咲太《さくた》はそう切り出した。こうした態度のせいで、出会ったばかりの女子高生に、やさぐれているなどと言われたのだろう。

「はい」

それでも、彼女は嫌な顔ひとつしない。にっこりと微笑《ほほえ》んでいる。先ほどからその表情はコロコロと変わっていた。

「水平線までの距離《きょり》の話です」

そんな彼女の前で、咲太は憮然《ぶぜん》としたままだった。

「約四キロメートルって本当ですか？」

「意外と近くてびっくりですよね」

彼女は砂浜に落ちていた細い木の枝を拾うと、湿《しめ》った砂の表面に円を描《か》いた。その円の上に、今度は丸と棒で構成された人の絵を追加する。最後に、丸と棒の人間から円の縁《ふち》に接するように一本の直線を引いた。

「高校の数学で教わる直線と円の式を使えば、水平線までの距離は簡単に導き出せます」

砂の黒板に、彼女は数式を書いてくれたが、それは長く伸びてきた波にさらわれて消えてしまった。慌《あわ》てて、彼女も波打ち際から一歩下がる。

「……」

咲太はもう一度水平線を見据《みす》えた。先ほどははるか遠くに思えていたそれが、不思議と今は近くに見える。

「次はわたしの質問に答えてもらう番ですね」

言われた瞬間《しゅんかん》は、やはり無視をしようかと思った。だが、結論から言えば、咲太はこのあと海にやってきた理由を彼女に話していた。

「僕《ぼく》は――」

はじめは妹がいることを伝えた。次に、その妹が中学でいじめに遭《あ》ったことを話した。

一度口を開くと、言葉は次から次へと出てくる。

いじめを切《き》っ掛《か》けに、妹の体に謎《なぞ》の痣《あざ》や切り傷ができたこと。酷《ひど》く傷付いた妹に対して、自分は何もしてあげられなかったこと。挙句、わけのわからない傷が自分の胸にもできたこと。何もかもが上手くいかなくて……全身に伸《の》し掛《か》かる無力感から逃《に》げ出《だ》すように、今日はここへ来たこと。それらを全部話した。

同情が欲しかったわけでもなければ、慰《なぐさ》めの言葉を期待したわけでもない。話を聞けば、突《とつ》然《ぜん》現れたお節介《せっかい》な女子高生もドン引きしていなくなると思っていた。そういう意地悪な気持ちが咲太《さくた》の口を割らせた。それくらい、このときの咲太は突然話しかけてきた彼女が言った通りで、とにかくやさぐれていたのだ。

「そんなことがあったんですね」

驚《おどろ》いたことに、すべてを聞き終えたあとでも、彼女は困惑《こんわく》の表情を見せなかった。同情もなければ、慰めもない。胸の傷に関しての言及もしてこなかったし、話を嘘《うそ》だと疑うようなこともなかった。ただ、右手を差し出して、

「わたしは、牧之原翔子《まきのはらしょうこ》です。牧之原サービスエリアの牧之原に、大空を翔《かけ》る子の翔子。少年の名前は？」

と言ってきた。

「僕《ぼく》は……」

咲太は反射的に口を開いていた。躊躇《ためら》いながらも、握手《あくしゅ》に応じようと手が伸びる。だが、翔子の手を摑《つか》む寸前で、夢は終わりを迎《むか》えた。

夢の中では空《から》振《ぶ》りに終わった咲太の手が何かに触《ふ》れる。手のひらに収まる丸くてやわらかい感触《かんしょく》……。

続けて、咲太は体に覆《おお》い被《かぶ》さる人肌《ひとはだ》のぬくもりを感じた。少し汗《あせ》ばんだ柔肌《やわはだ》が、右半身にぴったり張り付いている。

ふにっとした感触と、重さから考えるに女の子。

ぼんやりと思考していると、今度は唇《くちびる》を舌でなめられた。

ゆっくりと目を開ける。

白くてふわふわした愛くるしい生き物が、咲太の目の前にいた。ちょっとざらついた舌でなおも咲太の顔をなめてくるのは、白い毛並みの子猫《こねこ》。

わけがあって、二週間ほど前……一学期の最終日から咲太の家で預かっている子猫だ。

とりあえず、顔の上から白い子猫を下ろした。

ただ、これではまだ起き上がれない。もう一匹……いや、もうひとり咲太に覆い被さっている大きな生き物がいる。

パンダ。もといい、パンダ柄《がら》のパジャマを着た妹のかえでだ。今年で十五歳のお年頃《としごろ》なのだが、時々こうして咲太《さくた》のベッドに潜《もぐ》り込《こ》んでくる。

そのかえでの胸元には、梓川家《あずさがわけ》の飼《か》い猫《ねこ》であるなすのがいた。メスの三毛猫。先ほどから咲太の右手が感じていたやわらかい感触《かんしょく》の正体は、どうやらなすのの丸いお尻《しり》だったようだ。うっかり、妹の胸を触《さわ》ったりしなくてよかった。

なすのから手を離《はな》すと、咲太はすぴ～っと寝息《ねいき》を立てるかえでの鼻を指で摘《つま》んだ。

「むっ」

一瞬《いっしゅん》、苦しそうな顔をするかえで。だけど、すぐに口を開けて酸素《さんそ》を確保する。口も塞《ふさ》いでやろうかと考えたが、お年頃《としごろ》の妹にする行為《こうい》ではないと思いやめておいた。

「かえで、起きろ」

「ん？　あ、お兄ちゃん、おはようございます」

目元をこすって、かえでがあくびを嚙《か》み殺《ころ》す。

「何度も言っているが、僕のベッドに潜り込むのはやめなさい」

「お兄ちゃんが、禁断の愛に目覚めてしまうからですか？」

「違《ちが》うな」

「大丈夫《だいじょうぶ》です。お兄ちゃんが望むなら、かえではどこまでも堕《お》ちていきます！」

「ただただ暑いからやめてほしいんだ」

季節は夏。人肌《ひとはだ》のぬくもりなどちっとも恋しくない時期。むしろ、なるべく人と触《ふ》れ合《あ》いたくないシーズンだ。

もちろん、お付き合いをしているひとつ年上の彼女……桜島麻衣《さくらじままい》だけは例外。むしろ、オールシーズン触れ合っていたい。

だが、世の中とは思い通りにはいかないもので、麻衣とはスキンシップのない日々が続いている。それ以前に、夏休みがはじまってから数えるほどしか会っていない。

芸能活動を再開した麻衣は、ドラマ撮影《さつえい》、CM撮影、さらに、ファッション雑誌の表紙モデルや、そのインタビュー、番組の宣伝イベントなどに引っ張りだこで、芸能人として充実《じゅうじつ》した日々を送っているのだ。

夏休みがはじまる前は、「半分くらい仕事」と言っていたのに、スケジュールは瞬《また》く間に埋《う》まってしまっていた。殆《ほとん》どオフのない状態だ。

「はあ……」

だから、落胆《らくたん》のため息のひとつやふたつは零《こぼ》れる。

「どうしたんですか、お兄ちゃん」

「かえで、今日が何月何日か知ってるか？」

デジタルの目覚まし時計で日付を確認したかえでは、

「八月二日です」

と、律儀《りちぎ》に教えてくれた。

「つまり、夏休みは二週間ほど経過したわけだ」

「そうですね」

「なのに、麻衣《まい》さんと全然イチャイチャしていない」

「なら、かえでとイチャイチャしますか？」

ここぞとばかりに、かえでが顔を寄せてくる。

「いや、しないな」

未だに離《はな》れる気配のないかえでごと、咲太《さくた》は無理やり起き上がった。

「かえでの何が不満なんですか⁉」

ぐいっとかえでが身を乗り出してくる。危うく押《お》し倒《たお》されそうだったので、咲太はさっさとベッドから立ち上がった。

「今日はやけに必死だな」

「今、かえではかえで史上最大のピンチなんです」

「なんだそりゃ」

「一日も早く妹道を極めないといけないんです！」

力強くかえでが自分の言葉に頷《うなず》いている。

妹道とはなんだろうか。剣道《けんどう》や柔道《じゅうどう》の親戚《しんせき》だろうか。いや、同列に並べたらそれぞれの団体から苦情の電話が来そうだ。

そんなどうでもいいことを考えていると、インターフォンが鳴った。時計を見ると午前十時を示している。だから、誰《だれ》が来たのか、咲太は出る前にわかった。

この時間にやってくるのは彼女しかいない。

「はいはい、今、行きますよ」

大きなあくびをしながら、咲太は来客を出迎《でむか》えるために玄関《げんかん》へと向かった。

訪ねて来たのは、清楚《せいそ》な佇《たたず》まいのひとりの少女。白のワンピースは、彼女の清らかさをより引き立てている。

年齢《ねんれい》は十二歳。中学一年生。顔立ちには年相応の幼さが残っているが、「こんにちは。お邪《じゃ》魔《ま》します」と言って頭を下げる仕草は妙《みょう》に落ち着きがあって大人びている。物腰《ものごし》が丁寧《ていねい》で礼儀《れいぎ》正しい。

靴《くつ》を脱《ぬ》いで玄関を上がった少女……牧之原翔子《まきのはらしょうこ》の足元に、咲太の部屋から出てきた白い子猫《こねこ》が駆《か》け寄《よ》っていく。背中をすりすりとこすり付けていた。

「今日はご飯がまだなんだ」

「あ、でしたら、わたしがあげてもいいですか？」

「なすのの分も一緒《いっしょ》にお願い」

「はい」

うれしそうに翔子《しょうこ》が微笑《ほほえ》む。

その翔子をリビングへ案内する。足元には、子猫《こねこ》がじゃれついていた。

「お兄ちゃん、ちょっと来てください」

自室の前を通り過ぎたところで、かえでから手招きをされた。先に翔子をリビングに通してから、咲太《さくた》はかえでのもとへ戻《もど》った。

「なんだ？」

「お兄ちゃんは、妹は若い子の方がいい人ですか？」

若干、泣きそうな顔。

「なんだ、その質問は」

「清楚《せいそ》で礼儀《れいぎ》正しい妹がいいんですか？」

かえではちらちらとリビングの方を気にしている。どうやら、これがかえでにとって、かえで史上最大のピンチということのようだ。

「妹はかえでひとりいればいい人だな、僕《ぼく》は」

「ほ、本当ですか」

「むしろ、なんだと思われてるんだ、僕は……」

「で、では、翔子さんは、お兄ちゃんにとってなんなんですか？」

「……なんなんだろうな」

予想外の出会いから約二週間。色々な推測はしたが、『牧之原《まきのはら》翔子』という存在に対する疑問の答えは何ひとつ出ていない。

ただの同姓同名。そう考えるには顔立ちが似すぎているし、姉妹や親戚《しんせき》という筋は、名前が一緒《いっしょ》の時点で成り立たないはず。少なくとも、翔子の方は咲太を知らなかったので、二年前に出会った牧之原翔子ではないのだろうと咲太は思っている。それでも、やはり、今も猫の世話をしている中学一年生の翔子は、二年前に咲太が出会った高校二年生の牧之原翔子と外見の上ではよく似ていた。別人とは思えないほどに……。

そうなると、見えてくる可能性はひとつ。

なんらかの思春期症候群《しようこうぐん》による影響《えいきよう》。ネットの掲示板《けいじばん》で話題になっている普通《ふつう》では考えられないような眉唾物《まゆつばもの》の超常現象《ちようじようげんしよう》。『突然《とつぜん》、目の前から人が消えた』とか、『他人の心の声が聞こえた』とか、都市伝説のようなもの。ただ、それが単なるネット上の噂話《うわさばなし》でないことを咲太は知っている。今年になってからすでに二件も咲太は経験していた。ひとつは麻衣《まい》の件で、もうひとつは後輩《こうはい》の古賀《こが》朋絵《ともえ》の件だ。

それと似た現象が、翔子にも起きている可能性がある。今起きていることなのか、二年前に起きていたことなのかはわからないが……。

「あの、咲太さん」

考え事をしながら、翔子の後ろ姿を見ていた咲太は、振《ふ》り向《む》いた彼女とばっちり目が合った。

「ん？」

「その、ごめんなさい」

「なんのこと？」

「この子のことです」

キャットフードを食べる子猫《こねこ》の背中を翔子《しょうこ》がやさしく撫《な》でる。

「引き取りたいと言っておきながら、なかなか両親に言い出せなくて……」

子猫の隣《となり》になすのがやってくる。

「必ずお父さんとお母さんには話しますので、もう少し待ってください」

それが今なお公園で拾った子猫が咲太《さくた》の家にいる理由だ。

「ご両親は厳しい人？」

「わたしにはとてもやさしいです」

「動物が苦手とか？」

「好きだと思います。動物園に行ったときには、わたしと一緒《いっしょ》になってはしゃいでいました」

「さては、猫アレルギー？」

「いえ」

と、翔子は首を横に振《ふ》る。

「実は家が飲食店を営んでいるとか？」

衛生面の問題や、それこそ猫アレルギーの客への配慮《はいりよ》という可能性もある。

「父は会社員で、母は専業主婦の一般的《いっぱんてき》な家です」

「なるほど」

これ以上は、尋問《じんもん》のようになりそうだったので、咲太《さくた》はやめておいた。

けれど、翔子《しょうこ》の方から、

「わたしが『猫《ねこ》を飼《か》いたい』と言ったら、お父さんもお母さんも絶対に反対はしないと思います」

と、わずかに表情を曇《くも》らせて言ってきた。

なんだか妙《みょう》な言い回しだ。だから、当然その理由は気になったが、咲太はあえて追及はしなかった。はっきり言えることなら、翔子は最初から今のような言い方を選ばなかったはずだ。

「でも、だから、言い出せなくて……」

またよくわからないことを言ってくる。

「そっか」

「ごめんなさい。よくわからないですよね」

「ああ、さっぱり」

咲太が思った通りに答えると、翔子は何がおかしかったのか、くすくすと笑い出した。

「ま、しばらくはこのままでもいいよ。なすのも喜んでるし」

子猫の顔をなすのがなめてあげている。

「牧之原《まきのはら》さんもここで猫の世話の練習をしておけばいいし」

「はい」

「そういや、名前は決めた？」

「はい、決めました」

ぱっと笑顔になって翔子が頷《うなず》く。

「……」

「……」

けれど、続きの言葉は出てこない。

「教えてはくれないんだ」

「え？　あ、そうですよね。……あの、笑わないでくださいね」

「そんな面白い名前なのか」

「い、いいえ、普通《ふつう》だと思いますけど……『はやて』です」

子猫は翔子の方を見て、怪訝《けげん》そうに首を傾《かし》げていた。自分の話をしているのだということは、なんとなくわかっているのかもしれない。

「白くてしゅっとしているので、『はやて』って感じだと思いました」

「いいね。なすのと東北仲間だ」

「東北仲間？」

新幹線の名前繋《つな》がりなのは、伝わらなかったようだ。わざわざ説明するほどのことでもないので、「なんでもない」と言って咲太《さくた》は軽く流した。

それから、しばらくは猫《ねこ》とじゃれ合っていた翔子《しょうこ》だったが、何かに気づいて顔を上げた。

「あの」

上目遣《うわめづか》いで咲太を見ながら、声をわずかに潜《ひそ》めている。

ちらりと横に流れた視線は、咲太の後ろ……部屋のドアの隙間《すきま》から咲太と翔子の様子を窺《うかが》っているかえでに向けられていた。

「わたし、かえでさんに嫌《きら》われているんでしょうか？」

「あれが全人類に対するかえでの標準的な反応だから気にしなくていいよ」

「いえ、気になります」

ごもっともな意見が返ってきた。言われてみれば確かに気になる。

「かえで、今日の分の勉強は終わったのか？」

「わからないところがあるので、お兄ちゃんに教えてほしいです」

「なら、こっちに来なさい」

数学の教科書を胸に抱《かか》えたかえでが恐《おそ》る恐《おそ》る部屋から出てくる。すぐに咲太の背中に張り付いてきた。

「この状態で、どう教えればいい？」

「ここです」

後ろから、顔の前に教科書が差し出される。因数分解の問題。計算式はきちんと書き込まれていて、分解する問題も、式をまとめる問題もちゃんとできている。

「どこがわからないのか、僕《ぼく》にはわからないんだが」

「因数分解が、人生のどの段階で活躍《かつやく》するのかわからないんです」

「たとえば、入りたい高校の入学試験で活躍するな」

咲太の人生の中で、因数分解が役に立った唯一《ゆいいつ》の場所だ。

「わかりました」

納得した様子で、かえでは教科書に「試験で活躍！」とメモを取っている。本当にわかったのだろうか。今の答えでよかったのだろうか。もっと根本的なことをかえでは聞いてきたのだと思うが、そんな難題に咲太が答えられるわけがない。咲太としても、微分積分《びぶんせきぶん》が何の役に立つのか知りたいくらいだ。あと、三角関数。一体、誰《だれ》が考え出したのだろうか。サイン、コサイン、タンジェント……。

そんなことを考えていると、翔子から視線を感じた。

「どうかした？」

咲太の方から先にそう問いかける。

「わたしも、ここで宿題をしてもいいですか？」

「夏休みの宿題？」

「はい」

「いいよ。こっちのテーブル使って」

ＴＶの前のテーブルを勧《すす》める。

「ありがとうございます」

翔子《しょうこ》は丁寧《ていねい》にお辞儀《じぎ》をしてから、ぺたんと床に座り込んだ。トートバッグの中から宿題のプリントを取り出す。翔子も数学の宿題のようだ。簡単な一次方程式の解を求める計算問題。それが全部で二十問ほど並んでいる。集中してやれば、十五分くらいで終わりそうな感じ。けれども、プリントの問題を前にして、シャーペンを握《にぎ》った翔子は硬直《こうちょく》していた。最初の問題は『$3x=9$』だ。両辺を『3』で割って、『$x=3$』にするだけのはずだが、翔子の手はぴくりとも動かない。

そのまま一分が経過。

やっと動いたかと思ったら、翔子の手はトートバッグの中に伸びた。数学の教科書を引っ張り出す。開いたページはもちろん一次方程式について書かれたところ。読み進めるにつれて、表情は困惑《こんわく》に歪《ゆが》んでいった。

「教えようか？」

「……」

声をかけると、少し驚《おどろ》いた様子で翔子が顔を上げた。

「苦戦してるようだし」

「だ、大丈夫《だいじょうぶ》です。できると思います」

再び、翔子は教科書とにらめっこをはじめる。

五分ほど粘《ねば》ったあとで、プリントの一問目に着手。両辺を『3』で割って、『$x=3$』を導き出した。

確認するように翔子が上目遣《うわめづか》いで咲太《さくた》を見てきたので、

「正解、よくできました」

と言ってあげた。

その後は、すらすらと問題を解いていく。一次方程式がどういうものか理解したらしい。迷いが殆《ほとん》どない。でも、だからこそ、咲太は不思議に思った。翔子の様子は、授業で学んだ内容を思い出したという風には見えなかったからだ。どちらかと言うと、はじめて見る問題を、今、理解したという印象。

そのまま最後まですらすらと問題を解き終えてしまった。

「あのさ」

プリントをトートバッグにしまった翔子が真っ直ぐに見上げてくる。『人の話を聞くときは相手の目を見ましょう』という小学校での教えを忠実に守っている。

「変なこと聞いてもいい？」

「えっと……」

わずかに翔子《しょうこ》が警戒《けいかい》を見せる。というか、なぜだか頬《ほお》を赤く染めた。

「えっちな質問ですか？」

「いや、違《ちが》うな」

「そ、そうですか」

どうしてそう思ったのかは気になったが、脱線《だっせん》すると本題を聞きそびれそうだったので、咲《さく》太《た》はさっさと切り出すことにした。

「牧之原《まきのはら》さんって、お姉さんいる？」

「いえ」

「親戚《しんせき》によく似た人は？」

「いえ、いないと思います……」

濁《にご》した語尾からは、どうしてそんなことを尋《たず》ねてくるのかという疑問が窺《うかが》い知《し》れた。

「前にさ、牧之原さんによく似た人に会ったことがあってね。ま、その人は牧之原さんより年上なんだけど……もしかしたら、お姉さんとか、親戚なのかと思ったわけ」

「わたしは一人っ子なので」

「そか」

「年上ってどれくらいですか？」

「ん？」

「その、わたしによく似ていたという人です」

「二年前に会ったときに高校二年生だったから、進学してたら大学一年生……今年十九歳ってことかな」

「十九歳……」

　ぽつりと翔子がそうもらした。何か意味がある数字には思えなかったが、何か意味があるように呟《つぶや》いたようにも思えた。気のせいだろうか。

「どうかした？」

「あ、いえ……大学生の自分が全然想像できなかったので、どんな風になるのかと思ったんです」

　まだ中学に上がったばかりではそれが自然だろう。

「大丈夫《だいじょうぶ》。高校二年の僕《ぼく》にも、大学生の自分は想像できない」

「咲太さんは、そろそろ想像できた方がいいと思います」

　遠慮《えんりょ》がちに翔子は正しい指摘《してき》をしてきた。

「確かにその通りだなあ」

それからしばらくは他愛のない話をして、十二時前に翔子《しょうこ》は席を立った。いつも通りの時間。マンションの下まで見送り、別れ際には、

「明日はなすのがお風呂《ふろ》の日だから、なすのでお風呂の練習をしよう」

と約束をした。まだ小さいはやては、体温調節が苦手なためお風呂はお預けだ。

「それでは、はやてのことお願いします」

ぺこりと頭を下げてから、翔子は小さく手を振《ふ》って歩き出す。遠ざかっていく背中を見ながら、

「本日も、二年前の件については進展なしか」

と、咲太《さくた》は呟《つぶや》いた。

「双葉《ふたば》に、相談しとくかな」

エレベーターに乗り込むと、そんな独り言を口にしていた。

2

翔子と別れたあと、シフトの時間より少し早めに家を出た咲太は、真っ直ぐバイト先のファミレスには向かわずに、駅前の家電量販店《りょうはんてん》の建物に足を踏《ふ》み入《い》れた。

最新のスマホがずらりと並んだフロアを通《とお》り抜《ぬ》けてエスカレーターで上を目指す。オーディ

オフロア、白物家電フロアには見向きもせずに、ひたすら上へ。

七階に到着《とうちゃく》すると雰囲気《ふんいき》は一変した。この階と上の八階は品揃《しなぞろ》えの豊富な書店になっているのだ。

広いフロアには整然と本棚《ほんだな》が並び、隙間《すきま》なく本で埋《う》められている。専門書を扱《あつか》う七階は客の年齢層《ねんれいそう》が高く、落ち着いた雰囲気がある。どこかの図書館のようですらあった。

その中を、咲太は本棚と本棚の間を確認しながら歩いた。

別に探している本があるわけではない。

翔子が帰ったあと、彼女のことを相談しようと思い、同級生である双葉理央《りお》に連絡《れんらく》したところ、

「今、家電量販店の上の本屋にいるから出てきたら」

と言われたのだ。

その理央の姿はどこにも見当たらない。てっきり、物理学の本が並んだコーナーにいると思っていたのだが、その前にいたのは、髪《かみ》を結った峰《みね》ヶ原《はら》高校の制服を着た別の女子生徒だった。

仕方がなくフロアをぐるりと一周する。やはり、理央は見つからなかった。

「こういうとき、ケータイあると便利だよな」

メールにしろ、電話にしろ、無料通話アプリのメッセージにしろ、リアルタイムで居場所を確認できる。

もう一周しようかと物理学の本棚《ほんだな》の脇《わき》を通《とお》り抜《ぬ》けると、

「梓川《あずさがわ》」

と、後ろから声をかけられた。

立ち止まって振《ふ》り返《かえ》る。

「素通りして、なんかの嫌《いや》がらせ？」

不機嫌《ふきげん》そうな顔で咲太《さくた》を見ていたのは、先ほど見かけた峰《みね》ヶ原《がはら》高校の夏服を着た女子生徒。

よく見れば彼女が理央《りお》だった。

「双葉《ふたば》？」

「夏の太陽で頭がいかれたらしいね」

呆《あき》れた様子で理央がため息を吐《つ》く。見慣れた制服。さすがに学校外なので白衣は着ていない。

だが、二度も視界に収めながらも、咲太が素通りしてしまった理由は服装以外にある。

髪型《かみがた》がいつもと違《ちが》っているのだ。普段《ふだん》は無造作に下《お》ろしている髪を、今は後ろでまとめている。首筋からうなじまでの日焼けとは無縁《むえん》の白い肌《はだ》が惜しげもなく晒《さら》されていた。理央は常に露出《ろしゅつ》が控《ひか》えめなので、たったそれだけでもなんだか色気を感じた。

「下ろしてると暑いんだよ」

咲太の視線に気づいた理央は、質問するより先に理由を教えてくれた。理由も実に理央らしい合理的なもの。

だが、咲太の疑問はそれひとつではない。次に気になったのは理央の目元だ。

「眼鏡をしてないのは、今日はコンタクトだから」

今度も聞く前に答えが返ってきた。髪型が違って、眼鏡もしていないと、理央の印象はかなり違う。ただ、淡々《たんたん》と疑問に答えてくれた態度や口調は、咲太のよく知る理央そのものだった。

「なんで制服？」

最後の疑問だけは、口に出せた。理央に限って言えば、女子高生を売り物にするために休日も着用しているわけではないだろう。

「このあと学校」

「国見《くにみ》なら、僕《ぼく》と一緒《いっしょ》にバイトだからいないぞ」

「部員ひとりの科学部は活動実績を残しておかないと即廃部《はいぶ》になるんだよ」

恨《うら》みがましい目で理央が睨《にら》んでくる。

「で、梓川の用事っていうのは？」

「ん、ああ。それなんだが……」

「また例の厄介《やっかい》ごと？」

興味などなさそうに本棚から一冊の本を取り出すと、理央はぱらぱらとめくった。咲太には縁遠《えんどお》い量子力学の本だ。

「そうかもしれないし、そうじゃないかもしれない」

「煮《に》え切《き》らないね」

「牧之原《まきの はら》翔子《しょうこ》に会った」

単刀直入に用件をさらっと口にする。

「……」

その名前を聞いて、理央《りお》は本を開いたまま咲太《さくた》に視線を向けてきた。瞳《ひとみ》に驚《おどろ》きを宿している。

前に、牧之原翔子についての話は理央に伝えてある。咲太にとっては初恋の人物。彼女を追いかけて峰ヶ原《みねがはら》高校を受験したこと。でも、彼女は学校にはいなくて、卒業した痕跡《こんせき》はおろか、在籍《ざいせき》していた記録も残っていなかったこと。そんなわけのわからない状態のまま、咲太は結果的に失恋をしたこと。その全部を理央は知っているのだ。

「彼女、実在したんだ」

だからこそ、理央がそう感想を零《こぼ》した気持ちもわかる。咲太自身も、もう二度と会うことはないと思っていた。彼女が出てくる夢だって、もう一年近くも見ていなかったのだ。

「しかも、驚いたことに、中学一年生になってた」

「は？」

理央が素《す》っ頓狂《とんきょう》な声を上げる。持っていた本を落としそうになっていた。

「二年前に会ったときは、高二だったのに、一学期の最終日に再会したら、中一になってた」

「梓川《あずさがわ》、正気？」

「残念ながら」

「だとしたら、計算が合わないね」

二年前に高校二年生だったのだから、ストレートに進学していたら今は大学一年生でないとおかしい。それが、中学一年生に逆戻《ぎゃくもど》りしているのだ。

「梓川のことは？」

「覚えてない……ってか、前に会ったことなんか知らない感じ」

実際、出会った直後に、「はじめまして」と挨拶《あいさつ》を交わしている。

「……」

理央は難しい顔で考え込んでいる。

「梓川」

しばらくして、視線だけこちらによこした。

「ん？」

「よく似た同姓同名の他人なんじゃないの？」

「それが一番可能性高いよな、そりゃあ」

咲太も一度は考えたことだ。考えはしたが、こんな偶然《ぐうぜん》があるだろうか。

「世界には同じ顔をした人間が三人いるらしいよ」

「んなのよくある都市伝説だろ」

「そうだね。よくある都市伝説」

理央《りお》がふと視線を逸《そ》らした。何気ない仕草。別に気にするほどのことではないが、咲太《さくた》はなぜだか気になった。今の話に、理央の感情が動く理由があったとは思えなかったからだ。いつもなら、素っ気無く笑い飛ばす場面のような気がした。

「双葉《ふたば》？」

「あと可能性があるとすれば、その子は牧之《まきの》原翔子《はらしょうこ》の妹で、わけあって姉の名前を名乗っているとか？」

なんでもないように理央が話を続ける。だから、この場で言及するのは諦《あきら》めた。

「どんなわけだよ」

設定が複雑すぎる。

「それは梓川《あずさがわ》が本人に聞けばいい」

「あんまり変な質問をしてると、変なやつだと思われる」

「私に害はないからいいんじゃない？」

「僕《ぼく》がよくないと言ってるんだ」

「桜島先輩《さくらじませんぱい》以外にもいい顔をしたいとは意外だね」

「言っておくが、中学一年の女の子に欲情したりはしないからな」

「それは、どっちでもいいけど。もうひとつ可能性をあげるとすれば、実は二年前に出会った牧之原翔子は、梓川がその時点から未来を見ていたものだった……というパターンかな」

「あの現象の原因は僕じゃない」

未来のシミュレーション現象は、古賀朋絵《こがともえ》が起こした思春期症候群《ししゅんきしょうこうぐん》だ。同じ学校に通うひとつ下の後輩《こうはい》。桃尻《ももじり》のかわいい後輩だ。

「一緒《いっしょ》に体験した梓川が発生源という説も完全には否定できていないと思うけどね」

「だとしても、それだと今度は僕の年齢《ねんれい》が合わないだろ」

「だね。でもさ……今のところ実害はないんでしょ？」

「まあ、ないな」

麻衣《まい》や朋絵のときとは根本的にそこが違《ちが》う。これが思春期症候群なのかどうかもわからないが、現段階では何もまずいことにはなっていない。

理央は本を閉じて元の位置に戻《もど》すと、また別の本を取った。その脇《わき》を浴衣姿の女子二人組が通り過ぎていった。

レポートがどうのと話していたので大学生だろうか。参考になる資料を捜《さが》しに来たのかもしれない。

その後ろ姿を目で追っていると、

「梓川、見すぎ」

と、理央に鋭《するど》く指摘《してき》された。

「ああいうのは、誰《だれ》かに見てもらうために着るもんだろ」

「少なくとも、その相手は梓川《あずさがわ》じゃないだろうけどね」

「今日、どっかで花火やるんだな」

「茅ヶ崎《ちがさき》が今日」

「よく知ってるな」

「そこに書いてある」

目で理央《りお》が示したのは脇《わき》の壁《かべ》。藤沢《ふじさわ》駅からは東海道線で二駅隣《となり》……相模湾《さがみわん》に面した茅ヶ崎の海岸で行われる花火大会のポスターが貼《は》られていた。開催日《かいさいび》は八月二日。確かに今日だ。

「そういや、去年、行ったよな。花火大会」

八月の二十日前後に行われる江《え》の島《しま》の納涼《のうりょう》花火大会。

その日、バイトが夕方上がりだった咲太《さくた》と佑真《ゆうま》は、帰りがけに店長から花火大会のことを聞かされたのだ。男ふたりで行くのも寂《さび》しいという話の流れで理央に声をかけた。当時は、まだ佑真も上里沙希《かみさとさき》とは付き合っていなかった。

「そうだね」

理央は離《はな》れていく浴衣女子の背中を無感動に見ていた。

「あのときの双葉《ふたば》、私服だったよな」

「梓川もね」

「国見《くにみ》と一緒《いっしょ》に期待してたのに」

その頃《ころ》から、理央《りお》が佑真に好意を抱《いだ》いていたのは知っている。というか、確かあの日に気づいたのだ。花火を見上げる佑真の横顔を、理央は横目で見ていたから。

「もったいぶらずに着てくればよかったのに」

「どうして私が梓川のために、そんな面倒《めんどう》なことをしなくちゃいけないわけ？」

「国見に見せるためだよ」

「……」

理央が不愉快《ふゆかい》そうな視線を向けてくる。

「どの道、私には似合わない」

「そうか？」

「そう」

「あ、浴衣って胸が大きいとダメなんだっけ？」

理央の場合、制服の上からでも、大きくふくらんでいるのがわかる。

「そういう意味で言ったんじゃない」

理央が本で胸元をそれとなくガードした。見られるのはあまり好きではなさそうだ。

「なら、どういう意味？」

「答える必要はないね」

「なんで?」

「梓川《あずさがわ》は理由を察した上で、私に言わせようとしてるから」

「地味な自分がするような格好じゃないとか思っているなら大間違《おおまちが》い」

「……」

理央《りお》の視線が真意を聞いてくる。

「今の髪型《かみがた》で浴衣着たら、かなりいいと思うけどな」

アップにした髪と浴衣は大変相性が良さそうだ。

「それに、一度は着ようとしたんだろ?」

「……」

露骨《ろこつ》に理央が警戒《けいかい》を示す。

「それ、どういう意味?」

「双葉《ふたば》の口ぶりからして、浴衣は持ってそうだし」

「何を根拠《こんきょ》にそう思うわけ?」

その質問は肯定《こうてい》したのと同じだ。

「持ってなかったら、似合う似合わない以前に、『持ってない』っていう根本的な理由を答えるのが双葉なんだよ」

いつも理屈《りくつ》と本質で理央は話をするのだ。

「……ほんと、梓川のそういうところは小賢《こざか》しいね」

「本気で嫌《いや》そうな顔するなよ」

「それは無理。本気で嫌だから」

「酷《ひど》いこと言うね」

咲太《さくた》の苦笑いは無視して、理央は本棚《ほんだな》から『量子テレポーテーションの未来』と題された一冊の本を抜《ぬ》き取《と》った。

「もういいね。私、行くから」

と言って、レジの方へと歩き出す。

咲太はその背中に、「相談乗ってくれて、サンキュ」と声をかけた。

3

理央と別れた咲太はシフトの時間も迫《せま》っていたので、バイト先のファミレスに向かった。

「おはようございます」

レジに立っていた店長に挨拶《あいさつ》をしながら店内を眺《なが》める。夕方のこの時間は来客も少なく、お茶をしているお母さんのグループや、勉強をしている受験生、ノートパソコンを開いて何か作業をしているスーツを着た男性がいるくらいで、のんびりした空気が流れていた。

咲太《さくた》は足を止めずに、奥《おく》の休憩《きゅうけい》スペースに引っ込んだ。着替《きが》えてタイムカードを通さなければならない。

休憩スペースには先客がいた。すでにウェイターの制服に着替えてパイプ椅子《いす》に座っていたのは、咲太にとって数少ない友人のひとりである国見《くにみ》佑真《ゆうま》だ。

「よっ」

軽く手を上げてそう声をかけてくる。

「お前、さらに日焼けしてないか？」

前回会ったのは、バイトのシフトが一緒《いっしょ》だった三日前。そのときからすでに夏の日焼け肌《はだ》になっていた佑真だが、さらにこんがり小麦色になっている。

「そうか？　でも、一昨日海行ったせいかも」

「彼女と？」

「そうだけど？」

「うわー、ウザいな」

「なんでだよ。咲太だって、とんでもなく美人な彼女がいるだろ」

「その麻《ま》衣《い》さんはとんでもなく忙《いそが》しくて、この一週間顔を見てない」

「俺《おれ》、昨日ＴＶで見たぞ」

「安心しろ。TVでなら、僕《ぼく》も毎日見てる」

すでに何本契約《けいやく》を取っているのか知らないが、CMに度々登場するのだ。清涼《せいりょう》飲料水に新商品のお菓子《かし》。咲太にとって身近なものもあれば、その美貌《びぼう》を生かした化粧品やシャンプーの看板役と内容は多岐《たき》に渡《わた》る。

「ま、ご愁傷様《しゅうしょうさま》」

着替えてロッカーの陰《かげ》から出た咲太に、佑真が悪戯《いたずら》っぽく笑いかけてくる。

文句のひとつも言ってやろうかと思っていると、

「おはようございます」

と、聞き覚えのある声が通路の方から聞こえた。けれど、近づいてくる足音は耳なじみの薄《うす》いものだ。からんからんという風情のある音。

少し遅《おく》れて休憩スペースに入ってきたのは古賀《こが》朋絵《ともえ》だった。男ふたりのむさ苦しい空間が急にぱっと華《はな》やかになる。それというのも、朋絵は明るい色の浴衣を着ていた。足元は鼻緒《はなお》のかわいい草履《ぞうり》。手には金魚の絵柄《えがら》が入った巾着《きんちゃく》をぶら下げている。

「げっ、先輩《せんぱい》!」

朋絵は、咲太を見るなり嫌《いや》そうな反応を示した。

「かわいい浴衣姿を自慢《じまん》しに来たのか?」

出勤表に朋絵の名前はなかったので、今日はバイトではないはずだ。

「来週の予定出してないから出しに来ただけだし」

テーブルの上に置かれたプラスチックの書類ケースから、朋絵《ともえ》は未記入のスケジュール表を取り出す。浴衣が崩《くず》れないように気を付けながら丸椅子《まるいす》に座ると、ボールペンで名前と二週間分の予定を書き込んでいた。バイトの予定はこうして二週間ごとに、スケジュールを提出して、シフトが組まれる仕組みなのだ。全部スマホとかで処理されているところもあるらしいので、こういうアナログな仕組みは、ケータイを持っていない咲太《さくた》にとっては非常にありがたい。

「古賀《こが》さん、浴衣かわいいね」

何も言わない咲太に代わって、佑真《ゆうま》は自然な調子でそう告げた。

「え？　あ、ありがとうございます」

少し慌《あわ》てた感じで顔を真っ赤にする朋絵。ちらりと咲太に視線を向けてきた。

「古賀って浴衣似合うのな」

「先輩《せんぱい》、それセクハラ」

せっかく褒《ほ》めたのに、朋絵はむっとして唇《くちびる》を尖《とが》らせている。

「なんでだよ……」

佑真の言葉は素直に受け取ったくせに納得がいかない。

「だって、今、胸見て言ったじゃん」

巾着《きんちゃく》を持った手で胸元をガードしている。

「失敬だな。腰《こし》とお尻《しり》のバランスも含《ふく》めた上での発言だ」

「余計悪いし！　どうせ、帯にどっかり乗っかるような立派な胸はないですよー。ずん胴《どう》ですよー」

なにやら、完全に拗《す》ねている。

そんなふたりのやり取りを見ていた佑真がぷっと吹き出す。

「ふたりっていつの間にそんな仲良くなったわけ？」

「な、仲良くありません！」

ぶすっと朋絵が答える。

「なんかあった？」

それを尻目に佑真は横目で咲太にそう聞いてくる。

「僕《ぼく》が古賀を大人にしてやったの」

「ちょ、ちょっと先輩！　なんば言うとっとね⁉」

「そっか、古賀さん、もう大人なんだ」

笑いながら佑真までそんなことを言い出す。

「国見《くにみ》先輩まで……」

裏切られたという顔をする朋絵。

「あたし、約束の時間だからもう行くね。国見先輩も失礼します」

ぷりぷりしながらも、きちんとぺこりとお辞儀《じぎ》をして朋絵《ともえ》は休憩《きゅうけい》スペースを出て行こうとする。その背中を咲太《さくた》は呼び止めた。

「古賀《こが》」

「ん？　なに？」

素直に立ち止まる朋絵。

「浴衣姿の女子が振《ふ》り向《む》くのっていいよな」

「それで呼び止めるとか、先輩《せんぱい》、本気で気持ち悪い」

目を細めて朋絵がかわいらしく嫌悪感《けんおかん》をぶつけてくる。

「今のは冗談《じょうだん》だ」

「なら、なに？」

「パンツの線が見えないから、ノーパンなのかと思って」

「線が出ないようなやつはいてるの！」

「つまりTか。古賀朋絵だけに」

「そ、そんなのはくわけないじゃん！　あー、想像しないでよぉ!?」

朋絵は両手を後ろに回してお尻《しり》を隠《かく》そうとする。

「とっくに想像はしたから諦《あきら》めてくれ」

「言っておくけど、もっとすっぽりはくやつだからね。ステテコみたいな」

「うわー、夢がねえ。聞くんじゃなかった」

「もー、恥《は》ずかしいこと聞いておいて、勝手にがっかりしないでよぉ。ばりむかー！　あたし、行くね！」

「あ、待った」

「先輩《せんぱい》、しつこい。まじウザい」

警戒心剝《けいかいしんむ》き出《だ》しの朋絵《ともえ》が上目遣《うわめづか》いで咲太《さくた》を見てくる。

「ナンパには気をつけろよ」

「え？　あ、うん……ありがと」

「古賀《こが》はかわいいんだから」

「かわいいって言うな」

頬《ほお》を膨《ふく》らませて、拗《す》ねた顔をしている。

「んじゃ、すげえかわいいから気をつけるんだぞ」

「みんなも一緒《いっしょ》だから平気。約束、遅《おく》れるから！」

今度こそ朋絵は休憩《きゅうけい》スペースから出て行った。

再び、咲太と佑真《ゆうま》だけの男ふたりになってしまう。

「なあ、咲太？」

「ん？」

「ばりむかーってなんだ?」

「さあ?」

立ち上がった佑真に続いて咲太もタイムカードを通した。

「古賀さん、時々、聞き慣れない言葉使うよな」

「あれが、イマドキ女子高生なんだろ」

朋絵は福岡の出身であることを秘密にしているので、咲太は一応そうフォローしておいた。


この日の客足は普段《ふだん》よりも少なくて、店内は落ち着いていた。近所に住んでいる人は茅ヶ崎《ちがさき》の花火大会に出かけているのかもしれない。

八時を過ぎた頃《ころ》、浴衣姿の家族連れが入ってきた。見るからに花火大会の帰りだ。特撮《とくさつ》ヒーロー柄《がら》の浴衣を着た四、五歳の男の子は、はしゃぎ疲《つか》れたのか、半分くらい目が閉じていた。

その家族連れ以外にも、ちらほら浴衣姿の来客があった。

彼らのオーダーを受けたあとで、咲太はドリンクバーのストローを補充《ほじゅう》するために、バックヤードに入った。棚《たな》の上からストローの箱を取る。それを持ってバックヤードから出ると、

「お、咲太、発見」

と、笑顔の佑真と目が合った。

「五番テーブルからご指名だぞ」

「は？」

「行けばわかる」

にやついた佑真《ゆうま》の表情からして、悪い話ではないのだろうと想像はつく。テーブルを指定しているのだから、恐《おそ》らく咲太《さくた》目的の来客だ。けれど、店に咲太を訪ねてくるような人物は特に思い当たらない。咲太を取材対象だと思っている女子アナの南条文香《なんじょうふみか》くらいだ。この二、三ヵ月は顔を出していないが……。

あと、可能性があるのは麻衣《まい》だが、撮影《さつえい》で行っている京都から帰ってくるのは明日だと聞いている。

「誰《だれ》だろうな」

そう思いながら咲太はフロアに出た。

店の奥側《おくがわ》にあるボックス席が五番テーブルだ。近づいていくと、後ろ姿のシルエットが見えた。脇《わき》にはサイズの小さなキャリーバッグが置いてある。昔の映画に出てきそうな懐《なつ》かしい感じのデザイン。

咲太がテーブルの横に立つと、メニューを見ていた人物は顔を上げた。気の強そうな凜《りん》とした目が、咲太を捉《とら》えた瞬間《しゅんかん》にわずかに微笑《ほほえ》む。

「なんで麻衣さんがいるの？」

そう、五番テーブルに座っていたのは、咲太がお付き合いをしているひとつ上の先輩《せんぱい》……桜《さくら》島《じま》麻衣だった。

今は少し大人っぽい印象の私服姿で、薄《う》っすらとメイクもしている。本人は抑《おさ》えているつもりなのかもしれないが、華《はな》やかな芸能人オーラががんがん出ている。

当然のように、近くの席にいた他の客がちらちらと麻衣を見ていた。「本物だよね？」とか、「顔、ちっさ」とか、「ファミレス、来るんだな」とか、素朴な感想が飛び交っていた。

「帰ってくるの明日でしたよね？」

「ベテランの役者が多い現場だったし、私もNG出さないから早く終わったのよ」

「なるほど。で、一日でも早く僕《ぼく》に会いたくて帰ってきたんですね」

「そうよ」

咲太の軽い挑発《ちょうはつ》を、麻衣は悪戯《いたずら》っぽく笑って受け止めてしまう。

「ホテルは取ってたから、もう一泊《いっぱく》して明日ゆっくり帰ってきてもよかったんだけどね。マネージャーに無理言って、新幹線のチケット用意してもらったの。うれしい？」

「うれしいなあ」

棒読みで感想を口にする。

「……なによ、それ」

咲太の反応が気に入らなかったのか、麻衣は不機嫌《ふきげん》な目を向けてくる。それに気づいてないふりをして、咲太はオーダー用の端末《たんまつ》を開いた。

「お決まりでしたら、ご注文をどうぞ」

「……」

「ご注文をどうぞ」

明らかにむっとした様子の麻衣《まい》に、咲太《さくた》はあえて接客用のスマイルで繰《く》り返《かえ》し促《うなが》した。

「なに、拗《す》ねてるのよ」

「拗ねてません」

「拗ねてるじゃない」

「誰《だれ》のせいだと思いますか？」

「それは……その……」

「その？」

「……ごめん」

少し間を空けてから、麻衣はしおらしく謝ってきた。

「仕事に夢中で付き合って間もない彼氏をほったらかしにしている酷《ひど》い彼女だってことは、私も自覚してる」

「そこまでは思ってないけど」

「けど？」

不安を含んだ上目遣《うわめづか》い。ＴＶではなかなか見られない麻衣の貴重な表情だ。それが今は咲太だけに向けられている。

「お詫《わ》びには期待してます」

「わかった。それなりのことはしてあげるから」

「エロいことでも？」

「少しくらいならね」

「じゃあ、許してあげます」

「調子に乗るな」

テーブルの下で思い切り足を踏《ふ》まれた。そのくせ、麻衣は涼《すず》しい顔で、「これと、これをください」と、丁寧《ていねい》にオーダーを入れてくる。咲太はそれを端末《たんまつ》に打ち込んだあとで、麻衣にだけ聞こえるように、

「早く帰ってきてくれてすげえうれしいです」

と、呟《つぶや》いた。

「ばーか、それを先に言いなさい」

口調は怒《おこ》っていたが、表情は楽しげに笑っていた。

「バイト、何時まで？」

「あと三十分だから、麻衣さんを送って帰りたいなあ」

今は八時半で、上がるのは九時だ。

「仕方がないから食べ終わってても待っててあげる」

「じゃあ、帰りに声かけます」

「だったら、サボってないで、早く仕事に戻《もど》りなさい」

「呼び出したの麻衣《まい》さんじゃん」

文句を言ったあとで、咲太《さくた》は中断していた作業を片付けるために、バックヤードに戻ったのだった。

残りの三十分は、せっせと仕事に勤《いそ》しんだ。おかげで、タイムカードは九時ジャストに通すことができた。

「お先に失礼します」

急《おく》いで着替《きが》えて咲太がフロアに出ると、麻衣はレジで会計を済ませたところだった。あと少し遅れていたら、麻衣はひとりで帰ってしまっていたことだろう。

一緒《いっしょ》に店を出る。

「麻衣さん、それ」

外に出たところで、咲太は麻衣のキャリーバッグに手を伸ばした。

「ありがと」

受け取ったキャリーバッグを引きながら、麻衣と並んで歩き出す。

「彼女、毎日来てるの？」

すぐに、麻衣がそう聞いてきた。何気ない口調。天気の話をする程度の気軽な感じ。

「ん？」

「牧之原《まきの》翔子《はらしょうこ》さん」

「来てますよ」

「わかってるくせに、聞き返さない」

ほっぺたを軽くつねられた。

「気になります？」

「二年前に咲太が出会ったときは高校二年生だったのに、今は中学一年生なんだから、普通気《ふつう》になるわよ」

横目で咲太を見上げた麻衣の表情は、「中学一年生の女の子相手に、嫉妬《しっと》なんてするわけないでしょ」と呆《あき》れていた。

「妬《や》いてほしいなあ」

「なにを？」

「もちろん、もちを」

「私という彼女がいながら、咲太は中学一年生の女の子に欲情するわけ？」

「デートなしの生活を強いられている僕《ぼく》に、麻衣さんが素敵なご褒美《ほうび》をくれないと、ロリコン道に目覚めるかも」

「荷物、持たせてあげてるじゃない」

後ろに引いたキャリーバッグを振《ふ》り返《かえ》る。

「下着も入ってるわよ」

「開けていい？」

「言っておくけど、洗濯《せんたく》はしてあるから」

「僕《ぼく》、使用済みの下着の方が好みだって言ったっけ？」

「違《ちが》うの？」

心外なことに、麻衣《まい》は意外そうな顔をしている。

「僕が見たいのは、下着そのものじゃなくて、僕に下着を見られて恥《は》ずかしがってる麻衣さんだからね？」

「咲太に下着を見られたくらいで、私は恥ずかしがったりしない」

「じゃあ、見てもいい？」

「そういうのもういいから話を戻《もど》しなさい」

「僕はもっと麻衣さんとイチャイチャしてたいなあ。せっかく、久しぶりに会えたのに」

「あとで好きなだけしてあげるから」

はあ、と麻衣がため息を吐《つ》く。

「えー、今がいいなあ」

「はいはい、手を繋《つな》いであげる」

「初々しい中坊のカップルじゃあるまいし、その程度で僕が満足するとでも？」

「あ、そ。なら、いいんだ」

麻衣があっさりと手を引っ込めてしまう。その手を追いかけて、咲太は返事の代わりに麻衣を捕《つか》まえた。

すぐに麻衣が指と指を絡《から》めるように握《にぎ》り直《なお》してくる。恋人繋ぎ。

「こっちの方がいいでしょ？」

「……」

「なによ、急に黙《だま》って」

「麻衣さん、すげえかわいいと思って」

「知ってるわよ、そんなこと」

素っ気無く言いながらも、麻衣は少し恥ずかしかったのか、咲太から視線を逸《そ》らした。

「それで？」

前を向いたまま、話題を元に戻すように促《うなが》してくる。

もちろん、最近の翔子の様子について聞いているのだ。

「毎日、猫《ねこ》の世話をしに来てますよ」

「何か変わったことは？」

「ないですね」

「何かわかったことは？」

「今日、双葉《ふたば》に相談してみたんですけど、なんにも。同姓同名の別人じゃないかってきっぱり切り捨てられました」

「当然よね。私もそう思うし……そもそも、二年前に会った彼女と、そんなに似てるの？」

「記憶《きおく》より若いんで絶対《ぜったい》とは言い切れませんけど、ま、このまま成長するとそうなるかなあって感じです。性格はだいぶ違《ちが》う気がするけど」

まだ慣れていないせいか、今の翔子《しょうこ》からはどことなく遠慮《えんりょ》を感じる。それは、二年前に会った女子高生の翔子からは全く感じなかったものだ。彼女は距離《きょり》の詰《つ》め方《かた》が早かった。

「ふ〜ん」

わかったような、わかっていないような、麻衣《まい》の曖昧《あいまい》な反応。麻衣は二年前に咲太が出会った翔子を知らないので、話を聞いただけではぴんと来ないのだろう。

「これ、双葉が言ってたんですけど、麻衣さんのときみたいに実害がないなら、今は気にしなくてもいいんじゃないかな」

「咲太がいいなら、いいけどね」

やっぱり、麻衣はいまいち納得していない。

その麻衣が、「あ」と口を開けて、突然《とつぜん》立ち止まった。

「麻衣さん？」

「あれ、双葉さんじゃない？」

麻衣が視線で示した方向にあったのはコンビニ。レジ袋を提げて出てきた高校生くらいの女子は、確かに理央《りお》だった。昼間会ったときは制服だったのに、今はTシャツにズボンというラフな私服姿。髪《かみ》もアップにするのをやめて、いつも通り無造作に下ろしている。眼鏡もかけていた。

「なにしてんだ、あいつ……」

よく見れば、ぶら下げたコンビニ袋は底が平らなやつ。お弁当用の袋だ。それに気づくと、咲太の中で急速に違和感《いわかん》が膨《ふく》れ上《あ》がった。普段《ふだん》、夜遊びなんてしないはずの理央が、夜の九時を回った時間帯に繁華街《はんかがい》の方へ歩いていくのは妙《みょう》だ。それに、ここから小田《おだ》急江《きゅうえ》の島線《しません》で一駅隣《となり》の本鵠沼《ほんくげぬま》に住んでいる理央が藤沢《ふじさわ》駅のコンビニでお弁当を購入《こうにゅう》するのも引っかかった。

何より、周囲を気にする理央の態度が気になった。人目を避《さ》けようとして、逆に目立ってしまっている。

「麻衣さん、ちょっと寄り道していい？」

「つける気？」

咎《とが》めるような口調ながらも、麻衣の方が先に歩き出していた。

理央《りお》を追って駅の方へ引き返した咲太《さくた》と麻衣《まい》は、七、八階建てのテナントビルの前に立ち止まっていた。理央がこの中に入っていくのを見たからだ。

ビルを見上げると、銀行や居酒屋と一緒《いっしょ》にネットカフェの看板が並んでいた。そのうち、銀行は閉まっているし、居酒屋は店員に止められるだろう。となると、理央の行き先もおのずと絞《しぼ》られてくる。

ただ、ネットカフェの利用も、高校生の場合は夜十時の制限があったはず。今からでは時間も限られている。弁当を持参していたので、もしかしたら泊《と》まる気なのだろうか。

「麻衣さん、ここで待っててくれる？」

芸能人を店内に連れていくのは、余計な混乱を生むかもしれない。

「私、ネットカフェって入ったことないの」

どうやら、一緒に行く気満々らしい。こうなっては説得は不可能。

仕方がないので、麻衣をつれて咲太はエレベーターに乗り込んだ。

エレベーターで七階まで上がる。自動ドアが開くのを待って、咲太はネットカフェの店内に足を踏《ふ》み入《い》れた。照明を抑《おさ》え気味《ぎみ》にしたシックで落ち着いた雰囲気《ふんいき》の内装。

「いらっしゃいませ」

二十代半ばくらいの女性店員の声のトーンも雰囲気に合っている。その女性店員は、咲太の背後で店内を物珍《ものめずら》しそうに観察している麻衣を気にしながらも、

「お時間はどうされますか？」

と、カウンターの前に立った咲太に応対してくれた。カウンターの上に、料金表が提示される。三時間や五時間、朝まで利用できる長時間のパック料金がずらりと並んでいた。

咲太はその一番上の基本料金を指差した。

「これでお願いします」

最初の三十分が二百円。あとは利用時間に応じて追加料金が発生するオーソドックスなプランだ。理央を捜《さが》すだけなので、三十分もあれば十分なはず。

支払《しはら》いを済ませ、麻衣の分も合わせて伝票を二枚受け取る。

麻衣はというと、フリーのドリンクコーナーにいて、ソフトクリームを作れる機械を眺《なが》めていた。

「双葉《ふたば》を見つけたら、やってもいいですよ」

「お金は？」

「基本料金さえ払えば、ここにあるドリンクもアイスも無料です」

正しくは、その御代も基本料金に含《ふく》まれていると言うべきだろうが。炭酸《たんさん》飲料、ウーロン茶、オレンジジュースに加え、コーヒーメーカーやエスプレッソの機械も並んでいる。ファミレス

のドリンクバーと遜色《そんしょく》のないラインナップ。ソフトクリームなんかもあるので、こちらの方がむしろ充実《じゅうじつ》しているかもしれない。

ひとまず、咲太《さくた》は席に移動するふりをして、店の奥《おく》にふらふらと足を進めた。フロアの中央は背の高い本棚《ほんだな》に埋《う》め尽《つ》くされ、ずらりと漫画が並べられている。そこを囲むような感じで、番号の書かれた個室の扉《とびら》が続いていた。

理央《りお》どころか、他の客の姿もない。みんな個室にこもっているようだ。時折、キーボードを叩《たた》く音が聞こえてくるだけ。これでは、理央がどこにいるのかわからない。

店員に聞こうかとも思ったが、さすがに他の客については教えてくれないだろう。

「番号、覚えてるんなら電話したら？」

後ろから、麻衣《まい》が「はい」とウサギ耳のカバーを装着したスマホを差し出してくる。スマホを受け取りながらも、咲太の視線は麻衣のもう一方の手に集中していた。

麻衣が持っているのは背の低い紙コップ。その中は、綺麗《きれい》なとぐろを描《えが》いたソフトクリームで満たされていた。「双葉《ふたば》を見つけたら」と言っておいたのに、全然話を聞いていない。さすが、麻衣だ。

麻衣はソフトクリームをプラスチックのスプーンですくうと、咲太の口の前に持ってきた。

「はい、あーん」

「あー」

促《うなが》されるまま口を開ける。罠《わな》かと思ったが、麻衣は本当に食べさせてくれた。

「おいしい？」

「はい」

すると、麻衣は満足げに微笑《ほほえ》み、再びスプーンにソフトクリームを載《の》せて、咲太に食べさせようとしてくる。

「麻衣さんが食べたいから作ったんじゃないの？」

「さっきご飯食べたからお腹は空いてないわよ」

「左様ですか」

「なに？　嫌《いや》なら自分で食べる？」

麻衣の中では、咲太が完食するのは決定事項《じこう》のようだ。だったら、麻衣に食べさせてもらった方がいいに決まってる。

無言で、口を開けると麻衣は残ったソフトクリームを無理やりスプーンに載せて放り込んできた。

カキ氷を食べたときのように頭がキーンとなる。それを見ていた麻衣は、「しょうがないわね」とか言いながら、ドリンクコーナーに戻《もど》ってエスプレッソを淹《い》れてきてくれた。

「ありがとうございます」

「どういたしまして」

ほっと一息。

全部飲み干すと、空の紙コップを捨てて、コーヒーカップを返却口《へんきゃくぐち》に戻《もど》した。それから、麻衣《まい》に借りたスマホに理央《りお》のケータイ番号を打ち込む。

二回目のコールの途中《とちゅう》で電話は繋《つな》がった。

「はい？」

警戒心《けいかいしん》を含《ふく》んだ理央の声。見慣れない番号からの電話だからだろう。

「僕《ぼく》だ」

「なんで梓川《あずさがわ》がケータイの番号からかけてくるわけ？」

「麻衣さんに借りてる」

「のろけならよそでやって」

ため息交じりの声。咲太《さくた》のよく知るいつもの理央の反応だ。あまりに自然すぎて、この近くにいる気配は感じなかった。

「で、なに？　まさかまた厄介《やっかい》ごと？」

「双葉《ふたば》の中で、僕イコール厄介ごとなのか」

「そうだよ。存在が厄介」

「あのな……」

反論を試みようとしたところで、背後の個室でドアが開く気配がした。

「……咲太、あれ」

麻衣が肩《かた》をちょんちょんと指で突《つつ》いてくる。

何の気なしに振《ふ》り返《かえ》ると、丁度個室から出てきた客と目が合った。その瞬間《しゅんかん》、体が違和感《いわかん》で満たされていく。

出てきたのは理央だった。咲太が捜《さが》している人物であり、電話をしている相手。なのに、今、個室から出てきた理央は手ぶらだ。スマホを持っていない。もちろん、マイク付きのイヤホンをしているわけでもない。

耳の奥《おく》がざわざわと騒《さわ》ぎ出《だ》す。

「梓川、どうかした？」

受話器からは理央の声が今も聞こえていた。

だけど、目の前にいる理央は、少し驚《おどろ》いた顔で咲太を見ているだけで口元はぴくりとも動いていない。

「あ、悪い、双葉。なんか充電切《じゅうでんぎ》れっぽいから、また明日にでも連絡《れんらく》する」

「あ、そ。急ぎじゃないなら、別に私はいいけど」

「じゃあな」

耳から離《はな》したスマホの画面に触《ふ》れて通話を終える。スマホから顔を上げると、再び理央と視線が絡《から》んだ。

その直後、理央《りお》は個室に引き返す。

「あ、ちょっと待て！」

制止の声は届かず、ドアが勢いよく閉まる。

理央が逃《に》げ込《こ》んだ個室の前に移動して、軽くノックをした。

「双葉《ふたば》？」

「……」

返事はない。

「この状況《じょうきょう》で居留守は無理があるだろ」

そう告げると、かたんと鍵《かぎ》の外れる音がした。ゆっくりドアが開く。

出てきたのは理央だ。正真正銘《しょうしんしょうめい》、咲太《さくた》のよく知る双葉理央。サイドに大きなポケットが付いたゆったりズボン。これまたゆったりしたTシャツ。下に縞模様《しまもよう》のタンクトップを一枚着込んでいる。

「電話の相手は私？」

真っ先におかしな質問が理央から飛んできた。だが、その質問はこの場合においては正しい。そのことについて咲太も聞きたいのだ。

「ああ」

「なら、ごまかしは利かないだろうね」

強張っていた理央の表情が、諦《あきら》めたようにふっと緩《ゆる》んだ。

理央に、「外で話そう」と言われて、咲太は自分と麻衣の分の伝票をカウンターの女性店員に渡《わた》してネットカフェをあとにした。

エレベーターを下りた理央は、ＪＲの駅舎と江《え》ノ電藤沢《でんふじさわ》駅を繋《つな》ぐ連絡通路の一角で立ち止まった。それから、淡々《たんたん》とした口調で、

「私がふたりいるんだ」

と、とんでもないことを言ってきた。

連絡通路の手すりに両手を置いた理央の目は、向かいの通路を行き交う人々の流れをぼんやりと映している。

「それ、どういうことだよ」

「言った通り。三日前からこの世界に双葉理央がふたりいる」

「……」

無茶苦茶なことを言われているのはわかる。わかるのだが、咲太の頭は理解を拒否《きょひ》するようには働かなかった。先ほど、電話でやり取りした相手は間違《まちが》いなく理央だった。咲太のよく知る双葉理央だったのだ。

そして、それとは別に、目の前にもうひとり理央がいる。双葉理央がいる。

「思春期症候群《しょうこうぐん》ってこと？」

その言葉は、麻衣《まい》の口からこぼれた。

「……」

振《ふ》り向《む》いた理央《りお》の目は、「認めたくはないけど」と語っていた。

「心当たりは？」

「あればとっくに対処してる」

「ま、そりゃそうだな」

話を聞いているうちに、咲太の頭にふとひとつの疑問が浮《う》かんだ。無造作に下ろした髪《かみ》。見慣れた眼鏡。昼間は別の格好をしている理央と会っている。

「僕《ぼく》が昼に会ったのはもうひとりの方か？」

「私は梓川《あずさがわ》に会ってないから、そういうことだろうね」

「そうか……」

「あの『偽者《にせもの》』には迷惑《めいわく》してる。家に居座って生活をしてくれているおかげで、私は帰るに帰れない。両親に知られるのは色々とまずいんでね」

「だな」

恐《おそ》らく、娘がふたりに増えたことを理解などできないだろう。

「おまけに、『偽者』は部活動にも熱心で、学校にも行っているらしい」

「昼間に会ったとき、双葉は制服だったし、これから部活だって言ってたな」

「それを聞いたら、ますます外は危険だね。私を知ってる誰《だれ》かに目撃《もくげき》されるのは何かと都合が悪い。しばらくは隠《かく》れているしかなさそう」

「それでネットカフェかよ。もうちょい場所をだな……」

「ホテルに泊《と》まれるほど金銭的《きんせんてき》余裕《ゆう》はないよ」

いつまで続くかわからないし、と理央は付け足した。

「アホか」

「梓川からアホ呼ばわりされるのは屈辱的《くつじょくてき》だね」

「さっさと僕に連絡《れんらく》よこせって」

「……」

咲太が真剣《しんけん》に怒《おこ》っていると気づいたのか、理央の表情から苦笑いが消えた。

「よく考えろ。お前、女子高生だろ？　ネットカフェに連泊《れんぱく》するとか正気か？」

個室には鍵《かぎ》がかかるとは言え、安全を保障《ほしょう》された環境《かんきょう》ではない。男ならどうなろうと知ったことではないが、女子の場合は何かあったら取り返しがつかなくなることもある。

家出同然の少女を狙《ねら》って、近づいてくる男どもだっているのだ。厄介《やっかい》な理由があるとは言え、理央のやっていたことは無謀《むぼう》にもほどがある。

それに、いずれ店側も、理央が高校生であることに気づくだろう。ずっと続けられるわけはないと思う。警察に相談されでもしたら、親に連絡《れんらく》されて一発でアウトだ。

「……」

反省したのか、理央《りお》は俯《うつむ》いたまま何も言わない。

「あのな、双葉《ふたば》……あだっ！」

さらに続けようとした咲太《さくた》の頭を、横から麻衣《まい》が小突《こづ》いてきた。

「麻衣さん、構ってあげられなくて退屈《たいくつ》だったのはわかりますけど、大事な話の最中で……って、いたたた！」

今度は耳を強く引っ張られた。

「そんな簡単に咲太に連絡できるわけないでしょ」

その目は、「何にもわかってない」と言っている。

「何にもわかってないんだから」

口でも言ってきた。

「えっと、何が？」

「仮に、咲太は双葉さんから連絡もらって事情を聞いたらどうしたのよ？」

「そりゃあ、うちに泊《と》めます」

「咲太も男じゃない」

「ま、そうだけど……」

「咲太の性格くらい、双葉さんはわかってるんだろうし、家に泊めてもらう前提で男子に連絡なんてできると思うの？」

「正直、思わなくもないです」

素直に答えると、麻衣には大きなため息を吐《つ》かれてしまった。

「男はこれだから」

「すいません」

「咲太はこれだから」

「いや、でも、双葉は友達ですよ？　変な気なんて絶対に起こしませんって」

「へ～、咲太はお風呂上《ふろあ》がりの女子高生が部屋にいてもエロい気持ちにはならないんだ？」

「なります」

「ダメな方を即答するな」

おでこをつんっと小突かれた。

「そりゃあ、バスタオル一枚の絵を想像したらエロい気持ちになりますって」

「想像しろとは言ってないでしょ」

微笑《ほほえ》んではいるけど、麻衣の目は笑っていない。

「……」

理央は理央で、嫌悪感《けんおかん》を含《ふく》んだ視線を咲太に注いでいた。

「もちろん、想像したモデルは麻衣《まい》さんだよ？」

「なら、いいけど」

「いいんだ」

それは無視して、麻衣は理央《りお》に向き直っている。

「事情はばれちゃったんだし、素直に咲太《さくた》を頼《たよ》ったら？」

押《お》し付《つ》けるわけでも、やさしくするわけでもない。フラットな大人な麻衣の態度。一学年しか違《ちが》わないのに、こういうときの麻衣には年長者としての落ち着きがある。

「ここで意地を張っても、咲太に子供っぽいって思われるだけよ？」

それが嫌《いや》だったのかはわからないが、理央は小さく息を吐《つ》くと、咲太の方を向いた。

「梓川《あずさがわ》」

「いいぞ」

「まだ何も言ってない」

緊張《きんちょう》が解けたのか、理央がふっと微笑《ほほえ》んだ。

「そういうわけなんで麻衣さん」

「なに？」

「今日から双葉《ふたば》を泊《と》めますけど、いいですよね？」

念のための確認のつもりで、麻衣にそう尋《たず》ねた。だけど、麻衣からの返答は、

「ダメよ」

だった。

「は？」

さっぱり意味がわからない。先ほどは自分から理央が咲太の家に泊まれるように仕向けてはいなかっただろうか。やんわりと理央の逃げ道を潰《つぶ》してはいなかっただろうか。

「なんで驚《おどろ》くわけ？」

「麻衣さんこそなんで？」

ほんとに意味がわからない。

「本気で言ってるの？」

バカを見るような目。いや、ようなは不要だ。バカを見る目。

「だったら聞くけど……私が家に男友達を泊めるって言ったら、咲太はオッケーする？」

「想像するのも嫌なんだけど。すげえ嫌です」

「でしょ？」

「はい、すいませんでした」

けれど、こうなると理央はどうすればいいのだろうか。腕《うで》を組み考える。そんな咲太を嘲笑《あざわら》うかのように、

「だから、私も一緒《いっしょ》に泊まるから」

と、麻衣《まい》がさらっと告げてきた。

「は？」

「ほら、双葉《ふたば》さんの荷物取りに行くわよ」

咲太《さくた》の返事も待たずに、麻衣はネットカフェの方へと引き返していく。一度、顔を見合わせてから、咲太は理央《りお》と並んで麻衣の背中を追いかけた。

「意外と上手くやってるんだ」

ちらりと横目を向けて、理央がそんなこと言ってくる。

「尻《しり》に敷《し》かれている男を見るような目で僕《ぼく》を見るな」

「さすが梓川《あずさがわ》、よくわかってるね」

「男が尻に敷かれるくらいの方が、カップルは上手くいくんだよ」

「それが負け惜しみじゃないところが、ブタ野郎たる所以《ゆえん》だね」

「そりゃ、麻衣さんの尻にならずっと敷かれていたいからな」

「……」

理央から注がれる侮蔑《ぶべつ》の眼差しを感じながら、咲太は麻衣の背中を追いかけたのだった。

4

家に帰った咲太は、眠《ねむ》たそうな顔で出迎えてくれたかえでにまずは事情を話した。思春期症《しょう》候群《こうぐん》のことは適当にごまかしつつ、麻衣と理央がお泊《と》まりすることに納得してもらう。

「お兄ちゃんがまた新しい女の人をつれてきました……」

「人聞きが悪いな」

「で、でも、かえでは妹なので、そんなお兄ちゃんも受け入れる覚悟《かくご》です」

最初は緊張《きんちょう》していたかえでだったが、意外と早く理央に対する警戒心《けいかいしん》は薄《うす》れていった。低めに落ち着いた理央のテンションに、安心感があったのだと思う。それと、何度か家に来ている麻衣には、徐々《じょじょ》に慣れてきているので、その辺も理由として大きそうだった。

かえでを説得したあと、今度はお風呂《ふろ》の順番を決める話し合いが持たれた。かえではすでに入浴済みだったので、咲太、麻衣、理央の順番だ。

「僕は最後で」

純粋《じゅんすい》な親切心から譲《ゆず》ったのだが、麻衣と理央からは嫌《いや》そうな反応が返ってきた。

「妊娠《にんしん》しそう」

「麻衣さん、それどういう原理？」

「私、荷物を置きに一旦《いったん》家に戻《もど》るから、お風呂も済ませてくる。着替《きが》えも取ってきたいし」

一方的にそう告げて、麻衣は出て行ってしまった。

「というわけで、梓川が先」

「なるほど、僕《ぼく》は女子高生が浸《つ》かったお風呂《ふろ》で興奮する変態だと双葉《ふたば》に思われているわけか」

わざわざ抵抗《ていこう》する場面でもないと思い、咲太《さくた》が先に入浴を済ませた。

十分ほどで上がると、リビングで借りてきた猫《ねこ》のように大人しく座っていた理央《りお》と交代した。

しばらくして、理央のタオルを用意するのを忘れていたことに気づく。洗濯《せんたく》して綺麗《きれい》に畳《たた》んでおいたタオルを持って脱衣所《だついじょ》に入る。

すでに理央は浴室で、扉《とびら》一枚隔《へだ》てた向こうからは、湯気の熱気が伝わってきた。

「双葉」

呼びかけると、ばしゃっと大きな水音がした。

「な、なに？」

珍《めずら》しく慌《あわ》てた声。明らかに裏返っている。驚《おどろ》いて湯船に逃《に》げ込《こ》んだようだ。咲太がドアを開けるとでも思ったのだろうか。まったく信用されていない。

「タオル、置いておくな」

「うん」

「着替《きが》えはあるんだっけ？」

ネットカフェから回収してきた理央の荷物は大きいトートバッグがひとつ。

「あるよ」

「なければ、バニーガールの衣装か、パンダのパジャマを貸すぞ」

「今、あるって言った」

さすがにバニーガールは着てくれないだろうが、かえでの予備のパジャマは何枚もあるので、ぜひ着せてみたかった。

「さっきまで着てた服は、洗ってもいいよな？」

洗濯機の中には、咲太とかえでの洗濯物が入れてある。そこに、理央が着ていたTシャツも放り込んでスイッチをオン。

水が流れ出して、洗濯機は熱心に仕事をはじめた。

「洗濯なら自分で……この音、もう回したの？」

「注水中だな」

「し、下着は？」

「ん？　双葉ってお父さんのパンツと一緒《いっしょ》に洗濯してほしくない派だったのか」

残念ながら咲太のパンツも洗濯機の中だ。

「わ、私の下着の話！」

「ちゃんと手洗いすればいいんだろ？　わかってる」

かごの中には、先ほどまで理央が身に付けていた上下揃《そろ》いのブラとパンツがある。やわらかそうな雰囲気《ふんいき》のライトイエローの薄《うす》い布地に手を伸ばす。

「わかってない！　梓川《あずさがわ》は見るな！　触《さわ》るな！　出て行け！」

「ここ、僕《ぼく》の家」

「脱衣所《だついじょ》からって意味」

「それはそうと、大丈夫《だいじょうぶ》か？」

「梓川《あずさがわ》がそこからいなくなればね」

「よっこいしょ」

パンツとブラの洗濯《せんたく》は諦《あきら》めて、咲太《さくた》は洗濯機を背に座り込んだ。

「どうして、風呂《ふろ》の外で落ち着く」

「今の『大丈夫か？』は、思春期症候群《ししゅんきしょうこうぐん》についてな」

恐《おそ》らく、理央《りお》はわかっていたはずだ。

「……」

返ってきた沈黙《ちんもく》がそれを証明している。

「……よくわからない」

しばらくして聞こえてきたのは、自信のなさそうな声。どこか遠慮《えんりょ》がある。

「それだけか？」

「なんて言わせたいの？」

「別に、双葉《ふたば》の率直な感想を聞きたいだけ」

当事者ではない咲太ですら、胸の辺りがざわざわするのだ。この状況《じょうきょう》に理央が何も感じないわけがない。

「……少し、こわい」

風呂場の中から理央が体勢を変える音がする。

「少しだけか」

「ネットカフェにひとりのときは、すごくこわかった」

その感情を思い出したのか、理央の声は震《ふる》えていた。

自分がもうひとりいる。

誰《だれ》も経験したことのない恐怖《きょうふ》の中に理央はいるのだ。こわくて当たり前だった。

「けどさ、こんなことってあり得るのか？　ひとりの人間がふたり存在するなんてさ」

小学生の頃《ころ》に、一時期流行った都市伝説の中には、そんな話があったのを咲太は覚えている。

自分と同じ姿をしたドッペルゲンガーの話。出会うと死ぬという、絵に描《か》いたような都市伝説らしい都市伝説だ。

それを、今の状況では笑い飛ばす気にはなれなかった。

「マクロの世界で量子テレポーテーションが成立するなら、可能性はあるかもね」

「量子って聞くと、顔の筋肉が強張るな」

「テレポーテーションは？」

「SF映画の話だろ、それ」

「そうでもないよ。現実の話」

「まじか」

テレポーテーションなど、咲太《さくた》にとっては完全に物語世界の用語だ。

「前に、量子もつれの話はしたよね」

「ああ、離《はな》れてる量子同士が同期する的なやつだっけ？」

確か、その状態になったふたつの量子は、瞬間的《しゅんかんてき》に情報を共有できるとか、そんな話だったと記憶《きおく》している。

「そう。今回の件に当てはめて、簡単に説明すると……たとえば、私を構築している情報の設計図があるとするでしょ」

「それ、簡単か？」

スタート地点からして頬《ほお》が引きつってしまいそうだ。

「その情報を、量子もつれを利用して、離れた位置に一瞬《いっしゅん》で移動させたとする」

「たとえば、双葉《ふたば》はうちの風呂《ふろ》にいるのに、その情報を学校に飛ばしたと考えればいいのか？」

「それでいいよ。学校にある私を構築する情報は、誰《だれ》かに観測されることで、確率的存在から、梓川《あずさがわ》の認識している双葉理央《りお》の姿に確定される」

「観測理論だな」

「よく覚えてたね」

「その辺は何度も話を聞いたからな」

量子の世界では、物質の位置は観測されることで確定する。それまでは、確率の状態でしか存在していない……だったはずだ。

ただ、わかっているのはあくまで表面上のことだけ。ちゃんと理解している気はまったくしない。その上、今回は瞬間移動なんて話にまで発展しているのだ。ここまで来ると、「魔法《まほう》は実在する」と言われているのと気分的には変わらなかった。

「けどさ、今の双葉の話だと、同時にふたりが存在するのは無理なんじゃないのか？」

量子テレポーテーションというくらいだ。コピーとは違《ちが》うはず。

「そうだけど……説明してないのに、よくわかったね」

「観測したあとは確率じゃないんだから、どっちにもいるってわけにはいかないんだろ？　うちの風呂にいるときは、学校にはいない。そういう話だよな？」

「驚《おどろ》いた。ほんとにわかってるんだ」

「いい先生がいるんでね」

「でも、その通りだよ。実は、私はもうひとりを見たわけじゃないんだ」

「え？」

「だから、同時に存在しているのかと聞かれると、そうだとは言い切れない。ただ、私とは違う場所で、違《ちが》う行動をしている私がなんらかの形で存在していることだけは間違《まちが》いないと思う。部屋の様子やスマホの操作履歴《りれき》を確認した限りでは、私の認識にない変化や足跡《そくせき》があったから」

「なら、僕《ぼく》が双葉《ふたば》を観測し続ければ、もうひとりは存在できないってことか？」

「私を形作る観測者が梓川《あずさがわ》であればそうかもしれない。正しくは……『片方を観測している限り、もうひとりのことをその観測者は観測できない』という表現になるのかもしれないけど……」

「ん？　よくわからん」

「視点を複数にして考えた場合の話だよ。今、この状態で……さっき家に帰った桜島先輩《さくらじませんぱい》が、外で『偽者《にせもの》』の私と出会ったとするでしょ」

「ああ」

「その桜島先輩が『偽者』と一緒《いっしょ》にここへ帰ってきた場合、私と梓川が見ている世界には、桜島先輩がつれてきた『偽者』はいないかもしれないということ。逆に、桜島先輩が見ている世界には、私がいないかもしれないって話」

「……とんでもないな」

とんでもなく奇妙《きみょう》な話だ。

「そうだね。その状態では、梓川と桜島先輩の間では、見ている世界が一致《いっち》していないというパラドックスが発生していることになる」

「けど、ネットカフェで会ったとき、僕はスマホでもうひとりと電話をしていた。目の前にはここにいる双葉がいただろ」

「電話の相手は本当に私だった？」

何か意味を含《ふく》んだ聞き方だ。

「双葉だったよ」

「絶対に？」

「そう言われると見たわけじゃないからな」

「それは、『極めて私に等しい存在だけど確証はない状態』と言《い》い換《か》えることができるね。つまり、電話口の『私』に関しては、不確定な要素を含んでいる」

「だから、同時に存在できたと？」

「あくまで憶測《おくそく》であり、可能性のひとつだけど。私が『偽者』と遭遇《そうぐう》していないのは、ただの偶然《ぐうぜん》ってこともあり得るとは思う。他人にはふたりが同時に見えるって可能性も捨てきれない」

「そうなると、やっぱり迂闊《うかつ》には出歩けないわな」

峰《みね》ヶ《が》原《はら》高校の生徒に、理央がふたりいるところを見られるのは何かと都合が悪い。説明が必要になる場合もあるだろう。双子《ふたご》だと言ってごまかせるかは怪《あや》しいものだ。

「あ、でも、その量子テレポーテーション？　双葉《ふたば》を構築する情報っていうのが同じなら、どっちで観測されて実体化したとしても、双葉の意識や記憶《きおく》は一緒《いっしょ》なんじゃないのか？」

観測されることで位置が特定されただけで、元になる情報の部分が『双葉理央《りお》』であることは変わらないはずだ。それが別々の意識と記憶を持って動いているとするなら、その場合は『双葉理央』を名乗る存在がふたりいることにならないだろうか。

「これこそ仮定の話だけど……」

わずかに理央が言いよどむ。言葉が途《と》切《ぎ》れると、洗濯機《せんたくき》の回る音がやけに大きく聞こえた。

「双葉？」

そっと話を促《うなが》す。

「今回、私……『双葉理央』を観測しているのが、私自身だったとして、私を観測する私の意識が、なんらかの理由でふたつ存在しているのだとしたら、今のような状態になるのかもしれない」

「それって、人格がふたつあるってことか？」

「そこまではっきりと区切られたものではないと思うけどね」

「仮にそうだったとして……どうしてそんなことになった？」

「その心当たりはないって言ったでしょ」

「何かショックなことがあったとか、強いストレスに耐《た》えかねて、とか？」

「妙《みょう》にすんなりその言葉が出てきたね。そうしたものが、意識や記憶に障害《しょうがい》を引き起こすって話は私も聞いたことがあるけど」

以前、そうしたケースを咲太《さくた》は体験している。二年前の出来事。かえでがいじめに遭《あ》い、その中で、強烈《きょうれつ》なストレスが人体に及ぼす嫌《いや》な影響《えいきょう》を目の当たりにしている。

「まあ、前にちょっとね」

「……お母さんのこと？」

聞くべきかどうか迷ったような声。理央には、母親がかえでのいじめの件で参ってしまったことは話してある。病院にかかっていることも。

「そんなとこ」

「ごめん」

「いいって。そもそも、話を振《ふ》ったのは僕《ぼく》の方だ」

「うん……それでさ、梓川《あずさがわ》」

「ん？」

「そろそろ、出たいんだけど。のぼせそう」

「わかった」

洗濯機の前に座ったまま、咲太は答えた。

「出て行けって意味だから」

うんざりした理央《りお》の声。風呂場《ふろば》で反響《はんきょう》して、不機嫌《ふきげん》さは二割増しくらいに聞こえる。咲太《さくた》は大人しく立ち上がった。

「僕《ぼく》は出て行くけど、双葉《ふたば》はずっとうちにいていいからな」

「……その、ごめん」

「気にすんな」

素直に、「ありがとう」って言わないところが理央らしいと思いつつ、咲太は脱衣所《だついじょ》から出た。ドアもぴったり閉めておく。

するど、インターフォンが鳴った。麻衣《まい》が戻《もど》ってきたようだ。

「はいはい、今、出ますよー」

理央も風呂から上がったところで、今度は誰《だれ》がどこで寝《ね》るかの相談になった。

咲太がかえでと暮らしているこの家の間取りは2LDK。ベッドは咲太の部屋とかえでの部屋にしかない。一応、来客用の寝具《しんぐ》は一組あるので、三名にはまともな環境《かんきょう》が与えられる。

「では、麻衣さんと双葉さんにはお兄ちゃんの部屋を使ってもらって、お兄ちゃんはかえでの部屋で一緒《いっしょ》に寝ればいいと思います」

「却下《きゃっか》」

かえでの提案はさらっと跳《は》ね除《の》けた。結果的には、かえではかえでの部屋で、麻衣と理央は咲太の部屋で来客用の布団を追加して寝てもらい、咲太はリビングでゴロ寝となった。順当な結論……というか、最初からそれ以外の選択肢《せんたくし》はない。

「おやすみなさい」

ふたつの部屋のドアが閉まったあとで、咲太はリビングの電気を消して、TVの前のスペースに寝転がる。

天井に張り付いたLEDライトのドームがぼんやりと白い光を残している。静けさの中に冷蔵庫のブーンという音がやけに響《ひび》いた。

目を閉じても、すぐには寝付けない。

しばらくじっとしていると、ドアの開く音がした。音の方向からして恐《おそ》らく咲太の部屋だ。トイレにでも行くのかと思った足音は、リビングの方に近づいてくる。やがて、咲太のすぐ側まで来て立ち止まった。

しかも、その場でごろんと寝転がる気配。

絶対に理央ならこんな真似はしない。だから、麻衣だろうと思いながら目を開いた。

体を横に向けた咲太の顔の前に、案の定、麻衣の綺麗《きれい》な顔があった。わずかな光の中でも、その輪郭《りんかく》ははっきりとわかったし、どこか楽しげなのも判別できる。

「麻衣さん」

「ん？」

声もなんだか弾《はず》んでいる。

「なにしてんの？」

「咲太《さくた》の顔を見てる」

「いや、そうだけど」

「彼氏の顔を見てる」

「……」

今のはちょっと反則だ。心臓がばくんっと高鳴った。余計に眠《ねむ》れなくなりそうだ。

「ドキッとしたでしょ？」

からかうような瞳《ひとみ》。

「麻衣《まい》さん、浮《う》かれてる？」

「久しぶりに彼氏とゆっくり会えて、お泊《と》まりしてるんだから当たり前でしょ」

わざとらしい上に、悪ふざけを含《ふく》んだ下手な演技《えんぎ》。その瞳にはなにやら不満を溜《た》め込《こ》んでいる。それに咲太が気づいた途端《とたん》、麻衣の手が伸びてきて鼻を摘《つま》まれた。

「双葉《ふたば》は？」

鼻の詰《つ》まった声でそう質問する。

「ぐっすり眠《ねむ》ってる。この何日か、安心して眠れてなかったんじゃない？」

「そうですか」

女子がネットカフェで連泊《れんぱく》となれば、何かと神経を削《けず》るのだろう。特に、理央《りお》はその辺に関して神経質な方な気がした。

「咲太は目の前にいる私より、双葉さんが気になるんだ」

「実は麻衣さんの機嫌《きげん》が悪そうだったから、真面目な話題にしておいた方が安全かなあと思ったんだけど……」

どうやら、これも地雷だったようだ。

「あーあ、明日、丸一日オフになったから、デートしてあげようと思ってたのに」

そっぽを向いて麻衣がそんなことを言う。指も離《はな》れて咲太の鼻を解放してくれた。

「そのために、一日早く帰ってきてくれたんだ」

「……」

麻衣は肯定《こうてい》も否定もしない。ただ、なんとなく不満そうな目で咲太を見ている。だから、正解で間違《まちが》いないと思った。

「でも、どうして、もうダメになった風なんですか？」

「咲太は双葉さんのこと調べるでしょ」

何の躊躇《ためら》いもなく麻衣が図星を突《つ》いてくる。

「『偽者《にせもの》』は科学部の活動で明日も学校だと思うので、まー、様子を見に行こうとは思ってました」

ごまかしても仕方がないので素直に白状する。まずは、本当に双葉理央《ふたばりお》がふたり存在しているのかを改めて確認するつもりだ。

「ほら、やっぱり」

「そこで、麻衣《まい》さんにひとつお願いがあるんですが」

「嫌《いや》」

咲太《さくた》が言い終えるよりも早く、麻衣が否定の意思を被《かぶ》せてくる。

「どうせ、咲太が『偽者《にせもの》の双葉さん』のところに行っている間、『本物の双葉さん』がどうしているか私に見ておけって言うんでしょ？」

「さすが麻衣さん、僕《ぼく》のことよくわかってる」

学校に本物の理央をつれていき、『偽者』と横に並べるのが一番手っ取り早い方法ではあるのだが、それにはリスクを伴《ともな》う。誰《だれ》かにその場面を目撃《もくげき》されるのは何かとまずい。パニックになる。

ふたりを同時に確認するのは、無理なのかもしれないという理央の仮説もある。

あと、若干気になっていたのは、ドッペルゲンガーの都市伝説。もう少し状況《じょうきょう》がはっきりするまではふたりを会わせない方がいいような気がしていた。

「喜ぶな」

麻衣の指が頬《ほお》をつねってくる。

「痛い痛い」

「悦《よろこ》ぶな」

「というわけなんで、お願いします」

「……」

無言になった麻衣の指が咲太の頬から離れる。

「じゃあ、お詫《わ》びはチャラでいいわね」

「それって、麻衣さんが僕をしばらく放置してた分の？」

「そうよ」

「えー」

「当然でしょ」

「この件のお礼に、僕も麻衣さんのお願いを何でも聞くから、お詫びはお詫びでほしいなあ」

「今、添《そ》い寝《ね》してあげてる」

「もっとこう、ネズミの鳴き声的な行為《こうい》でお願いします」

「……」

麻衣は心底呆《あき》れた顔をしていた。

「あれ、わかりませんでした？」

もちろん、そんなわけはない。麻衣はわかったからこそ、呆れているのだ。ネズミの鳴き声はチュー。すなわち、キス。

「別にお詫《わ》びを理由にしなくても、時と場所と雰囲気《ふんいき》をちゃんと選んでくれれば、咲太《さくた》の方からしてくれてもいいのよ」

途中《とちゅう》までは悪戯《いたずら》っぽく笑っていた麻衣《まい》の目が、言い終えると同時に気恥《きは》ずかしそうに逸《そ》らされた。

「麻衣さん？」

「な、なによ」

強がった上目遣《うわめづか》いで咲太を見ている。

これはオッケーと捉《とら》えていいのだろうか。たぶん、いいのだろう。仮にダメだったとしても、麻衣に叱《しか》られるだけだ。それはそれで咲太にとってはご褒美《ほうび》なので、躊躇《ためら》う理由はひとつもなかった。

「……」

「……」

視線が絡《から》む。

一秒、二秒……三秒して麻衣がまつ毛を震《ふる》わせながら静かに目を閉じた。

キスをするために、咲太は身を乗り出した。それと同じタイミングで、麻衣が恥《は》ずかしそうにあごを引く。おかげで唇《くちびる》よりも先におでことおでこがぶつかってしまった。ごつっと音までした。

「痛いわね」

むすっとした不機嫌《ふきげん》な顔で麻衣が睨《にら》んでくる。

「麻衣さんが恥ずかしがって俯《うつむ》くから」

「さ、咲太ががっつくからよ」

文句を言いながら、麻衣がむくりと起き上がる。

「麻衣さん？」

「今日はもうおしまい」

そう告げてきた横顔は、暗がりでよくわからなかったけど、ほんのりと朱に染まっている気がした。

「えー」

ここまで来ておあずけは辛《つら》い。

「咲太が下手くそだからじゃない」

「うわー、それ傷付くなあ。男として自信をなくして、女性恐怖症《きょうふしょう》になりそう」

「そんなことにはならないわよ」

やけにきっぱりと麻衣が否定《ひてい》してくる。

「その心は？」

「上手にできるようになるまで、私が練習させてあげるから」

「……麻衣《まい》さん」

「なによ、嫌《いや》なの？」

「すげえ、好きです」

「知ってる」

口調は面倒《めんどう》くさそうだったけど、振《ふ》り向《む》いた麻衣の口元には笑みが浮《う》かんでいた。

「じゃあ、おやすみ」

そう言って、麻衣は立ち上がった。

「はい、おやすみなさい」

小さく手を振って、麻衣は咲太《さくた》の部屋に戻《もど》っていった。ぱたりとドアの閉まる音を聞き届けてから目を閉じる。

とは言え、すぐには寝付《ねつ》けない気がした。麻衣にあんなことをされて、あんなことを言われて、高ぶるなというのは無理がある。

そして、それとは別に、咲太の気分をざわつかせているものがあった。

頭を過《よぎ》るのは理央《りお》のこと。昼間相談に乗ってくれた理央。咲太の部屋で寝ている理央。ふたりいるらしい理央。

今、咲太の部屋で寝ている理央は、もうひとりのことを『偽者《にせもの》』と呼んでいた。それに納得していれば、気持ちはざわつかなかったかもしれない。

その点について、咲太は別の感想を持っていた。

——どちらも双葉《ふたば》理央としか思えない
片方が偽者なら退治すればいい。けれど、そう単純な話ではないような気がしていたのだ。

それがざわつきの正体。

けれど、どちらも本物なら、ふたりいては困ることになる。家も、学校も、そして恐《おそ》らくは社会も、双葉理央をふたり受け入れられるようにはできていない。そうした現実を咲太の体は肌《はだ》で感じていたのだと思う。

だから、咲太の胸はざわつき続ける。

「あ〜、くそ。こういうときは、麻衣さんのバニー姿を思い出すのが一番だな」

第二章

青春はパラドックス

1

海を見ていた。

砂浜に下りるための階段に座って、二年前の自分がぼんやり海を見ていた。

何度も繰《く》り返《かえ》し夢で思い出した景色。七里《りちり》ヶ《が》浜《はま》の海。

だから、これもまた夢なのだと、咲太《さくた》は眠《ねむ》りの中でもそう自覚していた。

このあとの展開も知っている。

そろそろ翔子《しょうこ》がやってくるはずだ。

「今日も咲太君はテンション低いんですね」

跳《は》ねるような足取りで現れた翔子が咲太の隣《となり》に座る。

「翔子さんは今日も若干ウザいですね」

「少年の荒《すさ》んだ心は、毎日海に通っても癒《いや》されませんか」

「水平線までの距離《きょり》を知ったのが失敗でした」

はるか彼方に思えても、実際は約四キロメートル先に過ぎない。遠くに見えるものでも、案外近くにあるという教訓を教えてくれているのだろうか。

「あらら。責任感じるなあ。どうすれば、咲太君は元気になるんですか？　わたしにできることなら協力しますよ？」

横から咲太の顔を覗《のぞ》き込《こ》んでくる。その動作に合わせて、翔子のしなやかな髪《かみ》はさらさらと零《こぼ》れ落《お》ちた。首を傾《かし》げたようなその仕草は、とてもかわいらしい。

「翔子さんがおっぱいを触《さわ》らせてくれたら、元気出ると思います」

投げやりに咲太はそう返した。

「ほんとに、それで元気になるんですか？」

疑いの眼差し。

「なります」

「でも、わたし……大きくないですよ？」

上目遣《うわめづか》いでそんなことを聞いてくる。

「……」

じっと見つめていると、翔子の頬《ほお》が赤く染まった。

「……す、少しだけなら」

「今のは冗談《じょうだん》ですから本気にしないでください」

このままだと本当に触らせてくれそうだったので、咲太の方から引いておいた。

「わかってます、それくらい」

「ほんとかなあ」

「ほんとに元気になるなら、考えてあげてもいいですけどね」

お姉さんぶった翔子《しょうこ》が悪戯《いたずら》っぽく笑う。

「そのサイズで強気に出ないでください」

「言ったな」

さっと翔子が立ち上がる。それから、咲太《さくた》の背後に回ると、

「えいっ」

とか言って、おぶさってきた。咲太の肩《かた》から両手を前に回してしがみ付いてくる。当然、翔子の胸は咲太の背中に密着している。おかげで、咲太の全神経は背中に集中した。

「翔子さん」

「なにかな?」

「思ったよりありますね」

「そうでしょう。そうでしょう」

満足げな声が耳元にかかる。

「あくまで、思ったよりです」

「心臓バクバクのくせに、かわいくないなあ」

「それ、お互《たが》い様《さま》」

そう指摘《してき》しても、翔子はしばらく咲太から離《はな》れなかった。なんとなく海を見ながら、そのま

まの体勢でだらだらと会話を交わした。とりとめのない会話。背中から伝わる翔子の体温に、咲太は安心感を覚えていた。だから、何が切《き》っ掛《か》けであの話になったのかはもう覚えていない。自然な流れでそうなったのだと思う。

「咲太君は、妹さんを助けてあげられなかったことに罪悪感があるんですね」

「……悪いですか」

「悪くはないです。でも、咲太君に元気がないと、妹さんも辛《つら》いと思います。自分のせいで咲太君の笑顔がしぼんでいくのはうれしくないですから」

「いじめに遭《あ》ったのはかえでのせいじゃないですよ」

「だとしてもです」

「……」

「『ごめん』って気持ちはとても大事ですよ？　大事ですけど、ずっとその気持ちを向けられると、人は『ごめん』の重さに押《お》し潰《つぶ》されてしまうこともあるんです」

「なら、どうすればいいんですか」

「咲太君が言われてうれしい言葉はなんですか？」

「……」

「『ごめん』って言われるのは好きですか？」

「いえ」

「わたしも好きじゃないです。『ありがとう』と『がんばったね』と『大好き』が、わたしの好きな言葉。三大好きな言葉です」

後ろから回した腕《うで》に、翔子《しょうこ》がわずかに力を込める。ぎゅっと抱《だ》き締《し》められている感じ。少し苦しいけど、それが心地いい。あたたかい。

「咲太《さくた》君はがんばったね」

「っ⁉」

耳元に届けられた言葉に、胸がどきんっと反応した。

「妹さんのためにがんばりました」

「……」

続けて、じんっと鼻の奥《おく》が熱くなる。まずいと思ったときにはもう遅《おそ》かった。瞬《まばた》きをした拍《ひょう》子《し》に、咲太の目から涙《なみだ》が零《こぼ》れ落《お》ちる。

誰《だれ》にも頼《たよ》れなかった。誰からも助けてもらえなかった。思春期症候群《ししゅんきしょうこうぐん》で体を傷だらけにしたかえでを見ていることしかできなかった。どうにかしたくても、どうにもできなかった。かえでを襲《おそ》う不可思議な現象を、信じてくれる人すら現れなかったから。

咲太がどれだけ喉《のど》をからして説明しても、聞く耳を持つ人はいなかった。両親は現実を受け止めきれず、学校の先生たちは責任逃《のが》れをはじめ、友達は寄ってこなくなった。一生懸命《けんめい》になればなるほど、周囲の人間は咲太とかえでから遠ざかっていった。空気の読めない人間でも見るような目をして。それが辛《つら》くて、しんどくて、どうにもできなくて、ただ悔《くや》しかった。

「僕《ぼく》は……」

「咲太君はよくがんばりました」

その一言で、ずっとせき止めていた感情が一気に決壊《けっかい》した。溢《あふ》れる涙が止まらない。誰も理解してくれないと思っていたのに、ここにひとりだけいた。わかってくれる人が……。それが、ただただうれしかった。それだけで救われた気持ちになれた。

「翔子さん、僕は……」

感情のうねりに任せて振《ふ》り向《む》こうとした。でも、できなかった。突然《とつぜん》、ばちんっと左右の頬《ほお》を何かに挟《はさ》まれたのだ。そのせいで、首が左右に動かない……。

顔に圧迫感《あっぱくかん》を覚えて、咲太の意識は覚醒《かくせい》した。

右の頬が熱い。左の頬も熱い。引《ひ》っ叩《ぱた》かれたようにじんじんと疼《うず》いている。

その痛みに目を開けると、真っ先に逆さまになった麻衣《まい》の顔が見えた。

「……」

不機嫌《ふきげん》な顔。せっかくのエプロン姿が台無しだ。逆さまなのは、仰向《あおむ》けになった咲太の頭の上に、麻衣がしゃがみ込んでいるからだった。

その麻衣の両手は咲太の顔を左右から挟《はさ》んでいる。

「ごめんなさい」

潰《つぶ》れてタコの口になりながら、ひとまず咲太《さくた》は謝った。

「何が？」

「えっと……」

思い当たる理由はひとつ。呼んではいけない名前を、寝言《ねごと》で呼んでしまったのかもしれない
……ということだ。

「理由を窺《うかが》ってもよろしいでしょうか」

恐《おそ》る恐《おそ》る咲太はそう切り出した。

「私とひとつ屋根の下にいるのに、咲太がのんきな顔で寝《ね》ているのを見たら腹が立ったの」

視線を逸《そ》らし、何食わぬ顔で麻衣《まい》が嘘《うそ》を吐《つ》く。

「麻衣さんは彼氏の家にお泊《と》まりで、なかなか寝付けなかったから？」

「年下の彼氏の家に泊まるくらい、別になんともない」

自然な態度を取《と》り繕《つくろ》っていた麻衣だが、言い終えると同時に小さなあくびをした。以前、大《おお》垣《がき》のビジネスホテルにふたりで宿泊《しゅくはく》した際には、隣《となり》に咲太がいても麻衣はぐっすり眠《ねむ》ってい
たのに……。あの頃《ころ》とは違《ちが》い、少しは男として意識してもらえるようになったということだろ
うか。単に、昨日までドラマの撮影《さつえい》で京都にいたため、疲《つか》れからもれたあくびの可能性が高い
が……ここは前向きに、前者だと思うことにしておこう。

「咲太のくせに、生意気なこと考えない」

「あれ、なんでばれた？」

「顔に書いてある」

「ウブな麻衣さんはかわいいなあって？」

「ほんと生意気なんだから」

額をぱちんと叩《たた》かれる。いい音がした。

「朝ご飯、作ってあるから、顔洗ってきなさい」

首だけ持ち上げると、ダイニングテーブルには、フレンチトーストとスクランブルエッグが並んでいた。

「材料、勝手に使わせてもらっちゃったけど」

「自分の家だと思って好きにしてください」

「バカなこと言ってないで早く起きなさい」

「よいしょ」

起きると見せかけて、咲太は持ち上げた頭を麻衣の太ももに乗せた。世間一般《いっぱん》で言うところの膝枕《ひざまくら》だ。だが、完全な状態ではない。というのも、麻衣は膝《ひざ》をついて座ってはいるが、腰《こし》は浮《う》いているため妙《みょう》に傾斜《けいしゃ》がある。

「麻衣さん、首痛い」

「勝手にしといて、文句言うな」

それでも、麻衣《まい》は嫌《いや》がって咲太《さくた》の頭をどけようとはしなかった。しばし至福の時間が緩《ゆる》やかに流れる。

「はっ！」

その驚《おどろ》きの声は、突然《とつぜん》、別のところから聞こえた。目を覚ましたかえでが部屋から出てきたのだ。

「あ、かえで、おは……って、おわっ」

朝の挨拶《あいさつ》の途中《とちゅう》で、麻衣が突然立ち上がる。おかげで、咲太の頭は支えを失い、リビングの床にしたたかに打ち付けられた。

「……⁉」

痛すぎて悲鳴が声にならない。しばらく、無言で後頭部を両手で押《お》さえたままのた打ち回るはめになった。

「おはよう、かえでちゃん」

彼氏を酷《ひど》い目に遭《あ》わせた麻衣は、涼《すず》しい顔でかえでに声をかけている。これはやっぱり、寝《ね》言《ごと》で翔子《しょうこ》の名前を呼んでしまったと思っておいた方がよさそうだ。麻衣がはっきり言ってこないのは、彼女のプライドがそうさせるのだろう。翔子のことを気にしているなどと、認めたくないのだ。

「お、おはようございます。かえではなにも見てません！」

ようやく咲太《さくた》が起き上がると、かえでは両手で顔を覆《おお》ってもじもじしていた。

「もう、なにも見えません、お先真っ暗です！」

「手で顔を覆ってれば、そりゃあな」

「明日も見えません！」

「それが人生だ」

「筋書きのないドラマなんですね」

「梓川家《あずさがわけ》の朝は賑《にぎ》やかだね」

洗面所から出てきた理央《りお》は、眼鏡をかけながら微妙《びみょう》に困った顔をしていた。きっと、この空気に混ざる自信がなかったのだろう。


それから、咲太たちは麻衣《まい》が用意してくれた朝食を四人で囲んだ。

「いただきます」

こうして、ダイニングテーブルが全席埋《う》まるのは、この家で咲太とかえでが暮らすようになってからはじめてのことだ。

席に着くまでは少し時間はかかったが、かえでも咲太の隣《となり》に座ってふわふわのフレンチトーストを口に運んでいた。妙《みょう》にぴったりくっついているので、若干食べにくい。

「お兄ちゃん、これおいしいです！　ふわふわしてます」

「卵も美味いぞ」

「こっちはとろとろしてます」

「これから、毎日麻衣さんに作ってもらおうな」

「はい」

笑顔でかえでが頷《うなず》く。

「かえでちゃんを利用するんじゃないの」

テーブルの下で麻衣に足を踏《ふ》まれた。

「いっ！」

「どうしたんですか、お兄ちゃん？」

「愛を試されてるんだ」

地味に麻衣がぐりぐりしてくる。

かえでは首を傾《かし》げて、きょとんとしていた。理央は理央で、なぜか手が止まっている。

「双葉《ふたば》さん、口に合わない？」

「あ、いえ」

麻衣に指摘《してき》されて、理央がフレンチトーストを口に運ぶ。

「誰《だれ》かとの朝食が久しぶりだったので」

そう言えば、理央《りお》はよく学校の物理実験室でトーストを食べている。物理教師の私物であるインスタントコーヒーを勝手に飲みながら……。家族と一緒《いっしょ》に朝食は取らないのだろうか。

それを尋《たず》ねようと口を開きかけた瞬間《しゅんかん》、小さな震動音《しんどうおん》が割り込んできた。耳を澄《す》ましていないと聞こえない程度の微《かす》かな音。それでも、それがスマホの着信だと咲太《さくた》はすぐに気づいた。隣《となり》に座ったかえでがびくっと震《ふる》えたからわかった。

「あ、ごめん。私」

麻衣《まい》がエプロンのポケットから取り出したのは、ウサギ耳のカバーが装着されたスマホ。

「ちょっと、ごめん。マネージャーから」

と、断ってから麻衣が席を立つ。ベランダに出ると、スマホを耳に当てていた。

「はい」

大人の態度と声のトーン。

「あ、麻衣さん？」

相手の声が大きいせいか、機械のボリュームのせいかは知らないが、咲太のところまで声が届いた。

「どうかしたんですか？」

「朝からすいません。今、お電話は？」

「大丈夫《だいじょうぶ》です」

「昨日まで撮影《さつえい》お疲《つか》れ様《さま》でした……もしかして、外にいます？」

マイクの拾う音で気づいたのだろうか。正しくはベランダだが。

「彼氏の家です」

ごく自然な態度で麻衣がそう告げる。この様子だと、電話の相手であるマネージャーには、すでにお付き合いのことを話してあるようだ。

そう思った矢先、

「ああ、彼氏の……って、ええっ⁉」

と驚《おどろ》いた声が聞こえてきた。どうやら、初耳だったらしい。

「い、今、か、彼⁉　彼氏って言いました？」

「言いました」

慌《あわ》てるマネージャーに、冷静に返事をする麻衣。

「そ、そこを動かないでください！　私、社長に相談するので！　あとで、ご自宅にも伺《うかが》います！」

電話は切れたのか、麻衣が室内に戻《もど》ってくる。しかも、「これでよし」とか言いながら、スマホの電源を落としていた。

「ごめんね、かえでちゃん」

席に座ると、真っ先にかえでに向かって両手を合わせた。

「だ、だいじょうぶです！　かえではちょっとあの音を聞くとぶるっとする体質なだけですから」

「麻衣《まい》さんは大丈夫《だいじょうぶ》なの？」

「咲太《さくた》のせいで事務所の社長からお説教かもね」

「……」

「冗談《じょうだん》」

なんでもなさそうに笑って、麻衣はフレンチトーストを口に運んだ。「なかなかいい出来ね」と自画自賛している。実際、本当に美味しい。冗談ではなく、毎日作ってもらいたい。

「麻衣さんの芸能界ジョークは、冗談か本気かわからないんでやめてください」

「大丈夫よ。彼氏くらい」

「にしては、マネージャーさん？　随分《ずいぶん》テンパってましたよね？」

「CMの契約《けいやく》取ったばかりだから、スキャンダルのネタに敏感《びんかん》なだけよ。ま、しばらく、外をふたりで歩くのはやめろとは言われるかもしれないけど」

「それ、大丈夫じゃないんじゃ」

まさか、別れろなんて話に発展するのではないかと勘繰《かんぐ》ってしまう。

「あ、それと、マネージャーがテンパってるのはいつものことだから」

「それも大丈夫じゃないんじゃ」

よく知らないが、マネージャーとはタレントの仕事の手配をしたり、スケジュールの管理を行う立場の人のはず。さっきの様子では心配だ。結局、向こうからかけてきた電話なのに、用件を言わずに切ってしまったようだし……。しかも、麻衣は、かえでに配慮《はいりょ》して、スマホの電源を落としている。今頃《いまごろ》、用件を伝え忘れていたことを思い出して、再びテンパっているのではないだろうか。

とは言え、咲太が心配しても仕方がないことなので、おいしい朝食の続きを食べることにした。

十時になると、いつも通り翔子《しょうこ》が訪ねてきた。今日はつばの大きな帽子を被《かぶ》っている。避暑《ひしょ》地《ち》を散歩する良家のお嬢様風だ。

「日差しが強いので、お母さんに被っていくように言われたので」

咲太の視線に気づいた翔子が、言い訳するように教えてくれた。

「あの、お客様ですか？」

玄関《げんかん》に置かれた見慣れない靴《くつ》を、翔子は気にしている。

「ちょっと、色々あってね。大丈夫《だいじょうぶ》だから上がって」

靴を脱《ぬ》いだ翔子をリビングに通す。かえでの他に、麻衣と理央《りお》が今日はいる。

「咲太さんは、女性のお知り合いが多いんですね」

「……」

「あ、他意はありません」

誤解を解こうと、翔子《しょうこ》が胸の前で両手をばたばたとさせる。

「ありません」

何も言っていないのに、もう一度言ってきた。これは他意がありそうだ。

「僕《ぼく》を酷《ひど》い女ったらしだと思ってない？」

「いえ、意外とマハラジャなのかもしれないと思っただけです」

気遣《きづか》うような口調で、何やらとんでもないことを言われた。これ以上誤解が深まる前に、咲《さく》太《た》は理央《りお》を紹介《しょうかい》した。麻衣《まい》の方は、はやてを拾ったときに一緒《いっしょ》だったので面識がある。

「彼女は双葉《ふたば》理央。高校の同級生」

「牧之原《まきのはら》翔子と言います」

ぺこりと翔子がお辞儀《じぎ》をすると、理央は少し強張った顔をした。そのあとで、ちらりと咲太を見てきた。この場では、軽く目で頷《うなず》くに留めた。昨日の昼間、もうひとりの理央には相談をしたが、こちらの理央にはまだ翔子のことを話していなかった。だから、理央が驚《おどろ》くのも無理はない。

一度、『理央』には相談したことなので、咲太はすでに話したつもりでいて、そのことをすっかり失念していた。

翔子がはやてと遊んでいるうちに、理央に翔子のことを話しておいた。

「ほんと、梓川《あずさがわ》は思春期症候群《しょうこうぐん》に好かれてるね」

少しもありがたくない感想をもらしていた。

その後、昨日約束した通り、咲太は翔子と一緒になすのを風呂《ふろ》に入れることにした。翔子になすのを抱《だ》っこしてもらい、風呂場までつれてきてもらう。後ろからは、飛《と》び跳《は》ねるような歩き方で、はやてもくっついてきた。でも、警戒《けいかい》しているのか、浴室には足を踏《ふ》み入《い》れない。

洗面器にぬるめのお湯を張る。目で合図をすると、その中に翔子がなすのを下ろした。大人しくお座りのポーズを取るなすの。その背中に、取っ手のついた桶《おけ》で、外に出ている背中にお湯をかけてあげた。気持ちよさそうに目を瞑《つむ》っている。

続けて、シャンプーをする。

「毛の向きに沿《そ》ってゆっくりね」

「はい」

翔子の小さな手がなすのをごしごししている。くまなく洗ったところで、全身の泡《あわ》をシャワーで流した。

「ほい、終わり」

鳴き声で返事をしたなすのが、ぺたぺたと歩いて洗面器の外に出る。翔子の目の前でぴたりと足を止めた。

「あ、やばっ」

「え？」

翔子《しょうこ》の反応とほぼ同時だった。なすのがぶるぶると濡《ぬ》れた体を震《ふる》わせて、水滴《すいてき》を周囲に撒《ま》き散《ち》らす。

「きゃっ！」

びっくりした翔子が水浸《みずびた》しの床に尻餅《しりもち》をついた。さらに、握《にぎ》っていたシャワーを自分に向けてしまっている。

「きゃっ、きゃあ！」

体が濡れたことに驚《おどろ》いた翔子の手からシャワーが離《はな》れた。水の勢いで蛇《へび》のように暴れて、シャワーは翔子の全身を容赦《ようしゃ》なく濡らしていく。

「ううっ」

咲太《さくた》は急いでシャワーを止めた。

けれど、時すでに遅《おそ》し。

翔子は頭からお尻《しり》までびしょ濡れだ。薄《うす》い布地のワンピースはぴったりと肌《はだ》に張り付き、下着どころか素肌《すはだ》まで透《す》けている。

その横を、なすのは涼《すず》しい顔で通り過ぎ、廊下《ろうか》の方へと出ていく。まだ濡れたままなので、放置するわけにもいかない。

「かえで！　なすのがそっち行った。ドライヤーしてやって！」

そう叫《さけ》んだあとで、咲太は翔子に手を貸して引っ張り起こした。驚くほど軽い。

そのまま手を引いて脱衣所《だついじょ》に連れ出すと、タオルで頭を拭《ふ》いてあげた。

「だいじょうぶです。自分でします」

「それもそっか」

小さな子供というわけではない。

「着替《きが》え用意するから、服は脱《ぬ》いじゃって。風邪《かぜ》引くといけないし」

「はい」

翔子が胸元のボタンに手をかける。けれど、濡れて硬《かた》くなっているのか、全然外れる気配がない。

「貸してみ」

咲太が手を出すと、翔子は素直にボタンを譲《ゆず》ってくれた。これは確かに硬い。それでも、なんとか、ひとつ、ふたつと外していく。

ワンピースの前がはだけて、その下に着ていた白いキャミソールが顔を出した。それも濡れて、肌が透けている。

脱ぎやすいように、もうひとつボタンを外そうとしていると、背後に人の気配を感じた。

「咲太、なにしてるの？」

脱衣所《だついじょ》の前に立っていたのは麻衣《まい》だ。

「牧之原《まきのはら》さんの服を脱《ぬ》がしてます」

「堂々と白状するな」

なにやらご立腹のご様子。

「え？　あれ？　いたいけな少女に性的な悪戯《いたずら》をしてる変質者に見えてます？」

「見えてる」

「ちょっと待った、麻衣さん。彼女、まだ子供ですよ？」

咲太《さくた》が異性として意識するには少々若すぎる。

「女の子でしょ」

麻衣の苛立《いらだ》ちが収まらないところを見ると、双方の見解に食《く》い違《ちが》いがありそうだ。これは、明確な線引きをしておく必要があるだろう。

「牧之原さん」

「はい」

突然《とつぜん》話を振《ふ》られても、翔子《しょうこ》は落ち着いていた。

「お父さんと一緒《いっしょ》にお風呂《ふろ》入る？」

「小学三年生までは入ることもありました」

「今は？」

「もう入っていません」

きっぱりとした返事。言われてみればそうだ。年下とは言え、翔子はもう中学一年生。小さな子供ではなく、麻衣が言うように女の子……。

「えっと……麻衣さん、あとお願いします」

愛想笑いでごまかそうとする。

「終わったら、話あるからね」

残念ながらごまかせなかったようだ。

「楽しい話だといいなあ」

「あの、わたしはだいじょうぶですので、咲太さんを怒《おこ》らないであげてください」

純粋《じゅんすい》な翔子の瞳は、真っ直ぐに麻衣へと向けられていた。

ありがたい助け船。だけど、この場合は逆効果だった。

「随分《ずいぶん》と従順に手懐《てなず》けたじゃない」

麻衣の目は笑っていない。

「僕《ぼく》は何もしてませんって。もとからそういう子なんです」

「いいから、早く出てって」

脱衣所から追い出されてしまう。すぐに、ドアがぴしゃりと閉じられた。

「やべ、すげえ、怒ってるな、あれ……」

「聞こえてるわよ、バカ」

「……すいません。許してください」

2

こってり麻衣《まい》に絞《しぼ》られたあと、昼食を済ませた咲太《さくた》は、制服に着替《きが》えて予定通り学校へと向かった。

炎天下を歩くこと約十分で最寄りの藤沢《ふじさわ》駅に到着《とうちゃく》する。人口約四十万人を数える市の中心地。駅を囲むように、百貨店や家電量販店《りょうはんてん》が並んでいる。JR、小田急《おだきゅう》、江ノ電《えのでん》……三社の鉄道路線が走る駅周辺は、今日も多くの人が行き交っていた。

そこから、のんびりと走る鎌倉《かまくら》行きの電車に揺《ゆ》られること約十五分。咲太が降り立ったのは、藤沢駅から南東に位置する江ノ電の七里ヶ浜《しちりがはま》駅。通っている線路は一本だけの小さな駅だ。

改札を出ると、潮の香《かお》りを含《ふく》んだ海風が出迎《でむか》えてくれた。ずっと通っていればそのうち慣れるかと思っていたが、電車を降りた瞬間《しゅんかん》には今も海を感じる。それどころか、季節や天気によるにおいの違《ちが》いにも気づくようになっていた。

だが、今日に限っては、自分の足が気になって仕方がない。長時間、麻衣に正座を強要されて感覚がおかしくなっている。

　駅から学校へ続く通学路に、咲太以外の生徒の姿はなかった。地元のサーファーがボードを持って歩いているのを見かけると、本当に夏だなあと実感する。遊びに来た学生のグループが海の方へと笑い声を上げながら遠ざかっていった。

　三分の一だけ開いた校門を抜《ぬ》けて校内へ。グラウンドの方から部活の掛《か》け声《ごえ》が聞こえる。これは白球を追いかけている野球部のものだ。時折、金属バットがボールを捉《とら》える気持ちいい音が響《ひび》いた。

　夏の大会は終わり、三年生は引退。チームは新体制で動き出しているはずだ。高校の数がやたらと多い神奈川県の球児の中で、甲子園《こうしえん》の土を踏《ふ》めるのはほんの一握《ひとにぎ》り。今年の峰ヶ原《みねがはら》高校野球部は、二回戦で強豪校《きょうごうこう》とぶつかり早々に敗れてしまった。

　遠い頂。だからこそ、その頂点を目指して汗《あせ》を流す彼らは眩《まぶ》しく見える。

　そんな野球部の元気な掛け声を背中で聞きながら、咲太は日陰《ひかげ》を求めて校舎の中へと入った。

　軽く声をかけながら物理実験室のドアを開けた。

「双葉《ふたば》、いるかー」

「……」

　返事はない。室内は無人だ。けれど、実験機材を洗浄《せんじょう》するためのシンクには、飲みかけのコーヒーが入ったカップが置かれていた。

どうやら、『偽者《にせもの》』は学校に来ているようだ。

トイレだろうか。廊下《ろうか》に顔を出して、数メートル先にある女子トイレの入口の様子を窺《うかが》う。誰《だれ》かが出てくる気配はない。

机の下に鞄《かばん》が置きっぱなしになっているので、帰宅したわけではなさそうだ。

理央《りお》が戻《もど》ってくるのを待つつもりで、咲太《さくた》は物理実験室の中をぶらぶらと歩いた。一般《いっぱん》教室の二部屋分ほどの広さ。ひとりで過ごすには広すぎる教室。ばらばらに置かれた椅子《いす》からは、誰かがいたような形跡《けいせき》を感じる。ガラス越しに届く部活の掛《か》け声《ごえ》は遠くに聞こえて、この場の静けさを際立たせていた。

ここにいると、ひとりだけ学校内に取り残されているような気分になる。

少し前までは人がたくさんいたのに、今はもういなくなってしまった……そういう空気感が、この広い物理実験室には漂《ただよ》っているように思えた。

それは不安となって、胃の辺りに奇妙《きみよう》な圧迫感《あつぱくかん》を与えてくる。こんな気分を、理央も日々感じたりするのだろうか。それとも、咲太の気のせいだろうか。

「……」

気分を変えようと思い、咲太は窓を開けた。

あたたかい風と共に、外から歓声《かんせい》が聞こえてくる。顔を出すと、大勢の熱気が体育館の方から伝わってきた。建物の周囲には、バスケ部のユニフォームやTシャツ姿の生徒がいる。違《ちが》う色のユニフォームは他校の生徒のようだ。

「そういや、国見《くにみ》が練習試合やるって言ってたな」

聞いたのは昨日のバイトのとき。近くの高校が集まると言っていた。

となれば、理央の居場所は推測するまでもない。

一旦《いったん》、昇降口《しょうこうぐち》に引き返した咲太は、靴《くつ》を履《は》いて体育館に足を向けた。近づくにつれて、バスケットボールの弾《はず》む音、選手たちの走る足音、バスケットシューズと体育館のフロアが『キュッ！』と擦《こす》れる音がはっきり聞こえてくる。

正面の入口は他校のバスケ部に占拠《せんきょ》されていたので、咲太は脇《わき》に回った。体育館が大きな日《ひ》陰《かげ》を作っている。試合を終えたらしい生徒たちが足を伸ばして座っていた。

等間隔《とうかんかく》に三つ並んだ体育館脇《わき》の扉《とびら》は、風を通すためにどこも全開になっている。その一番奥《おく》に、咲太は理央の姿を見つけた。

「いるな……」

自然と口から出た声はわずかに緊張《きんちょう》していた。

昨日も、『偽者』とは会っている。しっかり話もした。相談に乗ってもらったのだ。あのときは、何も感じなかったが、理央がふたり存在している事実を知った上で、もうひとりの理央の姿を目の当たりにすると、少し背筋が寒くなった。

じっと、理央《りお》の様子を窺《うかが》う。

昨日、本屋で会ったときと同様、髪《かみ》は後ろでまとめていた。白衣は着ていない。普段《ふだん》はその長い裾《すそ》に隠《かく》された生足が、今は惜《お》しげもなく晒《さら》されている。少しふっくらした太もも。ブラウスの胸元は窮屈《きゆうくつ》そうで、上に重ねたベストを山なりに押《お》し上《あ》げている。襟元《えりもと》はきっちりと閉めている分、真面目そうな外見とはアンバランスに成長した胸元が目を引いた。

その理央を、他校の男子生徒がちらちらと盗《ぬす》み見《み》ている。横を通りかかったときには、

「あれ、三年生かな?」

「なんかエロい。エロかしこい」

「お前、声かけろよ」

「お前がかけろや」

などと言って、盛り上がっている声が聞こえてきた。

ろくでもない会話を繰《く》り広《ひろ》げる彼らの気持ちは理解できる。確かに、髪をアップにしている今の理央は大人っぽいし、その上、色っぽく見えた。しかも、眼鏡をしていないその眼差しはどこか物憂《ものう》げで、声をかけたくなる雰囲気《ふんいき》がある。

だが、その理央の目に映るのはたったひとりだけだ。そのひとりだけを追いかけている。理央が見ているのはバスケの試合ではなく、国見佑真《くにみゆうま》という個人。

事実、理央の目はボールの動きを追いかけてはいなかった。

「国見《くにみ》は活躍《かつやく》してんのか？」

隣《となり》に並びながら、咲太《さくた》は普段《ふだん》通りを装って声をかけた。

「っ⁉」

驚《おどろ》いた理央《りお》がびくっと体を震《ふる》わせる。

背後からは、「あれ、彼氏か？」とか、「いや、違《ちが》うだろ」とか、先ほどの男子生徒たちのやり取りが聞こえた。

理央は咲太を一瞥《いちべつ》して、すぐに顔を背けてしまう。少し俯《うつむ》いた横顔は、とても居心地が悪そうで、その上、気まずそうだった。

「部活のついでに見に来ただけだから」

消えそうな小さな声。

「なにも言ってないけど？」

「どうせ、梓川《あずさがわ》は聞くでしょ」

「そりゃ、照れる双葉《ふたば》は貴重だし」

「死ね」

「まだ麻衣《まい》さんとやりたいことがたくさんあるから、八十年猶予《ゆうよ》をくれ」

「梓川、九十半ばまで生きる気？」

「僕《ぼく》みたいなやつは長生きしそうだろ？」

「それ、自分で言う台詞じゃないね」

ため息を吐《つ》くように、そう言ってきた理央の目は、今も佑真《ゆうま》の行方を追っていた。

スコアを確認する。試合は僅差《きんさ》。三点だけ峰《みね》ヶ《が》原《はら》高校がリードしている。バスケットボールにはスリーポイントシュートがあるので、一瞬《いっしゅん》で同点にされる恐《おそ》れがある。まさに、そのスリーポイントシュートを黄色のユニフォームを着た敵チームの選手が放った。

ボールは弧《こ》を描《えが》き……ゴールの枠《わく》でバウンド。落ちてきたボールを白いユニフォームを着た長身の選手が摑《つか》んだ。白は峰ヶ原高校だ。

すでに相手ゴールに走り出していた佑真が手をあげる。鋭《するど》いロングパスが飛んだ。

遅《おく》れて走り出した両チームの選手。体育館は忙《せわ》しない足音に満たされる。

ボールを受けた佑真は、すかさずドリブルで敵陣《てきじん》に切り込む。ディフェンスに戻《もど》った黄色のユニフォームを、股《また》の下にボールを通すフェイントでかわして置き去りにする。フリーになったところで、ジャンプシュートの体勢。その前に、急いで戻ってきた大柄《おおがら》の選手が飛び込んできた。190センチくらいありそうだ。けれど、佑真の動きはフェイクで、足はまだしっかりと体育館の床に着いていた。

完全に相手ディフェンスのタイミングを外したところで、今度こそ狙《ねら》いを定めてシュート。

緩《ゆる》やかな放物線を描いたバスケットボールは、綺麗《きれい》にくるくると回転しながらぱさっとゴールネットを揺《ゆ》らした。

試合を観戦していた女子部員が黄色い歓声《かんせい》を上げる。キャーキャー言っているのは、一年生だろうか。他校の女子生徒からも、声援《せいえん》を送られていた。

「なんだろうな、このむかつく光景。ばりむかー」

「梓川《あずさがわ》、心が狭《せま》すぎ」

「双葉《ふたば》も『キャー、国見《くにみ》ー！』とかやったら？」

「……」

ギロリと睨《にら》まれた。

「国見、びっくりして絶対ミスるぞ」

「応援《おうえん》ならしてる」

「心の中で？」

「……」

この無言は肯定《こうてい》の証だ。

「双葉はアピール不足なんだよ」

また歓声が上がる。相手チームの選手が得点を決めたようだ。

一進一退の攻防。熱のある試合になっているのは、周囲の反応でわかる。

残り時間は二分を切った。

「あのさ、双葉」

「邪魔《じゃま》しないでほしいんだけど」

「国見のどこがいいんだ？」

直球をど真ん中に投げ込む。

「梓川は、国見の友達やってるくせに、そんなこともわからないわけ？」

「あいつはいいやつだよ。むかつくくらいにさわやかだし、先入観で人を評価したりもしないな」

誰《だれ》かに聞いた評判ではなく、自分がどう思ったかで人や物事を見ることができる。それは、母親の教えだと前に佑真《ゆうま》は言っていたが、教えられたからできることでもないと思う。評判の悪い人間の側にいれば、自分の評判も落ちていく世の中だ。だから、咲太《さくた》に向かって「佑真に近づくな」と面と向かって言ってくる上里沙希《かみさとさき》の気持ちも理解できないわけではない。言われる方はたまったものではないが……。

「けど、そんなのは人として好きって話だろ？　僕《ぼく》は男だから、女子的に感じるあいつの魅力《みりょく》なんてさっぱりだ」

顔立ちが整っているのはわかる。背も咲太より高い。バスケも上手いさわやかなイケメンだ。笑った顔は妙《みょう》に子供っぽくてかわいいと、バイト先のファミレスで女子大生が言っているのを聞いたこともある。だが、理央の執着《しゅうちゃく》の仕方には、そうではない理由があるような気がした。

「知ってどうするの？」

「別にどうも。単なる興味。高校生らしい会話でいいだろ？」

「そういうのは、普通《ふつう》の高校生の特権」

「双葉《ふたば》って、自分を特別だと思ってんのな」

「普通の高校生活も送れてないって意味」

無感動な口ぶり。その目は、ずっと佑真《ゆうま》の動きだけを追っている。

「恋愛する権利は誰《だれ》にだってあるって。車と違《ちが》って免許がいるわけでもあるまいし」

誰にでも許されていること。いや、そもそも権利とか、許すかと、許さないとか、そういう概念《がいねん》の外のあるもののはずだ。心が勝手にあっちやこっちに動くだけ。それに、右往左往させられるだけの話だ。楽しめる人もいれば、悩《なや》んで、悩み過ぎて、息苦しさを感じる人もいるというだけの話……。

なにひとつ、特別なことはない。

「前から思ってたけど、梓川《あずさがわ》は何気に恋愛体質だよね」

「そうか？」

「初恋の女子高生を追いかけて峰《みね》ヶ原《はら》高校を受験したり、その彼女を忘れるのに一年費やしたり、気が付けばあんな有名人と付き合ってるとかさ。異常だよ」

「褒《ほ》められても困るな」

「当然だけど、褒めてない」

「それは残念」

「褒めてはないけど、自分の感情に忠実なのは少し羨《うらや》ましいね。普通は尻込《しりご》みする。素直とか、真っ直ぐとか、忠実とかは、今の時代流行らないし」

羨ましいと言いながら、理央の態度はあくまで淡泊《たんぱく》だ。羨ましがられている気がしない。

「双葉も流行りとか気にすんのな」

「真っ直ぐぶつかると、今とは変わってしまう関係もある」

もちろん、それは佑真のことを言っているのだ。

「んで？　結局、国見《くにみ》のどこに惚《ほ》れたわけ？」

話題が上手に逸《そ》らされていると感じた咲太は、強引に話を最初に戻《もど》した。

「……」

恨《うら》みがましい理央の眼差し。

「はあ」

露骨《ろこつ》にため息を吐《つ》かれてしまった。空気を読めとその目は語っている。

「恋バナでため息って」

「恋バナとか、梓川の口から出ると寒気がする」

「じゃあ、二度と言わないように注意するわ」

何気に、人生ではじめて言ったような気もする。

「チョコロネ」

突然《とつぜん》、理央《りお》はぽつりと呟《つぶや》いた。

「ダッシュで買ってこいと？」

「違《ちが》う。お弁当を持ってこなかった日に国見《くにみ》がくれた」

「ああ」

峰ヶ原《みねがはら》高校に学食などという素敵《すてき》な設備はない。昼ご飯は弁当持参が基本。なければ、昼時に小さなトラックでやってくる、おばちゃんのパン販売《はんばい》を利用するしかない。昇降口《しょうこうぐち》の脇《わき》で開かれる昼休み限定のパン屋だ。

一応、学校の近くにコンビニもあるので、利用しようと思えば利用できる。ただ、学校を抜《ぬ》け出《だ》すのは校則違反《いはん》のため、実際にやる人間は限られている。

そんなわけで、唯一《ゆいいつ》合法的な昼食の供給源であるパン販売は、当然のようにめちゃくちゃ混雑する。腹ペコの生徒が群《むら》がり、イナゴの大群《たいぐん》のごとく、ケースの中のパンを買いあさっていくのだ。

通り過ぎたあとには、空っぽのプラスチックケースと、満足げなおばちゃんだけが残される。

「一年の一学期で……パン販売を利用するのはあの日がはじめてで……」

確かに、おばちゃんの周囲に群がる無数の生徒たちの姿は、なかなか迫力《はくりょく》がある。気の弱い生徒は、突《つ》っ込《こ》む勇気が出ないだろう。

「困ってる双葉《ふたば》のところに、颯爽《さっそう》と国見が現れたわけか？」

「すでに戦利品のカレーパンを食べながら現れた」

「カレーパンの王子様だな」

「圧倒《あっとう》されてる私に国見が声をかけてきて……『双葉は女子だから甘いの好きだよな』って、笑顔で」

見ていなくても、その光景は容易に想像できた。パンを買いに来た生徒の群《む》れから少し離《はな》れたところに立ち尽くす理央。買いたいけど、他の生徒の中に飛び込む勇気はない。しょんぼりして帰ろうとしたところに、佑真《ゆうま》がやってきたのだろう。いつもの屈託《くったく》のない笑顔を引《ひ》っ提《さ》げて……。

切《き》っ掛《か》けの部分は把握《はあく》できた。

「ふむ」

軽く頷《うなず》いて続きの言葉を待つ。

「……」

「……」

けれど、わずかに頰《ほお》を朱に染めた理央は何も言ってこない。

「それで？」

仕方がないので促《うなが》した。

「それだけ」

いつも通りの理央《りお》の返事。

「なるほど、それだけか」

「そ」

「チョコロネっていくら？」

「百三十円」

「双葉《ふたば》ってお手軽なのな」

「くれたのが梓川《あずさがわ》なら、好きにはならなかった」

「結局、顔かよ」

「梓川以外では、国見《くにみ》がはじめてだったから。『双葉』って、私を呼んだのは」

咲太《さくた》も、佑真《ゆうま》も、理央も一年生だった一年前。三人は同じクラスだった。一年一組。その教室の中で、常に白衣を羽織《はお》った理央は異彩《いさい》を放っていた。どこの女子のグループにも属さず、当然、男子とも話をしなかった。自分の席にぽつんと座っている姿が妙《みょう》に印象に残っている。誰《だれ》も関わろうとしない存在。クラスメイトたちからは、陰《かげ》で『博士』とか、『白衣』とか、名前ではない呼び方をされるのが普通《ふつう》だった。それが双葉理央だった。

「だったら、惚《ほ》れるの僕《ぼく》でよくないか？」

「私は梓川のタイプじゃないでしょ」

「ま、双葉は恋人より友人にしたいタイプだな」

しょうがないやつ、と言いながら理央が笑う。

「結局、タイミングだと思う。あの頃《ころ》、気分が落ちてたから」

「ん？　その時期、なんかあったのか？」

「何もなくても、気分が沈むことくらいあるでしょ。梓川にはないか」

「知らないかもしれないから言っておくけど、僕も双葉と同じ人間だからな」

「衝撃《しょうげき》の事実だね」

「ま、いいけどさ。んで？　落ちてるときに、ちょっとやさしくされたから、国見が特別に思えるようになったと？」

「……そう言われると確かに私はお手軽だね」

自嘲《じちょう》気味《ぎみ》に理央が鼻で笑う。

かける言葉を探していると、試合の終了を告げるブザーが鳴った。

両チームの選手が整列する。

「ありがとうございました！」

威勢《いせい》のいい挨拶《あいさつ》が体育館に響《ひび》き渡《わた》った。

試合後、汗《あせ》だくの選手たちは、体育館の外へとぞろぞろ出てきた。ユニフォームの上を脱《ぬ》いで、「このまま海にダイブしてー！」とか叫《さけ》んでいたかと思うと、水道に駆《か》け寄《よ》って水浴びをはじめている。

部活動で鍛《きた》えられて引《ひ》き締《し》まった肉体。峰ヶ原《みねがはら》高校の生徒は当然だが、他校も海辺の高校らしく、肌《はだ》はこんがり小麦色だ。

一年生の女子は、そんな佑真《ゆうま》たちの様子に照れが半分、うれしさ半分くらいの悲鳴を上げている。同学年の女子は、「もう男子サイテー」と白い目が殆《ほとん》ど。試合後にこんな真似《まね》ができるのは男子ならでは。

とは言え、咲太《さくた》は男の肉体に興味はないので見るのはやめた。むさ苦しいだけだ。

理央《りお》も同じように、そっぽを向いていた。ただし、その理由は咲太とは違《ちが》う。水を掛《か》け合《あ》ってはしゃぐ佑真たちの声に、いちいち耳が反応しているのは一目瞭然《いちもくりょうぜん》だし、首まで真っ赤になっている。

「見たけりゃ見ればいいのに」

ひとしきり水を浴びた佑真は、頭を振《ふ》って犬のように水を飛ばしていた。それから、タオルで体を拭《ふ》いて新しいTシャツに着替《きが》えている。

「あーあ、服着ちゃったぞ」

「……」

わずかに振り向いた理央の瞳《ひとみ》には、冷たい殺意が宿っていた。これ以上、からかうのはやめておいた方がよさそうだ。友情にひびが入る。

「それで？　梓川《あずさがわ》は何の用？」

「は？」

「用もないのに、夏休みに登校してくるほど、梓川は学校が好きじゃないでしょ」

「ま、一生夏休みが続けばいいとは思ってる」

ただし、ちゃんと麻衣《まい》に毎日会えるのなら……という条件付きだが。

「発想が小学生」

無感動に切り捨てながら、理央は横目で本題に戻《もど》るように促《うなが》してくる。

「んじゃ、はっきり言うわ」

「だから、なに？」

「今さ、うちに双葉《ふたば》がいるんだよ」

「……」

ぴくりと理央の目元が揺《ゆ》らいだ。

「なるほど、昨日、夜にかけてきた電話で、梓川の様子がおかしかったのはそのせい」

独り言のように理央が呟《つぶや》く。

「これって、何が起きてるんだろうな」

「そんなの、もうひとりの私に聞いたら？」

「もうひとりいることは、あっさり認めるのな」

口調も事務的で、どこか他人事《ひとごと》のようですらあった。ただ、それは咲太《さくた》のよく知る理央《りお》の態度だったし、佑真《ゆうま》の話題でからかっているときの理央の反応も、やはり、咲太のよく知る理央でしかなかった。困ったことに、理央ではない理由がひとつも見つからない。これのどこが『偽者《にせもの》』だと言うのだろうか。

「もうひとりの私の見解は？」

「可能性があるとすれば、量子テレポーテーションだとか」

「私と同じ考えだね」

そう言えば、昨日本屋で会ったときに、理央は量子テレポーテーションがどうとかいう本を買っていた。

「ただ、その場合、私ともうひとりの私は同時に存在できないし、同一の思考と記憶《きおく》を持っていなければならないことになる」

それはもうひとりの理央も言っていた話だ。

「だから、今回に関しては、双葉《ふたば》を観測しているのは双葉の意識そのもので、その双葉の意識がなんらかの理由でふたつ存在しているんじゃないかって考察だったな」

今の説明で正しいのかはわからないが、咲太はそう理解している。

「なるほどね。で、意識がふたつ存在している原因については？」

「心当たりはないってさ」

「そんな見え透《みす》いた嘘《うそ》を、梓川《あずさがわ》は信じたわけ？」

「友人を疑うような真似を僕《ぼく》がするかよ」

「するよ。事実、私を『偽者』だと思ってる」

理央が鋭《するど》く踏《ふ》み込《こ》んでくる。

「白状すると、そうかもしれない前提ではいた」

「今は違《ちが》うって言いたそうだね」

「どっからどう見ても、双葉にしか見えないよ、お前。てか、心当たりがあるなら、意識がふたつに分かれた理由を教えてくれ」

「もうひとりの私に聞けば？　心当たりはあるはずだよ」

「なんで、そう思う？」

「私には心当たりがあるから」

つまり『双葉理央』にならそれくらいわかって当然だと言っているのだ。逆に、わからないようなら、それが偽者だと目の前の理央は言いたいのかもしれない。

「どっちに聞いても同じなら教えてくれてもいいだろ」

理央の目が一瞬《いっしゅん》だけ咲太の背後に流れた。そっちにいるのは佑真のはずだ。

「私、部活に戻《もど》るから」

一方的に言って、理央《りお》は校舎の方へと歩き出す。まるで逃《に》げ出《だ》すように……。

「国見《くにみ》には、声かけなくていいのか？」

思春期症候群《ししゅんきしょうこうぐん》のことを追及しても無駄《むだ》だと思い、咲太《さくた》は普段《ふだん》通りの感じで理央の背中に言葉を投げた。

「……」

返ってきたのは沈黙《ちんもく》。足を止めることなく、理央は校舎の中へと入ってしまった。その背中もやがて見えなくなる。

「その奥《おく》ゆかしいところも双葉《ふたば》そのものなんだよなあ」

見ている咲太の方が切なくなってしまう。

「双葉がどうしたって？」

後ろからの声に振《ふ》り返《かえ》ると、タオルを頭に被《かぶ》ったTシャツに短パン姿の佑真《ゆうま》が立っていた。手に持っているのは青いラベルのペットボトル。二リットルのスポーツドリンクだ。すでに三分の二が減っていて、残りも一気に飲み干してしまった。

「はー、生き返る」

「今まで死んでたのか」

「ほぼ、死んでた……で、双葉がなんだって？」

「別に、双葉は今日も双葉だって話」

「なんだそりゃ」

　適当にごまかしただけだったが、佑真はそれで納得したようだ。さすがに、理央がふたりいるなんて話はできない。頭がおかしいと思われる。いや、佑真なら納得するまで話を聞いてくれるような気がする。だが、恐《おそ》らく理央は佑真に知られることを望んではいない。

「双葉、さっきまでいたよな？」

「気づいてたのかよ」

「試合はじまってすぐここから見てたのが見えた」

「もっと試合に集中しろ」

「コートの中にいると、周りにいる知り合いの顔ってはっきり見えるもんなんだよ」

　そう言い訳しながら、佑真は空になったペットボトルをゴミ箱に向けてシュートする。外れろと念を送ったが、見事に入った。

「咲太、今、外れろって思ったろ」

「国見って心が読めるんだっけ？」

「顔に出てたっての」

　軽く頭を小突《こづ》いてくる。

「双葉ってよく来るのか？」

「んー、どうだろ。科学部のついでに、たまにって感じ？」

「どっちがついでなんだか」

明確な意思を込めて、咲太《さくた》は佑真《ゆうま》を見た。

「最近、咲太のプレッシャー強いな」

「国見《くにみ》が双葉《ふたば》をもてあそんでるのが許せないだけだ」

「はっきり言ってくれるね」

体育館の中では、女子部員の試合がはじまっていた。

「その点は、善処するとして……咲太はなんでいんの？」

当然の疑問とばかりに佑真が尋《たず》ねてくる。

「いたら悪いのか？」

「咲太は夏休みに登校してくるほど、学校が好きじゃないだろ」

「それ、もう双葉に言われた」

「……もしかして、双葉になんかあった？」

一瞬《いっしゅん》、考えるような素振《そぶ》りを見せた佑真は、急にそんなことを聞いてくる。

「なんかって、なんだよ」

「俺《おれ》の方は特になんもないし、咲太は夏休みなのに学校にいるし……となると、双葉になんかあったと思うだろ」

理屈《りくつ》は通っているような通っていないような……。

咲太と理央《りお》のことをよく知らなければ出てこない言葉だ。

「国見先輩《せんぱい》、コーチが反省会するって呼んでます」

会話のわずかな隙間《すきま》に、一年生と思しきバスケ部員が割り込んできた。

「わかった。今行く」

そう答えて体育館の中へ戻《もど》ろうとした佑真だったが、すぐに立ち止まって咲太を振《ふ》り返《かえ》った。

「なんかあったら声かけろよ？」

「ん？」

「双葉のこと」

「言われなくてもそのつもり。深夜に連絡《れんらく》しても飛んで来いよ」

「空は飛べそうにないから、チャリを飛ばしていくわ」

笑顔で答えた佑真は、体育館の中へ戻っていった。

3

体育館をあとにした咲太が真っ直ぐ向かったのは、昇降口《しょうこうぐち》から三十メートルほど離《はな》れた来賓用《らいひんよう》の入口。入った正面には事務室があり、普段《ふだん》は特に用事もないため、生徒は滅多《めった》に足を運ばない場所。利用するのは、ふたつ隣《となり》にある保健室までだ。

しんと静まり返った来賓用《らいひんよう》の入口で靴《くつ》を脱《ぬ》ぎ、スリッパに履《は》き替《か》える。電気の消えた事務室のドアには近づかずに、咲太《さくた》は廊下《ろうか》の突《つ》き当《あ》たりに置かれた緑の公衆電話の前に立った。財布から十円玉をあるだけ出して、電話の上に積み上げると受話器を持ち上げた。十円玉を一枚だけ投入する。

プッシュしたのは自宅の電話番号。

すぐに電話は繋《つな》がった。

「はい、梓川《あずさがわ》です」

誰《だれ》が出たのかは、声を聞いた瞬間《しゅんかん》にわかった。麻衣《まい》だ。

「麻衣さん、それ、もう一回お願いします」

「はい、梓川です」

さっきは声にやわらかさがあったが、今度はとことん事務的で淡々《たんたん》としている。面倒《めんどう》くさそうな麻衣の表情が思《おも》い浮《う》かんだ。

「もっと新妻風がいいなあ」

「電話一本でよくそこまではしゃげるわね」

「そりゃあ、相手が麻衣さんだから」

「そんなこと言っても、新妻風はしないから」

「恥《は》ずかしがらなくてもいいのに」

「そっちはどうだったの？」

咲太の甘えを完全に無視して、麻衣が本題について尋《たず》ねてくる。

もう少し食い下がりたい気持ちはあったが、十円玉にも限りはあるので、咲太は素直に答えることにした。そもそも、その件で電話をかけたのは咲太の方なのだ。

一枚、十円玉を追加する。

「双葉《ふたば》、学校に来てました」

「そう。こっちにもずっと双葉さんはいたわよ」

「僕《ぼく》が出かけてからなにしてたんですか？」

「主にかえでちゃんの勉強を見てた。今も双葉さんが理科を教えてる」

「かえでに？」

「なんか妙《みょう》に距離《きょり》はあるけど」

くすっと麻衣が喉《のど》の奥《おく》で笑っている。恐《おく》らく、自室から顔を覗《のぞ》かせたかえでに、理央がリビングから勉強を教えてくれているのだろう。背は隠《かく》れているかえでの方が理央よりだいぶ高いので、絵面を想像すると確かに面白い光景だ。かえでが162センチあるのに対して、理央は155センチくらいしかない。麻衣が笑う理由もわかる。

「麻衣さんは何してたの？」

「咲太の部屋、掃除《そうじ》しといたから」

その口調には、わざとらしく悪戯《いたずら》っぽさが含《ふく》まれている。

「さては、麻衣《まい》さん、クローゼットを開けて、僕《ぼく》のパンツ見たでしょ」

「部屋にあったいかがわしいものは全部処分しといた」

「……まじで」

「バニーガールの衣装なんて、もういらないでしょ」

「それ、二番目に大事なもの！」

受話器に向かって前のめりになる。

「一番目は？」

「当然、麻衣さん」

「はいはい」

「本当なんだけどなあ」

「だったら、二番目以降はなくてもいいわよね」

「え？」

「私がいれば十分でしょ？」

「……」

「違《ちが》うの？」

ぴりっとした麻衣の声。

「十分です」

仕方がなく小声で答えた。

「そんなにがっかりしなくても、ちゃんと全部捨てずに取っておいてあげるわよ」

「麻衣さん、人が悪いです」

「そう言えば、咲太《さくた》ってアイドルとか好きなの？」

麻衣が突然《とつぜん》話題を変えてくる。急すぎて、その意図が咲太にはわからなかった。

「え？　なんで？」

「アイドルグループが表紙グラビア飾《かざ》ってる漫画雑誌が部屋にあったから。三ヵ月くらい前の」

「あ～、それ、捨てるタイミング逃《のが》してるだけです。捨ててもらってもいいですよ」

「そう」

すんなり麻衣が納得する。ただ、その返事は、何か別のことを考えているようにも思えた。

「麻衣さん？」

「そうだ。あと十分くらいでマネージャー来るんだけど、ここに上げてもいい？　その……双葉さんから目を離《はな》さない方がいいでしょ？」

理央《りお》を気にしてか、わずかに麻衣が声を潜《ひそ》めている。

「さっきのもう一度言ってくれたらいいですよ」

「はい、梓川《あずさがわ》です」

やわらかい声色。幸せそうなオーラを感じる。まさしく咲太《さくた》の思《おも》い描《えが》いた新妻風だ。

「咲太、私と結婚したいの？」

「今は恋人でいたいです」

「『はい』って即答されるのも嫌《いや》だけど、なんか微妙《びみょう》に拒否《きょひ》されたように思えて釈然《しゃくぜん》としないわね」

「実際のところ、結婚はまだリアルに想像できません」

「ふーん」

やはり、まだ納得はしていないようだ。

「ま、それについては同意見かな。幸せな家族の風景っていうのも、実感湧《わ》かないし」

どこか独り言のように麻衣《まい》は言っていた。幼いうちに両親が離婚《りこん》して、母親とふたりの時期が長かったから出てきた言葉なのだと思う。今ではその母親とも折り合いが悪く、別々に暮らしているのだ。

「やっぱり、麻衣さんと結婚したいなあ」

「なによ、急に」

「一緒《いっしょ》に幸せな家庭を築きましょうね」

「はいはい。で？　咲太、もう帰ってくる？」

「そのつもりです。そっちの双葉《ふたば》に聞きたいことあるし」

「そう。じゃあ、あとでね」

「はい」

電話が切れるのを待ってから咲太は受話器を置いた。

残った十円玉を財布に戻《もど》す。それから、帰ろうと思って振《ふ》り返《かえ》った。

「げっ」

思わず声が出たのは背後に人がいたから。四、五メートル離《はな》れた場所に立っていたのは佑真《ゆうま》の彼女……上里沙希《かみさとさき》だ。

「げっ、てなに？」

両手を腰《こし》に当てた沙希は、咲太を真っ直ぐに見ている。

「……」

「……」

視線が絡《から》むが、ひとまず何も言ってこない。それをいいことに、特に咲太の方から用事はないので、さっさと靴《くつ》に履《は》き替《か》えることにした。

「ちょっと」

不機嫌《ふきげん》な感情が、刺々《とげとげ》しい声に乗って突《つ》き刺《さ》さってくる。

気にせずに靴を履いたら、

「聞こえないふりとか、まじでウザいんだけど」

と、冷たい声で言われた。

心の中でため息を吐《つ》いてから沙希《さき》に向き直る。

「悪いな。まさか、クラスで一番かわいいと評判の上里《かみさと》沙希さんが、クラスで浮《う》いている僕《ぼく》ごときに話しかけてくるなんて夢にも思わなかったんだよ。わー、驚《おどろ》いた」

一応、こちらの気分も伝えておこうと思い、咲太《さくた》は棒読みでそう告げた。

「なにそれ、まじでウザい」

ゴミを見るような目。なんとも屈辱的《くつじょくてき》だ。どうせ、そういう目で見られるなら麻衣《まい》がいい。それなら咲太にとってご褒美《ほうび》になるが、沙希では不愉快《ふゆかい》なだけだ。

「今のは僕にもウザいって自覚がある」

事実、ウザいことを言ったのだ。わざとウザいことを言ったのだから当然だ。けれど、咲太の言った内容……特に、『クラスで一番かわいいと評判の』というくだりを否定してこないあたり、沙希もなかなかのものだと思う。

「で、なんだ？　今日も、国見《くにみ》と別れてくれってお願いか？」

「佑真と付き合ってるのはあたし」

「実は、掘《ほ》った掘られた仲なんだよ」

「……」

沙希がわずかに頬《ほお》を赤く染める。

「上里、そっちの趣味か？」

「違《ちが》う！」

「安心してくれ、僕も違う。男なんてごめんだ。僕は女子が好きだし。女子と書いて好きという文字になるように」

「なに言ってんの？」

「僕をこれ以上面倒《めんどう》くさいやつにしないためにも、さっさと用件を言ってくれ」

家には麻衣がいるのだ。早く帰りたい。

「……」

自分から話しかけてきたくせに、沙希はいざ話を聞こうとすると、なぜだか躊躇《ためら》うような態度を示した。言葉を探すように視線をさまよわせている。

「梓川《あずさがわ》って、あの女と友達なのよね」

「……」

「どうなの？」

「『あの女』っていうのは、察するに双葉《ふたば》のことか？」

「白衣の女」

「双葉だな」

「……」

再び、沙希《さき》が口を閉ざす。それでも、今度はすぐに咲太《さくた》に視線を戻《もど》してきた。いつも自信満々なので、咲太にとってははじめて見る沙希の表情。

「あの女、なんかやばいことしてない？」

「……やばいこと？」

一瞬《いっしゅん》、思春期症候群《ししゅんきしょうこうぐん》のことかと疑ったが、それにしては言い方が違《ちが》う気がした。沙希は「してない？」と聞いてきたのだ。今の理央《りお》の状況《じょうきょう》を『している』と表現するのは、なんだか違和感《いわかん》がある。

「なんだよ。物理実験室で爆弾《ばくだん》でも作ってたとか？」

沙希の真意を掴《つか》みかねた咲太は、もう少し話を聞き出すために適当な返事をしておいた。

「はあ？　ばかぁ？」

心の底から呆《あき》れた沙希の態度。

「なら、なんだよ。いいから言ってみ」

苛立《いらだ》ちを堪《こら》えて続きを促《うなが》す。

「それは……」

なおも沙希が言いよどむ。ここまで歯切れが悪い沙希をはじめて見た。それが段々と面倒《めんどう》くさくなってきたところで、沙希はとんでもないことを言ってきた。

「一週間くらい前……自分のスカートの中の写真を撮《と》ってた」

「……」

一瞬、何を言われたのか理解が追いつかなかった。

「……」

「……」

咲太と沙希の間に沈黙《ちんもく》が落ちる。体育館の方から聞こえてくる部活の掛《か》け声《ごえ》は、やけに遠くに感じた。

「は？」

五秒ほどして、ようやく驚《おどろ》きが声になった。

「だから！　スマホのカメラで、こう……」

沙希が自分のスマホをスカートの下に滑《すべ》り込《こ》ませる。足をクロスさせて、ちょっとしたポーズも取っている。あれなら絶妙《ぜつみょう》な感じに下着が隠《かく》れそうだ。

「最近、女子高生の間では、エロい遊びが流行ってんだな」

「流行ってない」

「上里《かみさと》、ムラムラしてんのか？」

「してないわよ！」

「ほどほどにしておけよ」

「だから、あたしじゃない！　やってたのは双葉《ふたば》って女！　あんた、ほんと面倒くさい、死んで」

最後は冷ややかなトーンで言われた。結構、本気のやつだ。さすがに悪ふざけが過ぎたという自覚はあるので、心の中で反省をしておく。

「……双葉《ふたば》がねえ」

ただ、沙希《さき》がもたらした話に関しては、いまいち信じられない。

「そうよ」

咲太《さくた》の独り言に沙希が深々と頷《うなず》く。

「そっか」

「そう」

「そうかあ」

「……」

「……」

「……って、それだけ？」

咲太としては十分に驚《おどろ》いている。正直、理央《りお》がふたりいるという今の状況《じょうきょう》よりも、びっくりな話だ。ただ、自分でその場面を目撃《もくげき》したわけではないので、まだ実感が追いついていないだけ。沙希の間に温度差が生じるのは仕方がない。

あとは、思春期症候群《ししゅんきしょうこうぐん》が起きている以上、どこかでまたとんでもない事態が降りかかってくるかもしれないという心構えが咲太にはあった。

「梓川《あずさがわ》、全然意味わかってないでしょ」

「スカートの中を自撮《じど》りしてたんだろ？　わかってる」

「撮った写真、誰《だれ》かに見せるかもしれないって考えないわけ？」

「はあ？」

「考えなかったんだ」

バカにしたような沙希の呆《あき》れ顔《がお》。

「誰かに見せる意味がわからん。いっちょんわからん」

咲太の疑問からは目を逸《そ》らした沙希は、なにやらスマホを操作している。表情はどこか退屈《たいくつ》そうだ。

スマホから顔を上げた沙希は、やはり退屈そうな顔をしながら咲太に大股歩《おおまたある》きで近づいてくる。風が柑橘系《かんきつけい》の香《かお》りを運んできた。沙希が使っている制汗《せいかん》スプレーかなにかだろう。

「これ」

沙希がスマホの画面を咲太の顔の前に突《つ》き出《だ》してくる。

誰かのつぶやき系SNSのページ。アイコンは口元から下だけのアップ。これだけで個人を判別するのは難しいが、咲太にはひとりだけ心当たりがあった。唇《くちびる》の少し右に並んだふたつの小さなほくろ。理央にも似たような場所にふたつのほくろがある。

すぐ下の最新のコメントには、『少しだけ』とあった。日付は昨日。一枚の写真が貼《は》り付《つ》けられている。ボタンを三つほど外したブラウスの胸元。色っぽいはだけ方をしている。それを上から覗《のぞ》き込《こ》むようなアングルで、綺麗《きれい》な谷間が切り取られていた。

写っている面積は狭《せま》いが、見た感じは学校の制服っぽい。

「これ、あの女の裏アカ」

「裏アカ？」

「リアルで付き合いある友達にはナイショのアカウント」

面倒《めんどう》くさそうに沙希《さき》が教えてくれた。

「ふーん」

この十数文字のアルファベットの綴《つづ》りがそうなのだろう。

「あの女の場合、表のアカウントないっぽいから、裏も表もないかもしんないけど」

「んで、その双葉《ふたば》のナイショのアカウントをなんで上里《かみさと》が知ってんの？」

リアルで面識のある人間にばれていたら、裏アカの意味がないはずだ。しかも、別に友達でもなければ、知り合いですらないふたりがアカウントを交換《こうかん》するはずもない。

「さっき、物理実験室に行ったら、荷物置きっぱなしでスマホ見たから」

さらっと、勝手に見たことを沙希は白状してきた。

「彼氏が部活の練習試合でがんばってるときになにやってんだ、お前……」

「今、佑真《ゆうま》は関係ない！」

沙希が過剰《かじょう》に反応して睨《にら》んでくる。

「なんだよ、ケンカでもしてんのか？」

「……」

瞳《ひとみ》に殺意が宿る。どうやら図星だったようだ。数日前には海デートをしているはずだが、そのときに何かあったのだろうか。

「ま、なんにしても双葉は無用心だし、上里は非常識だなあ」

その沙希のおかげで、咲太では気づかなかったであろう情報を耳にすることができたわけだが……。

「上里って、その調子で国見《くにみ》のスマホも見たりすんの？」

「……」

沙希は何も言わない。先ほど同様こわい顔で咲太を睨みつけてくるだけだ。もしかしたら、ケンカの原因はその辺にあるのかもしれない。これ以上は無闇《むやみ》に藪《やぶ》を突《つつ》かないほうがいい。怒《いか》りの矛先《ほこさき》がこっちに向いてはたまったものではない。

「ちょっと見てもいいか？」

一言断ってから、沙希のスマホを受け取った。画面をスクロールさせて投稿《とうこう》メッセージを遡《さかのぼ》る。

終点はすぐに来た。というのも、書き込み自体が全部で十件しかない。最初にアップされていたのは、パジャマ姿の写真。フード付きのモコモコしたやつ。下はショートパンツのタイプなので、生足がばっちり見えている。やわらかそうな太もも。オスの部分を刺激《しげき》してくる太ももだ。一緒《いっしょ》に、『要望あったらまた上げます』とメッセージが添《そ》えられている。

似たようなものが全部で十件。どれも、顔は写っていない。

最初の書き込みの日付は七月二十五日だった。つまり、一週間前。

それらに、つらつらと閲覧者《えつらんしゃ》からのレスがついている。

——これは、いい太もも!

——パジャマかわいい。こういうの着てほしいよな!

——高校生でこの谷間!?

——このI字こそ天然の谷間! 寄せて上げた人工はY字になるんだよ……

——おっぱいマエストロが出たぞ(笑)

とかなんとか……。反応は上々だ。もっと見せてほしいという要望が、早速大量に書き込まれていた。

「これが本当に双葉《ふたば》だったとして」

「間違《まちが》いない」

食い気味に沙希《さき》が断定してくる。

「じゃあ、なんでこんなことしてんだ？」

「フォロワー増やしたいんでしょ」

現在のフォロワー数は約二千。

「増やしてどうすんだ？」

「どうもしないいんじゃない」

「なんだそりゃ」

「エロやんのは、注目浴びたいからじゃん」

「なるほどね」

納得したようなことを口にしてみたものの、咲太《さくた》はなにひとつぴんと来ていなかった。理央《りお》がちょっとエロい写真を撮《と》っていることも、それをアップしていることも、それをしなければならない理由も見えてこない。

常識的に考えれば、バカな行為《こうい》だ。その一言に尽《つ》きる。だが、それが『バカな行為』であることくらいは、理央だって絶対に理解していると思う。理解した上でやらなければならない事情があるとすれば、それはなんだろうか。それが思い当たらない。

「女子高生ってのは、どんなときにこういうことしたくなるんだ？」

「私はならない」

「もったいぶらずに教えてくれ」

「だから、ならないって言ってるでしょ、バカ？」

「こんな写真を撮《と》ってるのに？」

勝手に開いた画像データを咲太《さくた》は沙希《さき》に見せた。

一メートルはあろうかというクマのぬいぐるみにハグをしている沙希の自撮《じど》り写真。『がぶりんちょべあ～』という凶暴《きょうぼう》な表情をしたキャラクターだ。

「ちょ、ちょっと勝手に見んな！　どういう神経してんのよ」

「人に文句を言うとき、自分のことは棚《たな》に上げるって大事だよな」

ぱっと、沙希の手がスマホを奪《うば》い去《さ》った。

「もう、あとは本人に聞けば」

ぷりぷりした様子で回れ右をした沙希は、すたすたと遠ざかっていく。その後ろ姿を見ながら、

「あいつ、変わった人の心配の仕方するんだな」

と咲太は呟《つぶや》いた。妙《みょう》な正義感の振《ふ》りかざし方だ。

「さて、どうするかな……」

沙希もいなくなったところで、改めて理央《りお》について思考をめぐらせる。

今から物理実験室に行き、理央に話を聞くのは簡単だ。だが、咲太はあるひとつの事実が気になっていた。

先ほど、沙希が見せてきた理央の裏アカウントにおける書き込み。最初に写真がアップされていたのは一週間前だった。昨日、理央は「三日前から双葉《ふたば》理央はふたりいる」と言っていた。すなわち、一週間前の時点では、理央はひとりしかいなかったはずで……つまり、思春期症《しょう》候《こう》群《ぐん》が発生する前から、理央はちょいエロな自撮り写真をアップしていたことになる。

「ほんと、どうするかな……」

自分の性をなんらかの形で使用する、利用する……もしくは、利用される女子高生が存在しているのは知識としては持っていた。JK商売なんて言葉もTVから流れてくる時代だ。そうしたものを、つい先ほどまでは遠い異国のものとして咲太は捉《とら》えていた。意識などしてはいなかった。クラスメイトがやっているなんて話は噂《うわさ》でも聞いたことがなかったし、その手の空気に触《ふ》れたことすらなかったから。

一生関わることもないだろうと思っていたくらいだ。

それが、今、目の前に突然《とつぜん》現れた。しかも、赤の他人の話ではなく、友人の話として……。

その事実が、下腹をぞわぞわとざわつかせる。

「誰《だれ》かに相談するとしてもな……」

その辺の事情に詳しそうな人物など思い当たらない。

「……いや、ひとりだけいるな」

あまり会いたくはない人物。借りを作るのはまっぴらごめんな人物ではあるが、今は他に話を聞けそうな相手もいない。

ため息を吐《つ》きながら、咲太《さくた》は靴《くつ》を脱《ぬ》いで公衆電話の前に戻《もど》った。財布から小銭《こぜに》と一緒《いっしょ》に取り出したのは、入れっぱなしになっていた一枚の名刺《めいし》だった。

4

「いらっしゃいませ」

藤沢《ふじさわ》駅まで戻った咲太がバイト先のファミレスに入ると、女性店員のかわいらしい声が出迎《でむか》えてくれた。

「あれ、先輩《せんぱい》？」

接客にやってきたのは朋絵《ともえ》だ。顔に疑問をぶら下げているのは、今日、咲太はバイトのシフトに入っていないことを知っているからだろう。

「今は客」

「お一人様ですか？」

「待ち合わせなので、遅《おく》れてひとり来ます」

「桜島《さくらじま》先輩？」

遠慮《えんりょ》がちに朋絵が聞いてくる。上目遣《うわめづか》いのかわいい仕草。

「違《ちが》う」

「国見《くにみ》先輩？」

「でもない」

「……」

どうやら、他に咲太が待ち合わせをしそうな相手が思い当たらないらしい。

「妄想《もうそう》フレンド？」

失礼なことを言ってきた。

「揉《も》むぞ」

朋絵がさっと両手でお尻《しり》を隠《かく》す。

「普通《ふつう》、胸だと思わないか？」

「あたしに揉めるほど胸がないこと、先輩知ってるじゃん」

「いつの間にか、僕《ぼく》と古賀《こが》は随分《ずいぶん》とエロい関係になってたんだな」

「そ、そういう意味じゃない！」

頬《ほお》を膨《ふく》らませながら朋絵が抗議《こうぎ》してくる。

「ほんと、古賀はかわいいな」

「もういい。こちらへどうぞ」

褒《ほ》めたはずなのに、朋絵は機嫌《きげん》が悪そうだ。なにやらぶつぶつと文句を言いながら、咲太を奥《おく》のボックス席に案内してくれた。五番テーブル。昨日、麻衣《まい》が座っていた場所。

咲太《さくた》が大人しく座ると、

「先輩《せんぱい》、なんで制服？」

と、朋絵《ともえ》が聞いてきた。

「学校行ってたんだよ」

「補習的《ほしゅうてき》な？」

「古賀《こが》じゃあるまいし」

「あたしだって、そんなのないよ」

「野暮用《やぼよう》だよ」

「ふーん」

はぐらかされたことへの不満を、朋絵は視線でぶつけてきた。けど、追及はしてこない。

「ドリンクバーをお願いします。以上で」

「はい、ごゆっくりどうぞ」

端末《たんまつ》にオーダーを打ち込むと、朋絵は笑顔でぺこりとお辞儀《じぎ》をした。

そこで、来客を知らせるベルが鳴る。

「いらっしゃいませ」

ぱたぱたと小走りで、朋絵が入口の方へと駆《か》けていった。

けれど、すぐに咲太のテーブルまで戻《もど》ってくる。

「あ、あの、お連れ様です」

緊張《きんちょう》した朋絵の声。疑問を宿した視線は咲太にぐさぐさと突《つ》き刺《さ》っていた。その理由は、朋絵がつれてきた『お連れ様』にある。

二十代後半の大人の女性。清涼《せいりょうかん》感のある白のブラウスに、下はふくらはぎまでの大人のパンツスタイル。軽めのメイクからは知的でアクティブな印象を受けた。女子アナのような雰囲《ふんい》気《き》……というか、彼女は正真正銘《しょうしんしょうめい》、TV局のアナウンス部に所属するアナウンサーだ。

「私たち、もうダメだと思ってたけど、あなたの方から会いたいって連絡《れんらく》をくれるなんてね」

正面に座るなり、南条文香《なんじょうふみか》は含み笑いを浮《う》かべながらそんなことを言ってきた。

「すでに別居中で、離婚《りこん》秒読み段階の夫婦みたいな入り方はやめてください」

「あら、よくわかったわね」

本当にそういう設定だったらしい。

「何か食べますか？」

メニューを差し出すが、文香はそれを受け取らずに、

「チーズケーキとドリンクバーのセットをお願いできる？」

と、脇《わき》に立った朋絵に微笑《ほほえ》みかけた。

「は、はい。チーズケーキとドリンクバーのセットですね」

緊張《きんちょう》した手付きで朋絵《ともえ》が端末《たんまつ》にオーダーを打ち込む。途中《とちゅう》、ちらりと咲太《さくた》を見てきたけど、さすがにどういう関係なのかは聞いてこなかった。

「ごゆっくりどうぞ」

お決まりの台詞を残して、朋絵はテーブルから離《はな》れていった。

「あの子、かわいい」

「でしょ」

「なんで、咲太君が誇《ほこ》らしげ？」

「自慢《じまん》の後輩《こうはい》なんで」

そう言いながら席を立つ。ドリンクバーの前に行き、コーヒーをふたつ用意する。ひとつはアイスで、もうひとつはホットだ。

席に戻《もど》ると、文香《ふみか》の前にはチーズケーキが置かれていた。すでに最初の一口は食べたようで、先端《せんたん》の部分が欠けている。

「どうぞ」

コーヒーカップを文香の前に置いた。

「ありがと」

早速、グロスで艶々《つやつや》した唇《くちびる》をカップの縁《ふち》につけている。それから、「ふう」と小さく息を吐《つ》くと、

「私に聞きたいことって、イマドキ女子高生の生態についてでいいのよね？」

と、聞いてきた。

今、女子アナの文香がメインで担当している仕事は、昼に放送しているワイドショー番組のアシスタントキャスターだ。芸能や政治、経済など幅広《はばひろ》く取《と》り扱《あつか》っている。その中には未成年に関する事件や社会事情に触《ふ》れたものも多い。だから、文香ならば、理央《りお》と同じようなことをしている高校生に取材した経験があるのではないかと思い、咲太は連絡《れんらく》したのだ。

「出会い系のトラブルとか、援助《えんじょ》交際、最近だとJK商売の取材なら何度もしてるわね」

文香は電話口でそう教えてくれた。しかも、このあと時間があるからと言って、わざわざ来てくれたのだ。

「あ、もちろん、これは咲太君に取り入って、いずれは君の取材をさせてほしいからよ」

そんな本音までぶっちゃけて。

「それ、言ったら意味ないでしょ」

「言わなくても、咲太君はそれくらい気づくでしょ」

指摘《してき》をしても、あっけらかんとした態度で片付けられてしまった。

こういうさばさばしたところには、咲太も好感を抱《いだ》いている。自分が取材対象として見られていなければ、好きな部類だっただろう。けれど、だからこそ油断できない。

文香が知りたいのは、咲太の経験した思春期症候群《しょうこうぐん》について。普通《ふつう》では考えられないような出来事を、世間が受け止めてくれるとは到底《とうてい》思えない。ほら吹き呼ばわりをされることもあるだろうし、取材のカメラにだって追い回されることになるかもしれない。

今では、麻衣《まい》や朋絵《ともえ》、それに理央《りお》も巻き込む危険性があるのだ。

「で、具体的にはどんなケースについて知りたいの？」

一口サイズにしたチーズケーキを文香《ふみか》が口に運ぶ。

「胸の谷間の自撮《じど》り画像をSNSとかにアップする女子高生についてです」

「それって、自発的に？　出会い系で知り合った男に強要されてとかじゃなくて」

「自発的にだと思います」

「そっちか……」

「どう思います？」

「最近の子は発育いいのよね」

文香の視線は咲太《さくた》の斜《なな》め後ろに注がれている。軽く振《ふ》り向《む》くと、制服姿の女子高生四人組がスマホの画面をお互《たが》いに見せ合ってはしゃいでいた。笑い声は店内に響《ひび》き、彼女たちは完全に自分たちの世界に入っている。

「私が高校生のときなんて、結構がんばらないと谷間は作れなかったのよ」

「南条《なんじょう》さんの発育には興味ないんですけど」

今では白いブラウスの下に、立派に成長した隠《かく》しきれない膨《ふく》らみがあるようだ。

「とか言いながら、咲太君の視線をばっちり胸元に感じるんだけどぉ？」

「話の流れ的には、見るのが礼儀《れいぎ》かと思いまして」

「男がそういう反応をするからじゃないかしらね」

「……」

「需要《じゅよう》があるから」

　どうやら、ようやく本題に入ったようだ。

「咲太君の視線を胸に感じて、私は少なからず優越感を覚えてる」

「痴女《ちじょ》ですね」

「女として見られているというのは、やっぱりそれなりに重要でしょ。ま、相手にもよるんだけど。変質者はごめんだし、エロ上司もノーサンキュー」

「じゃあ、その優越感がほしくて写真をアップするってことですか？」

「行為《こうい》がエスカレートしていく理由のひとつになってるって感じかな。最初は生足だけとか、下着の一部とか、それくらいからスタートするんだけど、『いいね』、『もっと見せて』、『次は水着を見たい』とかおだてられて、過激になっていくのは典型的なパターン」

「……」

「信じられないって顔をしてるけど、私が取材をしてきた女の子たちは、それぞれに言い方は違《ちが》ったけど、それをすることで、『誰《だれ》かに必要とされてると思えた』って話してくれたわよ」

やはり、いまいちぴんと来ない。

「話の順番が悪かったかしら。元々、そうした行為《こうい》に及ぶ女の子は、人よりも強い孤独感《こどくかん》を抱《いだ》いている傾向《けいこう》があるの」

「孤独感……」

「学校で友達を作れなかったり、友達と上手くやれなかったり……家庭では家族と会話がなかったり、逆にものすごく期待だけを一方的に押《お》し付《つ》けられて、相互《そうご》の意思疎通《そつう》が図れていなかったり……誰《だれ》も自分のことをわかってくれないと思ってる」

「なるほど」

相槌《あいづち》を打ちながらも、わかった気はまるでしない。

「でも、だからこそ、自分を受け入れてくれる言葉を常に求めている。やさしい言葉をかけられると途端《とたん》に満たされた気持ちになるんだと思う」

「それがうれしいから、満たされた気持ちになるから、もっと必要とされたくて行為がエスカレートしていくっていう、さっきの話に繋《つな》がるんですね」

「そう」

「でも、それって自分のしていることについてはどう思ってるんですか？　正しいっていうか、やりたいと思ってやってるのかどうか」

一番引っかかるのはその点だ。

「私が取材をした高校二年生の女の子は、ずっと嫌《いや》な気持ちだって言ってた。下着姿なんかを自撮《じど》りしてる自分も情けないし、恥《は》ずかしいし……写真をアップしてもレスがつかなかったって考えると不安になるって。レスがあっても、『ブス』とか、『キモい』なんて反応もあるから心配も絶えないそうよ」

「なら、やめればいいのに」

それ以前に、やらなければいいと思うのは短絡的《たんらくてき》な意見なのだろうか。

「その不安と心配が厄介《やっかい》なのよ」

眉根《まゆね》を寄せる咲太《さくた》に、文香《ふみか》はさらに続けた。

「不安や心配が大きいほど、肯定的《こうていてき》なレスが来たときの喜びも大きくなるのはなんとなくわかるでしょ？」

「……」

黙《だま》って小さく頷《うなず》く。振《ふ》れ幅《はば》がそのまま喜びになるというのはわかる。

「たった一言『いいね』って言われるだけで、不安は消えて、ものすごい満足感があるみたい」

「でも、やっぱり、自分のしていることには否定的なんですよね？」

「そう。だから、一時は満たされて……でも、また不安になる。誰かの声が欲しくなる」

「その不安と孤独を埋《う》めるためにまたやるわけか……」

「負のスパイラルが生まれると、途《と》中《ちゅう》で抜《ぬ》け出《だ》すのは難しいのよ。身近な人には知られたくないことだから、誰《だれ》にも相談なんてできないし。最初はちょっと魔《ま》が差しただけなんでしょうけどね。それが、今言ったような経緯《けいい》をたどって習慣化していくって印象かしら……私が見てきた女の子たちは」

「……」

わかったような気もするが、理解できる自信は正直なかった。

「どう接するべきなんですかね」

「絶対にダメなのは、『バカなことをするな』なんて一般論《いっぱんろん》を押《お》し付《つ》けることかな。やっている当人だって、バカなことをしているのはわかっているのよ。それでも、やってしまっている自分を許せないとも思ってる」

今の話は理解できた。

頭を過《よぎ》ったのは、かえでがクラスメイトからいじめに遭《あ》ったときのこと。学校に行けなくなったかえでに対して、『根性がない』や『自分がしっかりしなきゃ』なんて言葉をかけてくる人はいた。

だけど、かえでは好きで学校から遠ざかったわけじゃない。家好き少女になったわけではないのだ。

学校に行けない自分にかえでは苦しんでいたし、もっとしっかりしようとがんばっていた。でも、それは結果としてかえでの傷を深くしただけだったのかもしれないと今では思っている。

必要だったのは、かえでの気持ちを理解してあげることだった。がんばっているかえでを褒《ほ》めてあげる人間が必要だった。

学校に行きたくないわけではない。行きたいのに、行けないこともある。それをわかってあげる人間が必要だった。

それを咲太が理解したのは、かえでが傷だらけになってからだった……。翔子《しょうこ》に教えられてようやく理解した。かけられてうれしい言葉をかけるべきだったのだと……。

「……」

「ま、咲太《さくた》君はそれくらいわかっているわよね」

それでも、言葉として聞いておいてよかったと思う。頭ではわかっているつもりのことでも、実際にその場面に立ったときに正しく行動するには、身構えておくことも必要だ。

「いえ、ありがとうございます」

「私に対して素直な咲太君は貴重だなあ。これは攻略間近？」

「それとこれとは話が別です」

「あら、残念」

特にがっかりした様子もなく、文香《ふみか》は残りのチーズケーキを口に押し込んだ。

「今のは友達の話だったのかな？」

「ノーコメントです」

「色々と教えてあげたのにつれないなあ」

「友達です」

甘えた感じで絡《から》まれ続けるのも面倒《めんどう》なので、咲太《さくた》はあっさりと白状した。

「なら、気を付けてあげて」

「そのつもりです」

実際、何ができるかは疑問だが。

「一度、アップした画像や文章を、ネットから完全に消すのは難しいしね。やってしまったら、やめて終わりってわけにもいかない」

そこが厄介《やっかい》なところでもある。一生残り続けるというのもあながち嘘《うそ》ではないのだ。

「顔出しをしてなくても、本人特定されたり、住所特定されたり、トラブルや犯罪に巻き込まれる危険性だってあるから。GPS付きのスマホなんかだと、設定次第では撮《と》った写真に位置情報が含《ふく》まれてたりするしね」

便利な反面、その手の情報が一度拡散《かくさん》したら手に負えない。光の速さで広がっていく。

「私も生放送中に、風でスカートがめくれたときの画像がずっと残ってて、困ってるんだから」

「需要《じゅよう》があってよかったですね」

「あのとき、黒の下着だったから、『昼間の番組なのに卑猥《ひわい》だ』って苦情の電話も酷《ひど》かったの。さっさと忘れたいのに、ネットで調べ事してると、時々見かけるから忘れられない」

逆に、夜だったら黒の下着でもよかったのだろうか。わざわざ苦情の連絡《れんらく》をくれる人の心理はわからない。

「ま、私の話はいいとして」

文香《ふみか》が含み笑いを浮《う》かべている。

「なんですか？」

聞いてほしそうだったので、咲太の方から促《うなが》した。

「桜島麻衣《さくらじままい》さんとはどういった関係なの？」

「学校の先輩《せんぱい》と後輩《こうはい》です」

淡々《たんたん》と咲太は答えた。アイスコーヒーで喉《のど》を潤《うるお》す。

「それだけ？」

明らかに文香は咲太と麻衣の関係を疑っている。その根拠《こんきょ》が文香にはあるのだ。以前、麻衣に関する情報を教えてもらう代償《だいしょう》として、咲太は胸の傷の写真を文香に撮らせた。その写真を表に出さないようにと取引を持ちかけたのが麻衣で、麻衣は自分の芸能界復帰のニュースを代わりに差し出したのだ。

要は、咲太は麻衣にかばってもらったことになる。ただの先輩後輩以上の関係であると疑われても仕方がない。むしろ、何も感じない方がおかしい。

「今まで恋愛関係のスキャンダルなんて皆無《かいむ》だから、『恋人発覚』なんてことになれば、大々的に報じられるでしょうね」

「そんなことになったら、僕《ぼく》は絶対に南条《なんじょう》さんの取材には応じないと思います」

「他局や週刊誌も狙《ねら》ってると思うから、注意はしておいてね。とばっちりで私が咲太《さくた》君に嫌《きら》われるのは納得できないので」

「わかりました」

とは言え、実際のところどうなのだろうか。その辺のことを麻衣《まい》は全然気にしている様子がない。一学期の最中は、普通《ふつう》に登下校は一緒《いっしょ》にしていたし、昨日は豪快《ごうかい》に咲太の家にお泊《と》まりをしている。危機感がないのか、わかった上でやっているのか、帰ったら一応確認しておいた方がよさそうだ。

「で？」

内緒話《ないしょばなし》でもするように、文香《ふみか》がずいっと身を乗り出してくる。

「なにがですか？」

「どこまで進んでるの？」

目を輝《かがや》かせて、少女のように質問してきた。

「……」

思わず、呆《あき》れてしまう。

「キスはした？」

気にした素振《そぶ》りもなく、文香はさらに踏《ふ》み込《こ》んできた。

「南条さん」

「どう？　どうなの？　したの？」

「質問がおばさん臭《くさ》いですよ」

「それくらい教えてくれてもいいじゃない」

大人気なくふてくされると、文香は背もたれに寄りかかる。

「南条さんは、彼氏いないんですか？」

お返しに、ストレートな質問を投げた。

「それが、聞いてよ。酷《ひど》いんだから」

そう語り出した文香の彼氏への愚痴《ぐち》は、その後、約一時間に渡《わた》って続いた。

相手は学生時代から付き合っている男性。同い年。職業は大手通信会社の営業で、三年前からは同棲《どうせい》もしている。文香としてはプロポーズ待ちの状態らしいのだが、向こうにはまだその気がないそうだ。女子アナとして活躍《かつやく》する文香と比べ、自分はまだまだなので、何か結果を出してから……ということを昨晩《ゆうべ》言われたと教えてくれた。

「結果って何よ？」

八つ当たりで咲太が怒《おこ》られた。

「ダメそうなら別れたらどうですか？　女子アナならプロ野球選手がもらってくれますよ、きっと」

でも、彼のことは今も好きだそうだ。

色々と教えてもらった見返りとして、咲太《さくた》はそんなどうでもいい話に、一時間も付き合わされたのだった。

5

ファミレスで文香《ふみか》と別れた咲太は、自宅マンションへの帰り道をひとり歩いていた。時刻は夜の七時を回っている。太陽の姿は見えないが、空はまだ十分に明るかった。

近くの公園の前を通りかかると、すぐ側の木から蟬《せみ》の鳴き声がする。鳴いているのは一匹だけ。この鳴き方はアブラゼミだ。昼間は他にもたくさんいて、うるさいくらい。今は少し物悲しい気がした。

立ち止まって木を見上げたが、どこにいるのかはわからない。

「……孤独感《こどくかん》ね」

無意識に言葉がこぼれる。文香の話の中で、咲太が最も気になった言葉。胸に刺《さ》さった言葉だった。

文香に聞いた通りなら、理央《りお》はその孤独感に苛《さい》まれていたことになる。

「あいつ、女子のグループ文化に馴染《なじ》める性格じゃないしな」

共感と同調が重要視されるコミュニティにおいて、理央の理屈っぽさは確実に仇《あだ》となる。恐らく、理央にもその自覚はある。だから、いつも同級生の輪から離れた位置にいるのだ。

言葉を交わすのは、咲太と佑真《ゆうま》だけ。それでは足りないということなのだろうか。それとも、学校以外の場所に理央の孤独はあるのだろうか。

「あいつ、家ではどうなんだろ」

このまま、立ち止まって蟬を捜《さが》していても仕方がないので、咲太は家の方に向けて歩き出した。

今日までに、理央の家を訪ねたことはない。どんな家に住んでいるのかは知らない。一軒家《いっけんや》なのか、マンションなのかも知らない。両親が何をしている人なのかも知らなかった。

知っているのは、最寄りの駅が藤沢《ふじさわ》駅から小田急江ノ島線《おだきゅうえしません》で一駅隣《となり》の本鵠沼《ほんくげぬま》であるということだけ。

今さらのように、理央のパーソナルな情報を、意外と知らずにいたことに気づく。理央は自分から積極的に自分の話をする性格ではないし、何か質問をしても的確に必要なことだけを返してくるので、脱線《だっせん》した話の中で理央個人のことを耳にする機会も少なかった。

「ま、わかんないことは結局聞くしかないんだよな」

遠くから見ているだけで事態が好転するわけではない。ならば、ウザいと思われようとも、自ら関わっていくしかないのだ。

空に向かって大きなあくびをしながら、咲太《さくた》はそんなことを考えていた。

「ただいまー」

玄関《げんかん》を開けながら、室内に向かってそう声をかける。

「……」

だが、反応はない。いつもは、ぱたぱたとかえでがやってきて出迎《でむか》えてくれるのだが、リビングの方を凝視《ぎょうし》しても、顔を出す気配はなかった。

「寝《ね》てるのかな」

靴《くつ》を脱《ぬ》いで玄関マットに上がる。洗面所で手洗いとうがいをしてから、咲太はリビングに入った。

案の定、TVの前でかえでが二匹の猫《ねこ》と遅《おそ》い昼寝をしている。

「おかえり」

キッチンの方から声をかけられ、怪訝《けげん》に思いながら振《ふ》り返《かえ》る。

火にかけられた鍋《なべ》の前に理央《りお》が立っていた。鍋の底が焦《こ》げ付《つ》かないように、中身をお玉でかき回している。

「双葉《ふたば》、なにしてんの？」

「カレーを作ってる」

「その格好で？」

わざわざ指摘《してき》したのは、理央が白衣を着ていたからだ。

「カレーが跳《は》ねるとやだし」

「そのカレーは食えるんだよな？」

外見は完全に科学系魔女《まじょ》。無表情で論理的なロジカルウィッチだ。鍋にはやばい薬品でも入っていそうに思える。

「きちんとレシピ通りに作ったから大丈夫《だいじょうぶ》でしょ」

見れば、鍋の脇《わき》には一冊の料理本がある。咲太がかえでとふたりで生活をはじめるにあたり、料理を覚えるために買った本。最近は殆《ほとん》ど開いていなかったし、どこにしまったかも忘れていた。

「そういや、麻衣《まい》さんは？」

かえでは今もリビングの床で爆睡《ばくすい》しているが、麻衣の姿が見当たらない。

「梓川《あずさがわ》の部屋で台本を読んでるって。梓川が帰ってきたら、部屋に来るようにって伝言もらってる」

「んじゃ、ついでに着替《きが》えてくるわ」

どうも、制服姿で家にいるのは落ち着かない。気持ちが悪い。

「僕《ぼく》は家に帰ったら、即刻部屋着に着替《きが》えたい派だからな」

「その情報、いらないから」

鍋《なべ》の中のカレーから目を離《はな》さずに、つれない反応が返ってきた。

自室の前に移動した咲太《さくた》は、一応ドアをノックした。

「麻衣《まい》さん、入りますよ？」

確認の声もかける。

「……」

返事はない。

しかるべき手順は踏《ふ》んだので、うっかり麻衣が着替え中であったとしても、怒《おこ》られたりはしないだろう。

そんなうれしいハプニングを期待しながら、咲太はドアを開けた。

「……」

麻衣の姿はすぐに見つかった。ベッドに仰向《あおむ》けになっている。足は肩幅《かたはば》ほど開いた自然体で、手にした台本に目を通していた。

上はフード付きで、下は膝《ひざ》よりちょっと長い丈《たけ》のルームウェア姿。普段《ふだん》は黒タイツに隠《かく》された生のふくらはぎが見えている。

「……」

表情は真剣《しんけん》そのもの。研《と》ぎ澄《す》まされた集中力は、室内の空気にも伝染していて、張《は》り詰《つ》めた雰囲気《ふんいき》を作っていた。とても声をかけられる感じではない。

とりあえず、音を立てないように部屋に入り、慎重《しんちょう》にドアを閉じた。そのまま部屋の隅《すみ》に正座で待機。麻衣の作る緊迫感《きんぱくかん》に、自然とかしこまってしまう。

「……」

一定のリズムで上下する麻衣の胸元。呼吸をしている証だ。繰《く》り返《かえ》し瞬《まばた》きもしているので、別に目を開けたまま眠《ねむ》っているというオチでもなさそうだ。

邪魔《じゃま》をしては悪いと思い、しばし時間を潰《つぶ》すことにした。部屋を見回すと、綺麗《きれい》に片付いている。本当に掃除《そうじ》をしてくれたらしい。無造作に床に置いてあったはずの三ヵ月ほど前の漫画雑誌まで、丁寧《ていねい》に机の上に載《の》せられていた。

ヒマなので手を伸ばす。電話で麻衣が言っていたように、表紙はアイドルグループが飾《かざ》っていた。十五、六歳の少女が七人。笑顔がはじけている。衣装は少しハード目で、ロックバンド風のエッジを感じる。それがアイドル要素と組み合わさって、よくできたハロウィンの仮装という仕上がりになっていた。スタイリッシュにも見えるし、かわいくも見える。

表紙をめくると、巻頭の数ページは彼女たちのグラビアになっていて、七人の紹介《しょうかい》記事が合わせて載《の》っていた。グループ名は『スイートバレット』というらしい。『今年ブレイクは彼女たち!?』と、キラキラした文字で見出しがついている。

ふと、ひとりのプロフィールに目が留まった。身長や出身地の下にある『好きなもの』という項目《こうもく》に、『桜島《さくらじま》麻衣《まい》さん』と書いている子がいる。

名前は豊浜《とよはま》のどか。年齢は十六歳。他のメンバーは全員黒髪《くろかみ》なのに、ひとりだけ金髪《きんぱつ》で目立っている。普通《ふつう》、『好きなもの』には、『いちご』とか書くものなのではないだろうか。他六名はそんな感じだ。

思わぬ形で、よく知らないアイドルたちのプロフィールを熟読《じゅくどく》してしまった。雑誌を閉じて机の上に戻《もど》す。

麻衣の様子を改めて確認すると、綺麗《きれい》な唇《くちびる》が微《かす》かに動いていた。台詞を読んでいるのかもしれない。

「……麻衣さん？」

待っているのも飽《あ》きたので、小声で呼びかけてみた。

「……」

麻衣に変化はない。

「もしかして、今ならエロい悪戯《いたずら》し放題？」

「聞こえてるわよ」

台本から逸《そ》らされた目が、ようやく咲太《さくた》へと向けられる。

「邪魔《じゃま》しました？」

「邪魔をされたくなかったら、ここで台本は読まない。おかえり」

「ただいま」

台本を閉じて、麻衣が体を起こす。ベッドの縁《ふち》に座り直した。

その隣《となり》に咲太も座ったのだが、

「咲太は床」

と、犬小屋を指差すように言われた。

「さすがに襲《おそ》い掛《か》かりませんって」

渋々《しぶしぶ》床に座る。

「マネージャーさん、来たんですか？」

麻衣に用事があるとすれば、その話だと思ったので、咲太の方から先に切り出した。

「来たけど、帰った」

「話は？」

「したわよ。そのために来たんだし」

それはそうだろう。

どことなく機嫌《きげん》の悪い麻衣の態度を見れば、結果の方もなんとなくは想像がつく。

「マネージャーさんはなんて？」

「別れろとは言われなかったけど、しばらくはふたりで会わないようにだってさ」

だいたい、予想通りの答え。

「一応、理由を聞いてもいいですか？」

「芸能活動を再開したばかりだし、いきなりのスキャンダルは避《さ》けたいんだって。CMの契約《けいやく》も取ったばかりで、スポンサー企業《きぎょう》にも配慮《はいりょ》するって意味でね。恋人発覚となれば、私のイメージと一緒《いっしょ》に、商品の印象も悪くなるかもしれないってこと」

「麻衣《まい》さんに恋人ができると、スポーツドリンクの売上が落ちるんだ……すごいね」

スポーツドリンクに関しては殆《ほとん》ど影響《えいきょう》が出ないような気もするが……。

「男性アイドルグループのイケメンと付き合って、そのファンから苦情が来るとか、既婚者《きこんしゃ》の男性俳優《はいゆう》と不倫《ふりん》が発覚したとかならわかるけど……高校の後輩《こうはい》、しかも、こんな平凡《へいぼん》な男の子と付き合ってるってだけで、私のイメージが悪くなるなら世も末よ」

「ま、それは同感です」

「涼子《りょうこ》さん、私を恋愛禁止のアイドルと勘違《かんちが》いしてるのかもね」

ちらっと、麻衣の目が先ほど咲太が見ていた漫画雑誌に向かう。

「その涼子さんってのがマネージャーさん？」

「そ。花輪《はなわ》涼子さん。名字は嫌《きら》いなんだって。子供の頃《ころ》に、あだ名がホルスタインになって以来」

花輪。鼻輪。ホルスタイン。

きっと命名したのは、バカな男子だと思うが、そのセンスは嫌いじゃなかった。

「言っておくけど、涼子さんはスレンダーだから」

「僕《ぼく》、何も言ってないよね？」

あだ名があだ名だから、胸の大きな女性のシルエットを思《おも》い浮《う》かべていたことは黙《だま》っておこう。

「それがまた皮肉っぽくて、余計嫌《よけいいや》だって言ってたけど」

「いくつなんですか？」

「……」

急に黙った麻衣は侮蔑の眼差しを向けてくる。

「今の質問は年齢ですよ？」

さすがにバストサイズを聞いたりはしない。

「入社三年目の二十五歳」

「で、二十五歳の花輪さんの話を、麻衣さんは承諾《しょうだく》したんですか？」

「私個人で決めていい問題じゃないから保留にしてある」

「僕と麻衣さんの問題ってこと？」

「そ、ふたりの問題でしょ？」

その言葉の響《ひび》きはいい。ふたりの問題。

とは言え、この問題の答えは最初から決まっているのではないだろうか。どう考えても選択《せんたく》肢《し》はひとつしかない。

麻衣《まい》もそれをわかっているから機嫌《きげん》が悪いのだ。

「しばらくは仕方ないんじゃないですか？」

これ以外の選択肢はない。

だから、ここでのやり取りは、咲太《さくた》がこれを言えば終わると思っていた。

「なによ、仕方ないって」

麻衣の顔から表情が消える。声のトーンも完全に素だ。

先ほどまでは、麻衣の苛立《いらだ》ちは事務所とマネージャーに対して向けられていた。けれど、今は咲太の喉元《のどもと》に突《つ》きつけられている。

静かだけど、本気で怒《おこ》っているときの空気。

「あれ？　なんで麻衣さんが怒るの？　僕《ぼく》が怒られんの？」

真面目に受け止めると、ケンカが本格的になると思い、咲太は大げさに怯《おび》えてみせた。

すると、麻衣は雰囲気《ふんいき》を変えて、わざとらしく睨《にら》んできた。

「逃《に》げるな」

こわいけど、こわくない。遊び心のある怒り方に変化している。

「戦略的撤退《てったい》です」

「ほんと図太い」

「勝てない戦いはしない主義なんです」

「嘘《うそ》ばっか。必要だったら戦うくせに」

「そう言われると、僕って結構かっこいいですね」

「自分で言うな」

丸めた台本でぽこっと頭を叩《たた》かれた。

「あだっ。このまま僕が変な悦《よろこ》びに目覚めたら責任取ってくださいよ」

「……」

「ごめんなさい。冗談《じょうだん》です」

「咲太はいいの？　しばらく私と会えなくなっても」

「よくよく考えたら、最近も殆《ほとん》ど会ってなかったですよね？」

「この状況《じょうきょう》でよくそれが言えるわね」

目を細めて睨んでくる。こわいので真面目な話に戻《もど》すことにした。

「ほんとはすごい嫌《いや》ですよ」

「……」

「ま、でも、マネージャーさんの言う通り、芸能活動を再開して間もないんですから、しばらくは優等生でいた方が、周囲のウケもいいんじゃないですか？」

「つまんない正論」

口ではそう言いながら、麻衣《まい》はもう答えを決めている様子だ。恐《おそ》らく、はじめからこうなることもわかっていたはずだ。それでもきちんと手順を踏《ふ》んで、ふたりの問題として話を前に進めることを選んでくれた。

話がまとまったところで、部屋のドアがゆっくりと開いた。隙間《すきま》から室内の様子を窺《うかが》ってきたのはかえでだ。遅《おそ》い昼寝《ひるね》から目を覚ましたらしい。

「お兄ちゃん、おかえりなさい」

「ただいま」

「お兄ちゃんと麻衣さんのお話は終わりましたか？」

「終わったよ」

「なら、理央《りお》さんがカレーの時間だと言っています」

「夕飯の時間じゃなくて？」

「あ、いいにおい」

麻衣の言葉通り、部屋にはスパイシーな香《かお》りが流れ込んできていた。

理央が作ってくれたカレーは、じっくり煮込《にこ》んだ本格的なものだった。

「双葉《ふたば》、いいお嫁《よめ》さんになれるな」

「カレーなんて、誰《だれ》が作っても同じ味」

理央にとっては普通《ふつう》のことなのか、照れた様子もない。

「作っている過程は、何かの実験のようだったけどね」

キッチンには咲太が滅多《めった》に使わない計量スプーンと秤《はかり》が出ている。実験で使用する薬品と同様の扱《あつか》いで、調味料をミリグラム単位で量る理央の姿が容易に想像できた。

その場面は見ないでおいて正解だった気がする。エプロンの代わりに着た白衣と合わせて、カレーが薬品の味になりそうだ。

四人でテーブルを囲んだ夕食が済むと、咲太は麻衣を送るために一緒《いっしょ》に外へ出た。エレベーターで一階に下りて、マンションの前の道路に出る。

咲太と麻衣を見下ろす空は、さすがに暗くなっていた。八時半を回っている。それでも、雲の殆《ほと》どない夜空は、深い青色という印象だった。

麻衣が住んでいるのは真向かいのマンションなので、一分とかからずに到着《とうちゃく》する。

オートロックのドアの少し手前で、ふたりは立ち止まった。

「麻衣さん、おやすみなさい」

「うん、おやすみ、咲太」

「じゃあ」

軽く手を上げて引き返そうとする。

「……あ、待って」

咲太《さくた》の背中を麻衣《まい》の小さな声が呼び止めた。

「お別れのハグでもします？」

「……」

「あれ？　図星？」

「違《ちが》うわよ……違ってもないけど」

そう言った麻衣は、しきりに周囲を気にしている。

「麻衣さん？」

「この先、しばらく会えなくなるのよ」

「そうですね」

納得しているかと聞かれたら、「はい」とは答えにくい。それでも、麻衣と話して決めたことだ。

「もしかしたら、二学期がはじまらないと会えないかも」

「じゃあ、今のうちに、校内の人目につかない穴場を見つけておきます」

「今はいいの？」

「え？」

「このまま別れていいの？」

上目遣《うわめづか》いの瞳《ひとみ》が咲太を誘惑《ゆうわく》してくる。麻衣は、少し恥《は》ずかしそうに俯《うつむ》きながらも、咲太から視線を逸《そ》らさなかった。

「えっと」

先に目を逸らしたのは咲太の方だった。それとなく、駅へと続く道路とその周囲の様子を確認する。

「人通りはない」

麻衣が先回りをして、そう教えてくれた。背筋がぞくりとする。

「それらしい車も止まってない」

通行人に見られる心配もなければ、いわゆるパパラッチ的な業界関係者もいないということだ。

ここまで言われては引き下がれない。というか、引き下がれるわけがない。

咲太は麻衣の肩《かた》にそっと手を添《そ》えた。

「……」

「……」

数秒だけ視線が絡《から》み、咲太が顔を寄せると、麻衣はそっと目を閉じた。それはもはや反射的な行動なのだろう。麻衣が身を縮めるようにあごを引いた。咲太は少しかがんで、麻衣の顔を覗《のぞ》き込《こ》むように唇《くちびる》を奪《うば》った。

「んっ……」

鼻から抜《ぬ》ける色っぽい麻衣《まい》の声。熱を持った吐息《といき》に頬《ほお》を撫《な》でられ、妙《みょう》にくすぐったい。意識が唇に集中して、空気を吸うのを忘れた。苦しくなったところで、咲太《さくた》は麻衣から離《はな》れた。

麻衣はなんでもないような顔で咲太を見ていた。けれど、頬が赤らんでいるのは、隠《かく》しようがなかった。

「……」

「……」

「な、なにか言ったら？」

「ごちそうさまです」

「ばか」

それは、照れ隠しに出た言葉に聞こえた。

「じゃあ、おかわりしたいです」

「ほんと、ばか」

今のは言葉通りの意味で出てきた言葉だ。呆《あき》れられている。麻衣がまとっていた気恥《きは》ずかしさは一気に薄《うす》れてしまった。もったいないことをした。

「続きはまた今度ね」

「えー。今ので火がついて、我慢《がまん》なんて無理です」

「発情期のサルじゃないんだから、我慢しなさい」

「僕《ぼく》をさかりのついたサルにしたのは麻衣《まい》さんだからね」

「私、サルの彼氏はいらない」

「麻衣さんのおねだりには応えたのに」

「だ、誰《だれ》もそんなことしてない」

じろりと睨《にら》まれた。

「そうだったかなあ」

「そうよ」

「さっきの麻衣さん、すげえかわいかったのになあ」

「そんなこと言ってもダメよ。咲太《さくた》、すぐ調子に乗るから」

「……」

「死んだ魚のような目をしてもダメ」

「捨てられた子犬のような目のつもりだったんだけど」

「演技《えんぎ》の才能ゼロ。むしろ、マイナス」

酷《ひど》い言われようだ。

「じゃあ、おやすみ」

「……」

無言の抵抗《ていこう》を試みる。

「咲太、おやすみなさい、でしょ？」

小さい子を躾《しつ》けるような言い方だ。

「オヤスミナサイ」

「電話するから」

「わー、楽しみだなー」

「はあ……」

麻衣が盛大なため息を吐《つ》く。深い深いため息だった。

「わがまま聞くのは、今日だけよ？」

早口にそう言うと、麻衣は一歩近づいてきた。ついっと背伸びをして、咲太の唇《くちびる》にやさしいキスをする。触《ふ》れるだけの短いキス。

「これで、次回はなし」

「え？　そういう制度なの？」

「そうよ」

咲太をもてあそんだ麻衣は、満足そうに笑うと、踊《おど》るように回れ右をしてマンションの中に入っていく。その後ろ姿はすぐに見えなくなってしまった。

「やべ。余計にさかってきた。どうすればいいんだ、この気持ち……」

だが、いつまでも発情期を迎《むか》えてもいられない。そういうわけにはいかない。今日はまだやることが残っている。

家に戻《もど》って、咲太《さくた》は理央《りお》と大事な話をしなければならないのだ。

「双葉《ふたば》のこと、明日でもいいかな……」

ダメだろうなと思いながら、咲太は自分の家へと引き返していくのだった。

6

麻衣《まい》を送り、咲太が自宅に戻ると、かえでは風呂《ふろ》に入っていた。理央はダイニングテーブルに座ってハードカバーの本を読んでいる。小説だろうか。

帰ったら片付けようと思っていたキッチンは、すでに綺麗《きれい》になっていた。使った食器や鍋《なべ》が水切りに置かれている。残っていたカレーはタッパーに移されて冷凍庫の中で冬眠中《とうみんちゅう》。

「サンキュ、双葉」

「うん」

本に集中したままの軽い返事。

「送るだけにしては遅《おそ》かったね」

続いた言葉は妙《みょう》に意味深だったが、理央に他意はなさそうだ。事実を単に口にしただけという印象。

「なに読んでんだ？」

「妹さんが面白いって貸してくれた」

本を持ち上げて、背表紙を見せてくる。タイトルは『裸《はだか》の王子と不機嫌《ふきげん》な魔女《まじょ》』で、作者は『由比ヶ浜《ゆいがはま》かんな』とある。かえで一押《いちお》しの作家だ。

咲太も薦《すす》められて同じ作者の本を何冊か読んだが、いまいちはまらなかった。もやっとして終わる話が多いのだ。なんとも後味が悪くてすっきりしない。かえでに言わせると、オススメなのはそういうことではないらしいが……。

「それも、辛気臭《しんきくさ》い話？」

「ん？　別に……今のところ、はじめて彼氏ができた地味な女の子がウキウキしてる話だね」

それだけ聞くと内容は明るそうだ。

「彼氏は結構モテる感じで……だから、『地味な自分が彼女でいいんだろうか』って悩《なや》んだり、美人の女子が近くにいると『あの子の方がきっとお似合い』だとか自己嫌悪《けんお》に陥《おちい》って、勝手に不安になったりしてる。そのくせ、彼女は素直じゃないから、その不安を彼氏にぶつけてる」

だいぶ、具体的な説明だ。そして、だいぶ面倒《めんどう》くさい女子の話のようだ。

「それ、楽しいか？」

素朴な疑問を咲太《さくた》は返した。

「楽しいよ。彼女の卑屈《ひくつ》な性格には共感できる」

「ほんとに楽しいのか、それ……」

「女子は同調とか、共感の生き物だからね」

自分も女子なのに、他人事《ひとごと》のように理央《りお》は分析《ぶんせき》している。そこまで客観的に自分を把握《はあく》した上で、本当に小説を楽しめているのか疑問だ。

「お風呂《ふろ》出ました。かえではほかほかです」

そのかえでに、咲太は冷蔵庫から出したスポーツドリンクを渡《わた》した。

「かえではキンキンです！」

「双葉《ふたば》、風呂先にいいぞ」

「……」

理央がようやく本から視線を上げた。眼鏡越しに侮蔑《ぶべつ》の眼差しが突《つ》き刺《さ》さる。

「はっきり言っとくが、双葉で出汁《だし》を取った風呂のお湯でどうこうするつもりはないからな」

「梓川《あずさがわ》」

「わかってくれたか？」

「出汁とか言ってる時点で、死ね」

「……じゃあ、先にお風呂をいただいてくるけど、いいんだな？」

「いいよ。今、いいところだし」

理央の目は文章を追って上下に揺《ゆ》れている。

「キスシーンでもあった？」

「彼女が路上に撒《ま》き散《ち》らされた吐瀉物《としゃぶつ》を見るような目で、彼氏を躾《しつ》けてるところ」

想像の斜《なな》め上を行く興味深いシーンのようだ。

「面白そうだな。読み終わったら僕《ぼく》にも貸してくれ」

そう言いながら、咲太は風呂場に向かった。

裸《はだか》になって、まずは洗面器に入れたお湯を頭からかける。続けて、ボディソープを泡立《あわだ》てたスポンジで利《き》き腕《うで》を洗った。いつものパターンだ。それからスポンジを利き手に持《も》ち替《か》えて全身を磨《みが》く。終わったところで泡を適当に流して、今度はシャンプーをした。最後に洗顔。シャワーで隅々《すみずみ》まで流したら湯船に浸《つ》かり、十秒ほどで上がる。

「双葉、風呂空いた」

「カラスの行水だね」

「夏は暑いんだよ」

さすがに冬場はもっとゆっくり入る。

本に栞《しおり》を挟《はさ》んだ理央は、「じゃあ、お風呂使わせてもらうね」と言って、脱衣所《だついじょ》に入っていった。ぴしゃりとドアが閉められる。ただ、この家のドアは玄関《げんかん》とトイレ以外鍵《かぎ》は閉まらない。

ドア越しに衣擦《きぬず》れの音がわずかに聞こえる。ずっと聞き耳を立てているのも気持ち悪いので、咲太《さくた》は扇風機《せんぷうき》の前に座った。スイッチオン。風が火照った体を冷やしてくれる。

「ワレワレハウチュウジンダ」

魔《ま》が差して宇宙人ごっこをしてみたが、妙《みょう》に虚《むな》しい気持ちになった。

五分ほど涼《すず》んだところで立ち上がると、咲太は理央《りお》が入浴中の風呂場《ふろば》に足を向けた。

脱衣所《だついじょ》のドアを開ける。浴室からカタッと軽い音が響《ひび》いた。洗面器が床とこすれたような音だ。

擦《す》りガラス風のドアの先に、女子のシルエットが見えている。こちらに背を向けて、体を洗っている最中だったようだ。

「双葉《ふたば》、ちょっといいか？」

「私の方からもいい？」

「ん？」

「どうしてことごとく私の入浴中に話しかけてくるわけ？」

「ドア一枚向こうに、裸《はだか》の女子がいるって興奮するから」

「……」

「顔が見えない方が話しやすいこともあるだろ」

「なにそれ」

少し警戒《けいかい》した空気が伝わってくる。それでも、止まっていた手を動かして、理央は体を泡《あわ》で包んでいっているようだ。

咲太はドアの前は避《さ》けて、脱衣所の床に座り込んだ。これからしようと思っているのは、すぐに終わる話ではない。

「双葉ってさ、どんな家に住んでるんだ？」

「それ、何の話？」

訝《いぶか》しげな反応。それを気にせずに咲太は続けた。

「マンション？　一戸建て？」

「一戸建て」

「広い？」

「広い方なんじゃない？」

「もしかして、双葉って金持ちなのか？」

「そうかもね」

あっさり肯定《こうてい》した理央の口調は、自分の話をしているという雰囲気《ふんいき》を感じなかった。お金持ちなのは自分ではなく、あくまで両親だという意識が働いている。そんな気がした。

「親はなにしてる人？」

「父親は医者」

「まじか！」

「驚《おどろ》くことでもないでしょ」

「家、病院ってこと？」

「開業医じゃない。勤めてるのは大学病院」

「派閥《はばつ》争いとかしてんのか？」

「してるみたいだよ」

「すげえな」

浴室から、ザバァっと体についた泡《あわ》を流す水の音がする。何度か続いたあとで、理央《りお》のシルエットは湯船に浸《つ》かった。

「お母さんは？」

「輸入ブランドのアパレルショップを経営してる」

「社長っているんだな」

「それはいるでしょ……で、梓川《あずさがわ》は何が言いたいわけ？」

落ち着いた質問。その態度から、すでに理央は気づいてると思った。咲太《さくた》が理央に関する秘密をひとつ知っていることを……。

「『偽者《にせもの》』から何か聞いたんだ」

「多少経緯《けいい》は複雑だけどさ」

まさか、沙希《さき》が絡《から》んでいるとは思っていないだろう。

「双葉《ふたば》がやってたことは知ってる」

「そう」

言葉だけの反応。感情は乗っていない。独り言に近い感じだった。

「……」

「……」

「アカウントは、夏休みになる前に作ってた」

わずかな間を空けて、理央はぽつぽつと語り出した。

「でも、何を書けばいいか、わからなかった」

小学生の作文のような言い方。

「なんでもよかったんじゃないのか？　今、彼女持ちのさわやかイケメンに恋してますとかさ」

「それ、赤の他人が見て楽しいの？」

「女子は共感の生き物なんだろ？」

「どうせ、気味の悪い女だと思われるだけ。ブスが調子に乗るなとか」

「卑屈《ひくつ》だな」

少なくとも理央をブスだと思ったことは一度もない。地味だと感じることはあったとしても、それはそれで理央の魅力的《みりょくてき》な部分のはずだ。

「私は、全校生徒の前で、国民的知名度を誇《ほこ》る美人の女優に告白できるほど無神経じゃない」

「それ以上に大胆《だいたん》なことしてるだろ」

「……」

「一年以上の付き合いがあるのに、あんな見事な谷間、僕《ぼく》だって見せてもらってないのにさあ」

「梓川《あずさがわ》にサービスする理由がない」

「見せるのが誰《だれ》でもいいなら、僕でもよくないか？」

「ほんと、梓川はバカだね」

「それ、麻衣《まい》さんからも言われた」

しかも、殆《ほとん》ど同じニュアンスで……。

「よくわかんないんだよな。普段《ふだん》、双葉《ふたば》ってガード固いじゃん？」

「……梓川のそういう抜《ぬ》け目ないところは、ほんと嫌《きら》いだね」

「いや、双葉はわかりやすいって」

スカートも他の生徒よりも長いし、ブラウスのボタンは常に一番上まできっちり留めている。夏場はベストを身に着けないで過ごす女子も多い海沿いの学校なのに、校内では白衣まで着込んでいるのだ。長袖《ながそで》な上に、裾《すそ》も長いので足も大部分が隠《かく》れている。

「それをわかった上で、梓川は私にセクハラしてたわけ」

「本気で嫌《いや》がっているラインは踏《ふ》み越《こ》えないように注意はしてた」

「性格悪すぎ」

「じゃあ、そんな僕に嫌気《いやけ》が差して、双葉はネットでお友達を作ろうとしたのか？」

「どうだろ……少し違《ちが》う気がする」

「違う？」

「もっと単純に……誰かに構ってほしかっただけかもね」

自嘲気味《じちょうぎみ》に理央《りお》が言う。自然な態度。やけになったような雰囲気《ふんいき》はまったくない。いつも通りに淡々《たんたん》としていた。

けれど、それが逆に咲太《さくた》を不安にさせた。何か明確な切《き》っ掛《か》けがあって、理央が自撮《じど》り画像をアップするような行動に出たのならまだわかりやすい。だが、そうではないのだ。日々の鬱屈《うっくつ》した気分の積み重ね。劇的《げきてき》なことは何もないまま、日常の中で今の状況《じょうきょう》が起こっている。一滴《いってき》ずつ心のコップに鬱憤《うっぷん》が溜《た》まっていき、ついに溢《あふ》れてしまった。そういう類の話なのだと思う。

ゆっくりと、ゆっくりと心が侵食《しんしょく》されていく感じ。だから、咲太は理央のそうした気分にまったく気づいていなかった。

「最初からエロネタの投稿《とうこう》はずるいだろ」

「私にはそれしかないんだよ」

「むしろ、そこには自信あったのか」

「……自信どころかコンプレックスにしか思ってなかった」

そうでなければ、ガードが固い意味がわからない。

「中学の頃《ころ》から……同級生より女子の部分の成長は早かったから。それを、サル同然の男子たちがどういう目で見てたかは知ってる」

「『双葉《ふたば》の胸やべぇ』とか?」

「ほんと、そのまま言ってたね」

咲太《さくた》もサル同然の男子中学生だった時期があるのでよくわかる。今も、その頃とそんなに変わったわけでもないと思う。女子の体に興味津々《しんしん》な年頃。制服のブラウスから透《す》けるブラのラインとかで盛り上がれた頃。クラスにひとりかふたりはいるやけに発育のいい女子は、そうした興味の視線を集中的に浴びることになる。理央《りお》のクラスでは、それが理央だったのだろう。

「ある日の放課後、掃除《そうじ》当番のゴミ捨てから戻《もど》ると、教室に残っていた男子が私の話をしてるのを聞いて……この体が嫌《きら》いになった。自分が汚《けが》れたもののように思えてきて……」

多感であるがゆえか、思春期に受けた衝撃《しょうげき》は、後々まで長く尾《お》を引く。たった一度のことでも、ずっと心に残ってその後の生き方に影響《えいきょう》を残すことだってあるのだ。当時は、そんなことわからずに生きていたが……。

「それは悪かった」

「なんで梓川《あずさがわ》が謝るわけ?」

「サル同然の男子代表として」

少しだけ気の抜《ぬ》けた笑い声が浴室から聞こえた。

「それ以来、男子の視線がダメになった」

これで経緯《けいい》は理解できたが、今度は理央が今やっていることと辻褄《つじつま》が合わなくなった。

「なのに、あの写真なのか？」

完全に真逆に進んでいるように思える。男子の視線が嫌《いや》な理央。それなのに、顔を隠《かく》しているとはいっても、際どい写真をアップしている理央。

「あれをすれば、反応はあるから」

「エロおやじに好かれてうれしいのかよ」

「相手を選べるのは、選べるだけの魅力《みりょく》がある人間だけだよ。全員が望んだ形で必要とされるわけじゃない」

「ほんとのことなんか聞きたくないっての」

「相手が誰《だれ》であれ、反応があるだけで私は救われた気持ちになれた」

「それ、望んだ形じゃないって言ってるのと同じだぞ」

「だからかもね。結局、見られることへの嫌悪感《けんおかん》は捨てられなかったから……相反する目的と手段の間に強烈《きょうれつ》なストレスを私は感じていたんだと思う。そして、それが私の意識を乖離《かいり》させた。そう考えれば納得できる部分もある」

なんとも冷静な自己分析《ぶんせき》だ。

「それはつまり『誰《だれ》かに構ってほしい双葉《ふたば》』と『そのための手段が許せない双葉』に分離《ぶんり》したってことでいいのか？」

自分でもとんでもないことを言っているとは思う。だが、簡単にまとめると、今の理央《りお》の話はそういうことだったはずだ。

「それほど、はっきりとした分離の仕方をしているとは思ってないけど……解釈《かいしゃく》の方向性としてはそれで合ってる」

「そうか……」

天井を仰《あお》ぐ。蛍光灯《けいこうとう》が少しチカチカしていた。LEDに交換《こうかん》しようか、でも、高いしなあと、関係のない思考が一旦《いったん》挟《はさ》まる。でも、すぐに消えていった。

「もうひとりの双葉は、自撮《じど》りのアップ、まだ続けてるみたいだぞ」

「知ってる。ネットカフェで監視《かんし》してたから。アカウントごと消そうと思ったけど、もうパスワードが変更されてた」

「どうする？」

「どうもできないよ」

諦《あきら》めたような声。

「なんだよそれ」

「あれも私だからわかる。簡単にはやめられない。簡単にやめられるなら最初からやったりはしなかった」

「誰も簡単にやめさせるなんて言ってないだろ」

「……」

「双葉はどうしたいんだ？」

「できるならやめさせたい」

「わかった。任せとけ」

方法など何も思いついてない。咲太《さくた》の説得に応じるとも思えない。理央が言った通りで、簡単にやめられるなら、最初からやっていないはずだ。

理屈《りくつ》の話ではないのだ。話が理屈で済むのなら、咲太よりも理央の方がよっぽど適切にこの状況《じょうきょう》に対処していると思う。

そうではないから、こんな事態になっているのだ。

よっこらせ、と立ち上がる。

「梓川《あずさがわ》？　どうする気？」

「明日も学校に行くよ」

「それで？」

「だらだらと話でもしてくる」

「それから？」

「明後日も学校に行く」

「なるほどね……で、まただらだらと話をするんだ」

「そうなるな」

「面倒《めんどう》くさいことするね」

「だって、双葉《ふたば》、海とか誘《さそ》っても絶対来ないだろ？」

「百二十パーセント断る」

それはなんとも説得力のある言葉だった。理央《りお》が言うのだから間違《まちが》いない。

「梓川《あずさがわ》の言った通りだね。顔が見えない方が話しやすいこともある」

最後の一言は聞こえなかったふりをして、咲太《さくた》は脱衣所《だついじょ》を出た。増える一方の問題に、頭を悩《なや》ませながら……。

第三章

友情は時速四十キロメートル

1

翌日の八月四日。月曜日。天気は晴れ。

洗濯物《せんたくもの》を干そうと咲太《さくた》がベランダに出ると、真っ白い大きな雲が西から東の空へと流れていた。風は少しあるが、太陽は眩《まぶ》しい光を注いでいる。今日も暑くなりそうだった。

時計の針が午前十時を示す。いつもなら、インターフォンが鳴る時間だが、この日は鳴らなかった。代わりに、家の電話がベルを鳴らす。

「はいはい」

モノクロの液晶画面に表示された番号には見覚えがあった。090からはじまる十一桁《けた》の数字は、翔子《しょうこ》のケータイ番号だ。

「はい、梓川《あずさがわ》です」

「おはようございます。牧之原《まきのはら》です」

「おはよう」

「その……ごめんなさい」

突然《とつぜん》、謝ってくる。

「ん？」

「今日、お伺《うかが》いできなくなってしまいました」

何か用事だろうか。翔子の声が沈んでいるのが少し気になる。短いやり取りしかしてないが、明らかに元気がない。

「そか。はやてにはちゃんとご飯あげとくよ」

「はい、ありがとうございます。それで、その……」

「うん」

「今日だけではなくて……一週間か、もしかしたら、もっと長い期間お伺いできないかもしれないんです」

「海外旅行でも行くの？」

それにしては言い回しが妙《みょう》だ。翔子は、「一週間か」とか、「かもしれない」とか言っていた。予定が定まっていない様子だ。

「いえ、旅行ではないんですけど、しばらく家を離《はな》れなくてはいけなくて」

旅行以外でしばらく家を空ける用事とはなんだろうか。

「……」

しばし考える。咲太の頭に浮《う》かんだ答えはひとつだけ。咲太も、『それ』を以前に一度経験している。けど、『それ』が正解なのか、咲太は確認の言葉を翔子にかけようとは思わなかった。

先ほどから、翔子は明らかに言葉を選んで話している。少なくとも、今は咲太に知られたくないのだろう。それをわざわざ聞いて翔子《しょうこ》を困らせる必要はない。

「わかった。また来られるようになったら連絡《れんらく》して。はやてのことは責任を持って面倒《めんどう》見とくからさ」

「はい、ごめんなさい」

電話の向こうで、「翔子」と名前を呼ぶ女性の声がした。母親だろうか。それに、「今、行きます」と答えている。

「それでは、またご連絡します」

最後までどこか沈んだ様子のまま、翔子からの電話は切れた。咲太《さくた》も受話器を置く。

「かえでー」

「なんですか？」

リビングのテーブルで勉強をしていたかえでがうれしそうに咲太を見てきた。

「しばらく、牧之原《まきのはら》さん来られないらしいから、はやての面倒よろしくな」

「はい、任されました！」

かえではない胸を精一杯《せいいっぱい》張っていた。

その後、少し早めに昼食を取った咲太は、制服に着替《きが》えて学校へ行くことにした。

「ほんとに行くんだ」

制服姿で部屋から出てきた咲太に、理央《りお》が廊下《ろうか》で声をかけてくる。足元には、なすのがじゃれついていた。もうだいぶ懐《なつ》いている。

「双葉《ふたば》も来るか？」

「私は行かない方が賢明《けんめい》だね」

「なんで？」

「都市伝説にあるでしょ。同じ顔をした人間に遭遇《そうぐう》すると、そのあとで死ぬっていうドッペルゲンガーの話」

「ああ」

「両者の存在が同時に確定している状態というのは、量子テレポーテーションの考え方では起こり得ないはずだけど……一応ね」

「その仮説で考えた場合、もし、ふたりが一堂に会したら、どうなると思う？」

「矛盾《むじゅん》を補正《ほせい》するために、どちらか一方が消滅《しょうめつ》するか……もしくは、パラドックスが崩壊《ほうかい》して、両方いなくなるとか？」

これは少しも笑えない。

「有名な文学賞の冠《かん》にもなっている作家が、それで死んだなんて噂《うわさ》もあるくらいだし……ドッペルゲンガーっていうのは、今の私と同じ体験をした人間から出てきた実話なのかもね」

実際、その作家は登場人物がドッペルゲンガーに遭遇する話も書いていたはずだ。都市伝説のネタが流行った小学生時代……その話は信憑性《しんぴょうせい》があるとかで、クラスメイトたちが盛り上がっていたのを咲太《さくた》は思い出していた。

「だから、私は行かない方が賢明《けんめい》」

「んじゃ、留守番頼《たの》んだ」

玄関《げんかん》に移動して靴《くつ》を履《は》く。

「夕飯の準備はしておくよ」

「なんか、同棲《どうせい》してるみたいだな」

冗談《じょうだん》のつもりで言ったのに、理央《りお》は心底嫌《いや》そうな顔をする。

「それ、今日二度目」

一度目は今朝のことだ。居候《いそうろう》させてもらっている代わりだと言って、理央は洗濯《せんたく》を手伝ってくれた。意外と手慣れた感じで、洗濯物のしわを伸ばしていた。普段《ふだん》から自分で洗濯をしているのがわかる自然な手つき。その理央が咲太のパンツを干しているときに、

「なんか、同棲してるみたいだな」

と、声をかけたのだ。

直後、理央は咲太の顔にパンツを投げつけてきた。

「あとエプロン姿で出迎えてくれたら完璧《かんぺき》」

「それ、同棲じゃなくて新婚」

「あ、そか」

「そういうプレイは桜島先輩《さくらじませんぱい》として」

「名案だな」

麻衣《まい》のエプロン姿を思い出しながら、咲太は家を出た。

むわっとした湿《しめ》った夏の空気。それでいながら、太陽はじりじりと照り付けてくる。アスファルトの上に見える逃《に》げ水《みず》を目で追いつつ、咲太はいつもの通学路を歩いた。

十分後、汗《あせ》だくになりながら藤沢《ふじさわ》駅に到着《とうちゃく》する。階段を上がって連絡《れんらく》通路を通り、真っ直ぐ江《え》ノ電《でん》の藤沢駅を目指した。

咲太が改札口を抜《ぬ》けてホームに出ると、緑とクリーム色の車両が入ってくるところだった。正面から見ると、愛嬌《あいきょう》のある顔をしているレトロな雰囲気《ふんいき》がいい。この炎天下の中でも健気に乗客を藤沢から鎌倉《かまくら》へ運んでいくのだ。

空調の効いた涼《すず》しい車内に乗り込む。空いていた座席に座ってクールダウンしていると、近くの乗車口から見知った顔が乗ってきた。

峰《みね》ヶ原《はら》高校の夏服。紺色《こんいろ》のスカートに、白のブラウス、ベージュのベスト。上までしっかり締《し》めたネクタイは赤い。学校が推奨《すいしょう》する女子の標準的な服装だ。実際、その通りに着ている生徒は少ない。

「……」

咲太《さくた》と目が合うと、理央《りお》は無言で隣《となり》に座ってきた。

発車を知らせるベルが鳴る。最後に慌《あわ》てて女子大生のグループが乗ってきた。少し遅《おく》れてドアが閉まる。電車はのそのそとホームから走り出した。

「なにか、わかった？」

外の景色を瞳《ひとみ》に映しながら理央が聞いてきた。

「双葉《ふたば》が脱《ぬ》ぐとすごいってことがわかった」

「……」

「脱がなくてもすごいのは知ってたけどさ」

ここで胸元を見ると確実に罵声《ばせい》が飛んでくる。だから、咲太も理央にならって窓の外の景色に集中した。横目で、今日も後ろでまとめている髪《かみ》を見る。眼鏡もしていない。というか、眼鏡はもうひとりがかけているので、こちらの理央は持っていないのかもしれない。

「梓川《あずさがわ》は『バカな真似《まね》するな』って説教をしに来たんだ」

「するか。面倒《めんどう》くさい」

「なら、なにをしに来たわけ？」

「麻衣《まい》さんとデートもできず、ヒマを持て余しているから、双葉とだらだら過ごそうと思ってさ」

「……」

一瞬《いっしゅん》、理央が考え込む。

「なるほど、梓川はもっと面倒くさいことをしに来たんだ」

それには答えずに、咲太は理央の顔を覗《のぞ》き込《こ》んだ。

「なに？」

「写真、他にも撮《と》ってるのか？　アップしたやつ以外に」

「あるけど？」

「見せてくれ」

「……」

理央の表情には嫌悪感《けんおかん》が顔を出している。

「今さら僕《ぼく》に見られるくらい平気だろ？」

軽く挑発《ちょうはつ》すると、理央は無言でスマホを渡《わた》してきた。

写真のフォルダを開く。プレビュー画面に、ずらりと写真が並んだ。

「あるな……」

その数、三百枚以上。想像の十倍はある。

ただ、必ずしもエロに直結する過激な写真というわけではない。単に手のひらだけが写っているものや、足のつま先だけ撮ったものもある。鞄《かばん》の中身を撮影《さつえい》したものなどもあった。

古いデータへ遡《さかのぼ》っていくと、見慣れない制服を着ている理央《りお》を見つけた。紺色《こんいろ》のブレザーに、膝丈《ひざたけ》くらいのスカート。表情は今よりも幼い。髪《かみ》も短い。でも、理央本人に間違《まちが》いないと思った。

「これは？」

理央に画面を見せて確認する。

「中学のときの」

その頃《ころ》から自撮《じど》りをしていたわけだ。根は深い。

「顔とか全身写ってるのも結構あるな」

古ければ古いほどその傾向《けいこう》がある。新しいものになればなるほど、顔出しは減っている。代わりに、下着のラインや肌《はだ》の露出《ろしゅつ》が激しい性的な要素を含《ふく》んだものが増えていた。

「最初は、誰《だれ》かに見せたり、ネットにアップする気なんてなかった」

「自分だけのアルバムとか？」

「私をイタイ女にしたいわけ？」

「すでにイタイだろ」

「そうかもね」

自嘲《じちょう》気味《ぎみ》に理央が笑う。嫌《いや》な笑い方だと咲太《さくた》は思った。理央にはそういう顔をしてほしくない。

「自撮りなんてはじめた頃は、客観的に自分を見て『バカなことしてる』って思いたかっただけなんだと思う」

「それ、何のためにだよ」

「バカな自分の姿を自分で確認して、すっきりするため」

「……」

ますます意味がわからない。

「これを自己分析《ぶんせき》で言うのは滑稽《こっけい》だけど、一種の自傷行為《じしょうこうい》なんだって私は思っている」

出てきた言葉は、滑稽には程遠い。だが、確かにそれを自分で言うのは滑稽だ。それを自覚した上で、理央の行為は続いているし、確実にエスカレートしてきたという事実があるのだから。

「梓川《あずさがわ》には理解できないかもしれないけど……私は私が嫌《きら》いなんだよ」

「それ、もうひとりの双葉も言ってたな」

切《き》っ掛《か》けは自分の体の成長。それに男子が反応しているのを目の当たりにして、酷《ひど》く自分が汚《けが》れたもののように思えたと言っていた。それから、自分の体の女性的な部分を嫌うようになったのだと。

「だから、私は自分を傷付けられる。自分が嫌いだから」

「その嫌いな自分を自分で退治して、一瞬《いっしゅん》だけでもすっきりした気持ちになるって言いたいのか？」

「見かけによらず梓川《あずさがわ》は賢《かしこ》いね」

「けど、退治した自分もやっぱり自分だろ」

だから、結局は何の解決にもなっていない。少し時間が経てば、我に返ってそんな当たり前の事実に気がつく。自らの行為《こうい》を振《ふ》り返《かえ》って、自らの弱さを嫌悪《けんお》する。そして、そんな自分をさらに嫌《きら》いになって、痛めつけるためにまた同じことを繰《く》り返《かえ》す。そのたびに、行為は過激に、苛烈《かれつ》になっていくのだ。

その負のスパイラルが理央《りお》の心を酷《ひど》く不安定に揺《ゆ》さぶり続けた。その結果が今だ。思春期症候群《しょうこうぐん》を発症《はつしょう》して、意識は分裂《ぶんれつ》……ふたりの理央が存在するという状況《じょうきょう》に陥《おちい》っている。

ひとつに留まっていられないほどの矛盾《むじゅん》を理央は抱《かか》えていたのだろう。

それを理解できると言うつもりはない。ただ、一点だけ咲太《さくた》にも共感できる部分はあった。

当時中学一年生だったかえでが、クラスメイトたちからいじめを受けたときのこと。目の前で苦しんでいるかえでに対して、咲太は何もできなかった。何もしてやれなかった。そのとき心の中に芽生えた無力感や不甲斐《ふがい》なさは、外側へ向かうことなく内側から咲太を蝕《むしば》んでいった。ただただ情けない気持ちに苛《さいな》まれ、咲太は自らを責め続けた。そうした日々の果てに、咲太の胸には三本の大きな爪痕《つめあと》が刻まれた。唯一《ゆいいつ》、この傷に理由をつけるのであれば、それは咲太が自らに与えた罰《ばつ》だと思っている。兄のくせに、妹を助けてあげられなかった罪の証。

「梓川はさ」

　理央の声で、咲太は顔を上げた。

「ん？」

「どっちの味方なの？」

「僕《ぼく》は双葉《ふたば》理央の味方だ」

　躊躇《ためら》うことなく即答する。

「小賢《こざか》しい答えだね」

「すげえ、上から来るのな」

「でも、『私たち』は分かり合えない」

「わがまま言うなよ」

「梓川もずけずけ来るね」

「僕は友達には遠慮《えんりょ》しないタイプなんだよ」

　気恥《きは》ずかしい気持ちはあったが、咲太はあえてその言葉を口にした。絶対に理央には引っかかるとわかっていたから。けど、軽く笑ってかわされてしまう。

「じゃあ、私も遠慮なく言わせてもらうけど……梓川がどっちかを諦《あきら》めた方が早いよ」

「おっかないこと言うなよ。ちびりそう」

「その言葉が出てくるってことは、ちゃんとわかってるんだ？」

電車が停止する。到着《とうちゃく》したのは七里《しちり》ヶ浜《がはま》駅だ。

「この世界に、双葉理央《ふたばりお》はふたりもいらない」

どこか冷たさを含《ふく》んだ声を理央が落とす。それから、先に席を立って、電車を降りた。

すぐに発車のアナウンスが聞こえてくる。

「……」

返す言葉を探しているうちにドアが閉まり、電車は咲太《さくた》を乗せたまま再び走り出した。

「ほんとおっかないこと言うなよ。まじでちびりそう」

その独り言が聞こえたのか、隣《となり》に座っていた女性はそれとなく咲太から距離《きょり》を取っていた。

「冗談《じょうだん》です」

当然、ふたりの距離はそれ以上縮まることはなかった。

次の稲村《いなむら》ヶ崎《さき》駅で降りようかと思った咲太だったが、なんとなくそのまま電車に乗り続けて終点の鎌倉《かまくら》駅まで乗車した。

これまたなんとなく駅の外に出る。ふらりと目に付いたお店に入り、五枚入りの鳩《はと》サブレーを買った。鎌倉を代表するお土産。鳩《はと》の形をしたビスケット風のお菓子《かし》だ。生まれてこの方、ずっと神奈川県民の咲太にとっては、シウマイと同じくらい馴染《なじ》みの深い食べ物。

お土産を片手に駅へと戻《もど》る。大人しく江ノ電《えのでん》に乗って引き返すことにした。

今度こそ学校のある七里ヶ浜駅で下車する。

多少寄り道はしたが、予定より四十分ほど遅《おく》れて、咲太は学校に無事たどり着いた。

物理実験室に顔を出した咲太は、理央が使っている実験テーブルの上に、鳩サブレーの黄色い手提《てさ》げの箱を置いた。

「これ、お土産」

「なにしてたの？」

「いざ鎌倉へ」

「あっそ」

興味などなさそうに言いながらも、理央の手はきちんと包みに伸びてきた。丁度、コーヒーを淹《い》れたところだったらしく、お茶菓子にされている。理央は尻尾《しっぽ》の方から食べる派のようだ。

頭からかぶりつく派の咲太も、一枚取って口に運んだ。

「どっちの私にするかは決まった？」

「あのな、双葉」

「なに？」

「そんなもん自分で決めろって」

「……」

「自分のことは自分で決めるもんだろ」

「なるほど、正論だね」

机の下から引っ張り出した丸椅子《まるいす》に座る。間を埋《う》めるために、咲太は机の隅《すみ》にあったTVのリモコンに手を伸ばした。電源ボタンを押《お》す。

黒板の脇《わき》……天井からぶら下がった液晶TVに光が灯る。映ったのは、昼下がりのワイドショー番組。

どこかの海水浴場の砂浜で行われているサンドアート大会の様子を、見覚えのある人物が取材していた。マイクを持ってカメラ目線を決めているのは女子アナの南条文香《なんじょうふみか》だ。今日はスタジオを飛び出しているようだ。

「見てください、この見事な作品!」

テンション高めの声で、どうだと言わんばかりに砂の彫刻《ちょうこく》を披露《ひろう》する。画面にいっぱいに映し出されたのは、スペインはバルセロナにあるかの有名なサグラダファミリア。しかも、十八本の塔《とう》はすべて完成済み。完全体。確かに、文香の言った通りで見事だった。

他の出場者の作品とは格の違《ちが》う仕上がりになっている。

「こちらのおふたりが作者なんですよ」

文香が紹介《しょうかい》したのは男女のペア。ふたりとも二十代半ばくらいだろうか。男性の方は、細身の長身。眼鏡が知的な印象を与えるイケメンだ。カメラにも怯《ひる》むことなくにっこり微笑《ほほえ》んでいる。女性の方は、小柄《こがら》でかわいい顔立ちをしている。それでいてスタイルは抜群《ばつぐん》。水着の上からTシャツを一枚羽織《はお》っていてもそれがわかる。赤いビキニが透《す》けて見える胸元は窮屈《きゅうくつ》そうに膨《ふく》らみ、丈《たけ》の短いTシャツの下からはきゅっと引《ひ》き締《し》まった健康的なウエストが覗《のぞ》いていた。身長的にはたぶん理央と同じくらいだ。それとなく見比べると目が合った。

「私は、あんなにくびれてない」

心を読まれてしまった。だが、逆を言えば、それ以外はあれくらいだと認めているとも取れる。咲太が思っている以上に、脱《ぬ》ぐとすごいかもしれない。

「おふたりは恋人同士なんですか？」

文香がＴＶの中で質問している。

「南条アナって実物の方が綺麗《きれい》なんですね」

質問を無視して男性がそんなことを言う。でも、文香が一瞬《いっしゅん》眉《まゆ》をぴくりとさせると、

「ちなみに、妻です」

と、さらっと答えた。すかさず、女性の方が、左の薬指にはまったきらりと光るリングを見せてくれる。「きらり～ん」と自分で効果音を口にしながら……。

「お若いですが、新婚とか？」

文香がさらに質問を投げかける。

「そうでもないですよ。結婚したの十八なんで」

なぜか、男性は遠い目をしていた。十八歳で結婚となると、何かと色々あったのだろう。その苦労を思い出しているのかもしれない。来年には咲太《さくた》も十八歳になるのだが、結婚など今のところファンタジー用語を聞くのと大差のない感覚だ。

「じゅ、十八でご結婚とはすごいですね」

予想外の返答に、文香《ふみか》は少し戸惑《とまど》っていた。

「さて、作品の方は、殆《ほとん》ど奥様がひとりで作成されたとのことですが、何か苦労された点などはありますか？」

「二十三日は、鵠沼《くげぬま》海岸の大会にも出るんだも〜ん！　そこで、あたしと握手《あくしゅ》！」

マイクを向けられた女性は、空気を無視したハイテンションでいきなりそんなことを言い出した。何のことだかさっぱりわからない。

さらに、がお〜とか言いながら、カメラに寄ってくる。それを、男性……つまり旦那《だんな》さんが羽《は》交《が》い絞《じ》めにしてフレームから消えていった。

「……」

文香は呆気《あっけ》にとられていたが、すぐに気を取り直して、

「スタジオにお戻《もど》ししま〜す」

と、笑顔でごまかしていた。微妙《びみょう》な空気になっていたスタジオでは、メインの司会者が「CMです」と流していく。

画面が切《き》り替《か》わると、今度もよく知った人物が映った。麻衣《まい》だ。シャンプーのCM。さらさらの綺麗《きれい》な髪《かみ》が広がって、それからしなやかにまとまっていく。「毎日潤《うるお》い、しなやか」とナレーションが入ると、麻衣は鏡の前で少しくすぐったそうに微笑《ほほえ》んでいた。綺麗とかわいいが同居した破《は》壊《かい》力《りょく》抜《ばつ》群《ぐん》の表情。何度見ても釘《くぎ》づけになる。とてもいいものを見た。

別のCMに切り替わったところで、咲太は机の上にあった団扇《うちわ》を持って窓辺に移動した。空調が弱めなのか、室内は少し暑い。ぱたぱたと自分に風を送る。

外を見ると、照り付ける太陽の下、グラウンドを走っている人影《ひとかげ》が五つあった。ひとりだけ先行して走っているのは佑真《ゆうま》だ。どうやらバスケ部のメンバーらしい。

「なあ、双葉《ふたば》」

「なに？」

「どうすれば、ひとりに戻ると思う？」

外を見たまま、咲太は突然《とつぜん》そう質問した。

――この世界に、双葉理央《りお》はふたりもいらない

理央自身のその言葉は、先ほどからずっと咲太の耳に残っている。際どい写真をアップしているのも問題だが、思春期症《しょう》候群《こうぐん》についても、このままというわけにはいかない。

「戻らない」

「意識が乖離《かいり》したって話なら、意識がひとつになれば戻るのか？」

「……そうかもね」

諦《あきら》めたように理央《りお》が投げやりに答える。

「それってどうすればいいんだ？」

「少なくとも現状はどんどん離《はな》れていっているだろうね。ふたりが別々のことをしているんだから。記憶と経験がばらばらになった以上、それをひとつに戻《もど》せる気はしない」

「もっと前向きな意見を聞かせてくれ。胃に穴が空く」

「じゃあ、ふたりが同じ気持ちになればいいんじゃないの」

「国見《くにみ》のことが好きで好きでたまらないとか？」

「……」

返ってきたのは凍《い》てついた無言。振《ふ》り返《かえ》ると、さぞ冷たい眼差しが待っていることだろう。

だから、振り向かない。

「私と、もうひとりの私の中で、その感情は一致《いっち》してると思う」

「なら、ひとりに戻ろうぜ」

「それで戻らないってことは、それ以上に強い意識が必要なんじゃないの」

「双葉《ふたば》が国見のこと以上に執着《しゅうちゃく》するものってなんだよ」

少なくとも咲太《さくた》には思いつかない。

「知らない」

理央にも見放されてはお手上げだ。

答えのない問題を投げかけられた気分。

表情も苦々しいものになる。鳩《はと》サブレーを食べて気持ちを切《き》り替《か》えた。

最後に残った尻尾《しっぽ》の部分を口に放り込む。もぐもぐと咀嚼《そしゃく》していると、グラウンドを周回していた佑真《ゆうま》が、校舎の方へと近付いてきた。

物理実験室にいる咲太と目が合う。気づいた佑真が少し表情を緩《ゆる》めた。それから、真っ直ぐ咲太の方へ走ってくる。最終的には倒《たお》れ込《こ》むように、校舎の壁《かべ》に寄りかかった。

「あー、もう死ぬ！」

窓を開けると、そんな声が聞こえてきた。

荒《あら》く繰《く》り返《かえ》される呼吸。滴《したた》り落《お》ちる汗《あせ》は、コンクリートの地面を濡《ぬ》らしていく。

「咲太、いいもの持ってるな」

窓から顔を出した咲太を見上げ、佑真が手をぱたぱたとさせる。風をくれと要求しているのだ。その証拠に、佑真の目は咲太が持った団扇《うちわ》を見ていた。

「やだよ」

「なんでだよ」

「国見に奉仕する理由がない」

「風プリーズ！」

それを無視して、咲太《さくた》は室内に振《ふ》り向《む》いた。

「双葉《ふたば》」

試験管を用意していた理央《りお》に手招きをする。

「なに？」

少し面倒《めんどう》くさそうな顔をしながらも、理央は咲太の隣《となり》にやってきた。

その理央に団扇《うちわ》を渡《わた》す。

「国見《くにみ》が扇《あお》いでくれってさ」

「頼《たの》まれたの梓川《あずさがわ》でしょ」

「どうせ扇いでもらうなら、女子の方がいいに決まってる」

「……」

不満そうな顔。照れも半分くらい含《ふく》まれている。

「双葉、風プリーズ！」

へとへとの佑真《ゆうま》が情けない声を出す。

「……」

少し考えたあとで、理央は何も言わずに団扇をぱたぱたと動かしはじめた。

「あ～、きもちいいー」

他四名の部員はまだグラウンドを周回中だ。ふらふらの足取り。

「バスケ部は体育館だろ？　なんでお前らだけ走ってんの？」

部員はもっとたくさんいるはずだ。

「紅白戦で負けたチームのペナルティ」

「国見のくせに負けたのかよ」

「こっちのチーム、俺《おれ》以外は全員一年よ？」

「チームメイトに責任を押《お》し付《つ》けるとは国見らしくないな。さては、お前、偽者《にせもの》だろ」

「咲太は俺のことなんだと思ってんだよ」

「むかつくモテ男だと思ってるな」

「ひでぇ」

そう言って、佑真が大声で笑い出す。

「国見と梓川がどうして仲良いのか、ほんと謎《なぞ》」

独り言のように理央がぽつりともらす。

佑真はにやつくだけで何も言わない。咲太もそれにならった。別に、理央は答えを欲しているわけではないないし、そんなこと口に出して言うことでもない。そもそも、言葉では表現が難しい問題だ。簡単に言うなら、馬が合う。そういうことだ。お互《たが》いに遠慮《えんりょ》なく言いたいことを言えて、冗談《じょうだん》と本気が誤解なく伝わる空気を、佑真は最初から持っていた。

そして、それは理央に関しても同じことが言える。はじめてがっつり話をしたのは、一年の一学期。咲太《さくた》が中学時代に暴力事件を起こして、同級生を病院送りにしたという噂話《うわさばなし》が校内に蔓延《まんえん》したあとのことだ。

その日、咲太は弁当をのんびり食べられる場所を探していた。そして、たどり着いたのが物理実験室。しかし、そこには先客がいて、

「全校生徒から白い目で見られているのに、梓川《あずさがわ》はよく毎日学校に来られるね」

と、当時、同じクラスだった理央《りお》にストレートに言われた。

「『みんなに避《さ》けられてる』とか、自意識過剰《かじょう》だろ」

「少しも過剰じゃないと思うけど？　頭、大丈夫《だいじょうぶ》？　いや、ダメだから学校来てるのか」

「双葉《ふたば》って面白いな」

「は？　どこが？」

「僕《ぼく》とこうして話をしている時点で相当だよ」

初《しょ》っ端《ぱな》からそんな遠慮《えんりょ》の欠片《かけら》もない会話を交わした。今でもよく覚えている。あの感じは、あれから一年以上が経過した今も変わっていない。

「ラストダッシュ！」

佑真《ゆうま》が後輩《こうはい》の部員に声をかける。四人の一年生は、一斉《いっせい》にスパートをかけた。競い合うように、ばらばらと佑真のところまで駆《か》け込《こ》んできた。

膝《ひざ》に手をついて、ぜえぜえと肩《かた》を揺《ゆ》らしている。

「あー、国見先輩《くにみせんぱい》ずるっ！」

理央に扇《あお》いでもらっている佑真《ゆうま》に、一年生が早速反応する。

「彼女いんのに、他の女子にそんなことしてもらって、なんで先輩だけモテんの⁉」

それについては、咲太も同意見だ。うんうんと頷《うなず》く。

「紹介《しょうかい》してくださいよ、そちらの素敵な女子を」

「二年生ですか？」

「あれ？　お前ら、双葉のこと知らないの？」

理央は学校内ではちょっとした有名人だ。いつも白衣を着ている変な二年生として。いくら学年が違《ちが》っても、恐《おそ》らくは知っているはず。

「え？」

驚《おどろ》いたような反応をして、四人の一年生は顔を見合わせていた。

「こんなかわいい人だったんだ」

小声でやり取りしているのが、はっきりと咲太にも聞こえた。今の理央は白衣を着ていないし、髪《かみ》もアップにしている。眼鏡もかけていないため、雰囲気《ふんいき》が違い過ぎてわからなかったのだろう。最初は、咲太もそうだった。

「お前ら女子見る目がなさすぎ。そんなお前らには紹介してやんないよ。ほら、体育館戻《もど》った戻った」

しっしっと佑真《ゆうま》が一年生を追《お》い払《はら》う。

彼らは時折理央《りお》を振《ふ》り返《かえ》りながら、

「二年生って大人っぽいよな」

「あの感じ、俺《おれ》の好きなやつ」

「エロかしこい！　いや、かしこエロい！」

「やべ、色々教えてもらいたい！」

などと言い合って、盛り上がっていた。

「国見《くにみ》の女子を見る目も、僕《ぼく》は大概《たいがい》だと思うけどな」

遠ざかっていく一年生部員の見送りながら、咲太《さくた》はさらりと佑真を攻撃《こうげき》した。ただ、頭の中ではまったく別のことを考えていた。

思い出していたのは、ここにいる理央の言葉。

——この世界に、双葉《ふたば》理央はふたりもいらない
それは確かにその通りの話だ。この世の中はふたりの理央を受け入れられるようにはできていない。二学期からふたりで学校に通うわけにはいかないし、同じ家にふたりで住むわけにもいかない。住民票とかどうなるんだという問題もある。

その上で、現在のところ真っ当な社会生活を営んでいるのは、ここにいる理央であるという現実がある。咲太の家にいる理央の存在を知っているのは、咲太を含《ふく》めたごく一部の人間だけ。

だから、やはり、このままではいけないのだ。とは言え、ふたりをひとりに戻《もど》す方法を、咲太は学校で教えてもらってはいなかった。

強い意識があればと理央は言っていたが、佑真のこと以上に、理央が執着《しゅうちゃく》する何かがあるようにも思えない。完全に手詰《てづ》まり。

「ほんと、どうするかな」

「ん？」

独り言に佑真が反応する。

「なんでもない」

今はそう言ってお茶を濁《にご》す以外になかった。

2

「で、梓川《あずさがわ》はいつまでこんなこと続ける気？」

学校からの帰り道、七里《しちり》ヶ《が》浜《はま》駅のベンチに座って藤沢《ふじさわ》行きの電車を待っていると、前置きなしに理央がそう尋《たず》ねてきた。

今日はすでに八月十二日。

咲太が毎日物理実験室に通うようになって一週間が経過していた。

「双葉《ふたば》があんなことしないようになるまでかな」

今もなお、際どい写真のアップは続いている。

昨日、バイト帰りにネットカフェに寄って確認したら、胸の谷間に試験管を挟《はさ》んだ画像が公開されていた。『何か挟んで』という要望に応えたものらしいが、ここまで来ると逆に間抜《まぬ》けに思えるのは咲太《さくた》だけだろうか。あんまり、エロさは感じない。

「僕《ぼく》だけにエロ画像を見せてくれるようになるまででもいいけどさ」

「それだと日々目標から遠のいているね」

「そりゃ残念」

身を乗り出して、鎌倉《かまくら》方面を確認する。まだ電車は来ない。時刻は六時を回っているが、空はまだ明るく、ようやく西の空が微《かす》かに赤くなっている程度だ。

「明日は何の実験をするんだ？」

この一週間、かなり地味な実験が多かった。重力加速度の測定や、力学台車を使った繰《く》り返《かえ》し実験。淡々《たんたん》とこなす内容ばかりで見ていても面白味はない。

「梓川《あずさがわ》が退屈《たいくつ》しないように、ロケットでも作る？」

「まじか」

「ペットボトルの」

「あー」

「拾いに行かせてあげる」

「手伝うのそっちかよ。そこはどっちのロケットが飛ぶか勝負するところだろ」

「梓川じゃ勝負にならない」

どうでもよさそうに、理央《りお》はスマホを気にする。何らかの着信があったようだ。

「っ！」

画面を見た瞬間《しゅんかん》、理央の肩《かた》が震《ふる》えた。明らかに表情は強張っている。すぐに画面から目を逸《そ》らし、けれど、もう一度確認する。その顔からは血の気が失せていた。

思い出したように理央がスマホの画面を伏《ふ》せる。太ももの上に画面を下にして置いて、両手を重ねて隠《かく》すようにしていた。

「どうした？」

「なんでもない」

理央は咲太には見向きもせずに、駅で待っている他の利用客を気にしていた。峰《みね》ヶ原《がはら》高校の生徒が数名。若い学生グループがちらほら見える。そうしている間も、スマホはぶるぶると震動《しんどう》していた。

「双葉？」

「……平気」

見るからにそうは思えない。反応は少し遅《おく》れていたし、声はかすれていた。見れば、太ももの上に重ねた手も、スマホの震動《しんどう》とは関係なく小刻みに震《ふる》えている。

「誰《だれ》かのレス？」

「……」

理央《りお》が小さく頷《うなず》く。

「見てもいいか？」

両手の下に隠《かく》したスマホを目で示す。

「ダメ」

それでも咲太《さくた》は手を伸ばした。理央の指の隙間《すきま》からスマホのカバーに触《ふ》れる。

「……」

少し俯《うつむ》きながらも、理央は咲太がスマホを抜《ぬ》き取るまで結局抵抗《ていこう》しなかった。

つまり、見てもいいということだろう。

咲太は手元のスマホを確認した。

表示されていたのは、つぶやき系ＳＮＳのダイレクトメッセージを確認する画面。

——その制服、峰《みね》ヶ原《はら》高校のだよね？

最初の一言がそれ。

——俺《おれ》、卒業生なんだ。わかるよ
時間を置かずに次のメッセージが届き、

──今日、近くに来てるから会わない？

と、三つ目が続けて並んでいる。それを見ている途中《とちゅう》で、

──サポできるよ。イチゴはどう？

──会ってくんないと学校バラしちゃうよ？

──身バレしたらやばくない？

──ねえ、会おうよ。会ってくれるよね？

と、短いメッセージがたて続けに来た。

横から画面を見ていた理央の手が、咲太のシャツの裾《すそ》を不安げに摑《つか》んでいる。震えは増していき、理央の不安が直接伝わってきた。

「こういうやつって、実在するんだな」

言いながら、スマホを勝手に操作してメッセージを作成。その間も、ずっとメッセージの着信は続いていた。

──会いたいな～

──返事待ってるよ
──聞いてんのか、おい
──どうなっても知らねえぞ
文面を作っている間に、どんどん割り込まれる。面倒《めんどう》で仕方がない。それでも、予定通りの

メッセージを咲太《さくた》は作り終えた。

「梓川《あずさがわ》？」

構わずに送信。

「今、なにを⁉」

「これ」

画面を理央《りお》に見せた。そこには送ったメッセージの文面が残っている。

——警察に連絡《れんらく》します
すると、ぴたりとスマホはだんまりを決め込む。メッセージの着信は完全に止まった。

「これで大丈夫《だいじょうぶ》だろ」

「……消して」

「ん？」

「そのアカウント……もう消して」

「わかった……」

理央に画面を見てもらい、操作《そうさ》が正しいかを確認しながら咲太はアカウントを消去した。

「これでいいのか？」

「うん」

それから、やってきた藤沢《ふじさわ》行きの電車に乗り込む。

程よく混雑した車内。鎌倉《かまくら》帰りのおばさんの集団は、お土産の袋をぶら下げていた。近くの海水浴場で遊んでいたらしい若いカップルや、学生のグループが目に付いた。

咲太は理央を導いて、真ん中にぽっかりと空いていた座席に並んで座った。その間もずっと理央の手は咲太のシャツを掴《つか》んだままだった。周囲から生温かい視線を感じる。初々しいカップルだと思われているようだ。

「ごめん」

理央が小さくもらす。

「自業自得なのに……」

体も、声も、心までもが恐怖《きょうふ》に支配されている。完全に怯《おび》えていた。

「なんか、わかんないけど……すごいこわくて……」

未だに理央の震《ふる》えは止まっていない。並んで座って肩《かた》がくっついているからよくわかる。

「メールとか、メッセージってさ、ぐさって刺《さ》さるんだよ」

前を向いたまま、咲太はいつもの調子で口を開いた。

「……？」

「かえでがいじめに遭《あ》ったときさ……カウンセラーの先生が教えてくれたんだけど、人って目からの情報が八割で生きてるんだってな」

「……らしいね」

「だから、面と向かって『死ね』って言われるより、『死ね』って書かれたメールや手紙をもらう方が衝撃《しょうげき》を受けるんだと」

しかも、メールやメッセージは唐突《とうとつ》だ。目の前に相手がいれば、会話の流れの中で徐々《じょじょ》に準備を整えることもできるが、一方的に届くデジタルの文章は不意打ちになりやすい。身構える前に、突然《とつぜん》の悪意にぐさりと心を抉《えぐ》られてしまう。

今の理央《りお》はまさにその状態だった。

藤沢《ふじさわ》駅に着いた咲太《さくた》は、理央と一緒《いっしょ》に小田《おだ》急江《きゅうえ》ノ島《しま》線の改札口を通った。いつもなら、ここから歩いて帰るところだが、今日はそうできない事情がある。

一見すると終点のように思える長いホーム。だが、レールの続きはなくても、この駅からは上下線が発車する。スイッチバックで、新宿方面と片瀬《かたせ》江ノ島方面へ分かれて電車は進んでいくのだ。

他の利用客の流れに沿って歩いていると、

「その……ごめん」

と、理央が謝ってきた。面倒《めんどう》をかけてとか、迷惑《めいわく》をかけてとか、そういう意味だろう。ずっと握《にぎ》っていたせいか、理央の手は咲太のシャツから離《はな》れなくなっている。

「双葉のかわいいとこ見れたから今度国見《くにみ》に自慢《じまん》するわ」

「……」

無言で睨《にら》まれたが、まだ恐怖《きょうふ》の最中にいる理央は、若干泣きそうに見えた。

ホームに停まっていた片瀬江ノ島行きの電車に乗り込む。

放ってもおけないので、咲太は理央を家まで送っていくつもりだった。

発車時刻になり、白い車体に青いラインの入った電車は藤沢駅を出発する。理央が住んでいる本鵠沼《ほんくげぬま》は一駅隣《となり》なので、すぐに到着《とうちゃく》した。

そこから歩くこと約五分。

「ここ」

小さな声でそう呟《つぶや》いた理央が立ち止まったのは、閑静《かんせい》な住宅街の一角だった。一戸建てが多く立ち並ぶ落ち着いた街並み。周囲に見えるマンションも一番大きくて五階建てくらい。空が広く思えた。

理央が両開きの立派な門扉《もんぴ》に手をかける。上には細かい装飾《そうしょく》が施《ほどこ》されたアーチが描《えが》かれている。見るからにお金持ちの家という印象だ。

中に入ると、もっとすごくて、キューブ型のおしゃれな住居までは、十メートルほど趣《おもむき》のある石畳《いしだたみ》が続いていた。脇《わき》には自動開閉しそうな大きなガレージ。三台は余裕《よゆう》で停められそうだ。

「なんか、すげえな」

率直な感想が自然と口からもれる。

「体温を感じない家でしょ」

無感動に理央《りお》が言ってきた。

「人が住んでなさそうには見える」

ＴＶなどで紹介《しょうかい》される湘南《しょうなん》エリアの豪華《ごうか》なオススメ物件という感じ。

「普通《ふつう》、フォローするところ」

「そんなの僕《ぼく》に期待すんな」

「それもそうだね」

ようやく玄関《げんかん》のドアに到着《とうちゃく》する。理央が鍵《かぎ》を差し込み、ドアを開けた。明かりは灯っているけど、人の気配はしない。恐《おそ》らく玄関まわりは自動で電気がつくようになっているのだ。

時刻は七時を過ぎている。明るかった空も、やっと夜の雰囲気《ふんいき》に染まっていく。

「ちゃんと、鍵かけてな」

「梓川《あずさがわ》」

玄関の中で理央が振《ふ》り返《かえ》る。ドアを押《お》さえて、不安げな顔を咲太《さくた》に向けてきた。

「ん？」

正直、聞き返さなくても、理央が何を言おうとしているのかはわかった。見ず知らずの男から届いたメッセージに、理央はまだ怯《おび》えている。恐怖《きょうふ》を拭《ぬぐ》い去《さ》れていない。

「その……今日は一緒《いっしょ》にいてほしい」

消えそうな声。それでも、最後まではっきりと理央は口に出した。

「親は？」

「父は学会でドイツに行っている。母も商談でヨーロッパのどこか」

「ドラマで聞くようなセリフだな」

「うちではよくあるよ」

「一応、言っておくけど、僕は男だぞ」

「何かあったら、あることないこと、遠慮《えんりょ》なく桜島先輩《さくらじませんぱい》に報告する」

「あることだけにしてくれ」

「梓川のことは、信用してる」

「僕としては、警戒《けいかい》される男になりたいんだけどなあ」

「ばか、入って」

「んじゃ、お邪魔《じゃま》します」

玄関を上がると、一段と静けさが深まった。制服の擦《こす》れる音がやけに大きく聞こえる。吹《ふ》き抜《ぬ》けになった広い玄関が、そうさせるのだろうか。

理央に付いていくと、これまた広いリビングに通された。二十畳《じょう》はあるだろうか。白と黒を基調にしたモノトーンのインテリア。座り心地の良さそうなソファの正面には、六十インチの大型ＴＶ。窓からは手入れの行き届いた庭が見えた。

キッチンは対面式で、中の見えるガラスの戸棚《とだな》には、モデルルームのように食器や調味料が整然と並んでいる。廊下《ろうか》はすべて間接照明というおしゃれ仕様だ。

シンプルで上品。それでいて、豪華《ごうか》な雰囲気《ふんいき》を併《あわ》せ持《も》った空間。誰《だれ》もが一度は住んでみたいと思うような豪邸《ごうてい》。

それでも、この家には決定的に欠けているものがあると咲太《さくた》は思った。家に入る前から、その欠落を感じていた。

においがしない家。顔がない家。

いれものだけは立派に存在しているけど、どこからもここに住んでいる理央《りお》の空気を感じられなかった。体温を感じられなかった。

知らない空間に迷い込んだかのような錯覚《さっかく》に襲《おそ》われる。ただ立っているだけで、不安な気持ちにさせられた。

「家の人、いないこと多いのか？」

「そうでもないよ」

「そっか」

「一年の半分くらい」

「多いだろ、それ」

多すぎる。「そうでもない」と理央に言われて、咲太が想像したのは、年に二、三回の頻度《ひんど》だ。けれど、妙《みょう》に納得する部分もあった。この家の雰囲気はそうでもなければ生まれない。毎日、両親が帰ってきていたら、きっとこうはならないはずだ。

「父は大学病院の近くに別の部屋を借りて寝泊《ねと》まりしているし、母は商談で海外にいることが多いから普通《ふつう》でしょ」

「それはどの世界の普通だよ」

もうひとりの理央が料理や洗濯《せんたく》に慣れていた理由もこれでわかった。一年の半分を、理央はこの家でひとりで生活しているのだから、慣れていて当然だった。

「うちではこれが普通。父も母も、父親と母親でいることには向いていない人だから」

誰もが知っている常識を語るように、理央は平然とそう口にした。もはや、それについては、何も感じていないように思えた。ずっと前に諦《あきら》めて、当たり前のことになってしまった……。

そういう印象を咲太は受けた。

「父は病院組織の中で出世するために結婚をしたような人だしね」

「なんだそりゃ」

「独身のままでは偉《えら》くなれない世界っていうのがあるらしいよ」

「双葉《ふたば》のお母さんは納得してんの？」

「母は母で、『双葉教授の妻』という肩書《かたが》きがほしくて結婚したんだから、利害は一致《いっち》してる。

その上、お互《たが》い好き勝手やれてるんだから、不満なんてあるわけない。梓川《あずさがわ》は意外と考え方が古いね」

「ま、今どきスマホも持ってない原始人だからな」

「なにそれ」

「かわいい後輩《こうはい》に言われたの」

「ああ、例のラプラスの小悪魔《こあくま》ちゃん。いいこと言うね」

そう言って理央《りお》は少し笑った。普段《ふだん》ならこんなことで理央は笑ってくれない。自覚があるのか、ないのかはわからないが、無理に笑って気を紛《まぎ》らわそうとしている。

理央はてきぱきと必要な明かりをつけて、風呂《ふろ》のお湯張りボタンも押《お》した。

「溜《た》まったら、梓川が先に入って」

「あいよ」

今の理央に、「あとでいい」と言うのも気が引けたので、咲太《さくた》は素直に甘えることにした。どうせ、咲太の入浴はすぐに済む。

そう思って服を脱《ぬ》いで浴室に入った咲太だったが、

「洗濯《せんたく》して、乾燥《かんそう》が終わるまでは出ないで」

と、理央にあとから言われた。

「何分？」

「三十分」

「僕《ぼく》に死ねと？」

無情にもそれに返事はなかった。

へろへろの状態で風呂を出た咲太と入《い》れ替《か》わりで、理央もたっぷり一時間ほど入浴をした。その間、咲太は浴室の外に待機しているように言われた。今は本当にひとりになりたくないらしい。

仕方がないので、咲太は壁《かべ》を背もたれにして浴室の外に座り込んだ。もうひとりの理央ともこんな形で二度話をしている。

「梓川」

「いるよ」

「うん……」

「……」

「梓川？」

「いる」

「うん……」

「あ……」

「いるっての！」

何度かそんなやり取りが繰《く》り返《かえ》された。

「あのさ、梓川《あずさがわ》」

「もう面倒《めんどう》くさいから一緒《いっしょ》に入るか？」

「……ずっと目、瞑《つむ》ってるなら」

少しの間を空けて、そんなことを言ってくる。普段《ふだん》の理央《りお》なら絶対に言わない。弱っている証拠《しょうこ》だ。

「やだよ、そんなハイレベルなプレイ」

「じゃあ、歌でも歌ってて」

「もっと嫌《いや》だな！」

理央が長風呂《ながぶろ》から上がると、簡単な食事を取った。立派なキッチンで用意したのは、カップラーメン。なんとも滑稽《こっけい》な絵面で咲太《さくた》は笑ってしまったが、理央には何がおかしいのか伝わらなかった。この家に住んでいるのだから、それも当然だ。

三分待っている間に、家に一本電話を入れて、今日は帰れないことをかえでに伝えた。

それから、TVの前のソファにふたりで並んで座り、カップラーメンをすすった。音楽の代わりに、海外ドラマのブルーレイを再生し、咲太と理央はだらだらとした時間を過ごした。

とは言え、さすがに五時間もぶっ続けでドラマ鑑賞をすると疲労《ひろう》が蓄積《ちくせき》する。

時刻も深夜一時半を回り、目がしぱしぱしてきたところで、

「寝《ね》ようか」

と、理央が言ってきた。

風呂上がりからずっとパジャマ姿だった理央が階段に足をかける。前に、写真で見たことのあるモコモコのパジャマ。下はショートパンツなので生足はちょっと眩《まぶ》しい。

さすがに部屋まで追いかけるわけにはいかないと思い、咲太は階段の下で足を止めた。すると、それに気づいた理央が階段の途中《とちゅう》で振《ふ》り向《む》いた。

「やっぱり、今日はリビングで寝よ」

「残念、双葉《ふたば》の部屋を拝《おが》めるチャンスだと思ったのに」

「梓川がそういう考えだから、見せたくないの。国見《くにみ》に話しそうだし」

「そりゃ、言うだろ」

「はあ……」

理央は、リビングに戻《もど》るとソファをベッド代わりに寝転がった。咲太はその脇《わき》……テーブルを少し動かしてスペースを作ると、黙《だま》って横になった。

下はやわらかい絨毯《じゅうたん》なので、寝心地は悪くない。というか、かなりいい。咲太の家のリビングとは大違《おおちが》いだ。

「んじゃ、おやすみ」

「うん、おやすみ」

海外ドラマを見ている最中は何度もあくびをしていた咲太《さくた》だったが、いざ横になると少しも眠気《ねむけ》は襲《おそ》ってこなかった。

元々、理央《りお》が眠《ねむ》るまでは起きていようと思っていたので好都合ではあったが……。

理央がソファに仰向《あおむ》けになってから、すでに一時間近くが経つ。不規則な呼吸と度々繰《く》り返《かえ》される寝返《ねがえ》りの気配から察するに、理央は絶対に寝ていない。

ゆっくりと、理央が息を吐《は》き出《だ》す。何かを整理するかのような吐息《といき》。意思を持った吐息だった。

それを聞きながら、咲太はカーテンの隙間《すきま》から差し込む薄明《うすあか》りの中で、青白く光って見える白い天井をぼんやりと眺《なが》めていた。

しばらくして、

「梓川《あずさがわ》、起きてる？」

と、理央が聞いてきた。

「寝てる」

「起きてるじゃん」

「もう寝る」

わざとあくびをした。今の理央はさっさと寝かした方がいい。起きていても、不安な気持ちが余計なマイナス思考を生むだけだ。弱っているときは、とにかく寝るに限る。考えるのはあとからでいい。

「私はこわかったんだと思う」

「……」

「今は、梓川と国見《くにみ》がいるけど、いずれまたひとりになるんじゃないかと思って」

「なんだよそれ」

「高校に入学するまでは、こんな不安はなかった。学校でも、家でも、ひとりでいるのが当たり前だったから。梓川と国見に出会って、それから不安に思うようになった……」

「国見は悪いやつだな」

「半分は梓川だよ。学校に行くのを、中学までは楽しいと思わなかった。高校に入ってからは少しだけ楽しくなった」

「少しかよ」

「梓川は学校が楽しいわけ？」

「楽しくはない。せいぜい、少しだな」

「同じだね」

けれど、その少しが理央《りお》の気持ちに不安を生んだのだ。楽しいと思う時間を知れば、それがいつまでも続いてほしいと人は願う。もし、失われてしまったらと考えて、不安にもなる。

「国見《くにみ》に彼女ができたとき、ものすごくこわくなった……」

「そこは『なんで、あの女なのよ』くらいに思っておこうぜ」

「それは思ったけど……」

「思ったのか。いいぞ、双葉《ふたば》」

「でも、国見にはあれくらい華《はな》やかな女子の方が似合ってる。私じゃ釣《つ》り合《あ》わない」

「国見は酷《ひど》いやつだな。双葉を悲しませてばっかりだ」

「梓川《あずさがわ》も国見のことを言えないよ」

「は？」

安全圏にいると思っていたが、どうやら違《ちが》ったらしい。

「あんな美人の彼女ができたら、私になんて構ってくれなくなると思った」

「アホか」

軽く笑い飛ばす。

「僕《ぼく》が麻衣《まい》さんにぞっこんなのは事実だけどさ」

「ぞっこんって使う人間、はじめて見た。何時代の言葉？」

喉《のど》の奥《おく》で理央が笑う。

「双葉には一生友達してもらうつもりでいるんだぞ、僕は」

「梓川も友達いないもんね」

「そうだよ。だから、勝手にフェードアウトするなよ。泣くぞ」

それに、理央は答えない。距離《きょり》を取りかねているという感じだ。

「あとさ、双葉は全然わかってないのな」

「なにが？」

「国見に惚《ほ》れてるくせに、あいつのことを全然わかってない」

「そんなこと……」

「あるよ」

最後まで言わせずに、咲太は遮《さえぎ》った。

「スマホ、借りるぞ」

預かったままになっていたスマホの電源を入れる。薄明《うすあか》りの中で、液晶のバックライトが咲太の顔を照らした。

「なにする気？」

「国見のすごさを教えてやる。きっと、惚れ直すぞ」

画面に表示されているのは、佑真《ゆうま》の電話番号。発信ボタンに咲太は触《ふ》れた。

「梓川、まさか！」

がばっと理央《りお》が上体を起こした。

「こんな時間に非常識だって思われる……」

焦《あせ》りと困惑《こんわく》……それと、恋する乙女の感情が表情に出ていた。嫌《きら》われたくないと、理央の顔に書いてある。

「もう手遅《ておく》れ」

耳に当てたスマホからは呼び出し音が聞こえている。けれど、さすがに深夜の二時半を回っているだけになかなか出ない。

それでも、咲太《さくた》は佑真《ゆうま》が電話に出ることを疑わなかった。

六回目のコールで繋《つな》がる。

「んー、双葉《ふたば》？」

寝《ね》ぼけた佑真の声。やはり寝ていたようだ。

「僕《ぼく》だ」

「咲太かよ」

露骨《ろこつ》にガッカリしている。まだ反応は鈍《にぶ》い。それでも、名乗っていないのに声だけで咲太だと理解するあたりはさすがだ。

「双葉がピンチなんだよ。すぐに本鵠沼《ほんくげぬま》駅まで来てくれ」

「おう、わかった」

急にきりっとした口調に変わった。飛び起きるような威勢《いせい》のいい返事。

「すぐ行くわ」

短く答えて、向こうから電話は切れた。

ボリュームは大きかったので、最後の二言は理央にも聞こえたはずだ。

再び、スマホの電源を落としてから咲太が立ち上がると、理央はきょとんとした顔でソファに座っていた。

「国見《くにみ》、来るってさ」

「梓川《あずさがわ》は非常識だ」

「この時間に二つ返事で来るって言う国見の方が非常識だろ」

佑真が住んでいるのは、藤沢《ふじさわ》駅の北側。ここまでは距離《きょり》にして、三、四キロといったところだろうか。当然、深夜の時間帯に電車は走っていないので、それ以外の方法で来るしかない。

それなりに時間はかかるだろう。

「双葉は顔洗った方がいいな」

泣いたわけではないが、目元が腫《は》れぼったい。

「それと、服も」

モコモコのパジャマはかなりかわいいが、さすがにその格好の理央を外に連れ出すわけにはいかない。

「おめかししろよ?」

「普通《ふつう》に着替《きが》える」

「んじゃ、外で待ってる」

リビングに理央《りお》を残して、咲太《さくた》は玄関《げんかん》の方へと歩き出した。


外で待つこと約十五分、すっかり玄関先の石段とお尻《しり》が仲良くなった頃《ころ》、

「お待たせ」

と、少し照れた様子で理央は出てきた。

咲太の言った通り、顔を洗ったあとらしく、表情はきりっとしている。髪《かみ》はアップにして、シュシュでやわらかくまとめていた。

体のラインが出ないゆったりサイズのTシャツ。裾《すそ》が長く、脚の付け根まですっぽり隠《かく》れている。その下に、足首だけがちらっと見える長さのデニムをはいていた。

「……」

待たされた分、咲太はその姿をじっくり観察した。

「な、なに?」

理央が露骨《ろこつ》に身構える。

「露出《ろしゅつ》が足りない。やり直し」

戻《もど》って着替えてこいと、咲太は玄関を指差した。

「国見《くにみ》を待たせたら悪い」

すたすたと理央は駅の方へと歩き出す。足元のサンダルは、少しだけかかとが上がっている。五センチにも満たない背伸び。それが今の理央にとっての精一杯《せいいっぱい》という感じ。

「ま、双葉《ふたば》にしてはがんばった方か」

「なんで梓川《あずさがわ》に上からものを言われなきゃいけないわけ？」

「上がそれなら下はショートパンツが僕《ぼく》はいいと思うけどな」

歩きながら理央が自分の腰《こし》から下に視線を送る。

「その組み合わせだと、はいてないように見える」

「それがいいんだろ。演出って大事だよなあ」

「……その、梓川」

急に理央が声のトーンを落とす。

「ん？」

「ほんとに、これじゃダメ？」

不安げな上目遣《うわめづか》い。

「さあ、国見の趣味は知らん」

「梓川の意見を聞いてる。一応、男子として」

怒《おこ》ったような声を出した理央《りお》の目には、緊張《きんちょう》と不安が見て取れた。

「双葉《ふたば》っぽくていいんじゃない」

「なにそれ」

「文句言うなら聞くなよ」

きっと、咲太《さくた》が何を言ったところで、理央の緊張と不安が消えることなどないのだ。それを与えているのは、これから会いに行く佑真《ゆうま》なのだから。


さすがに、深夜三時ともなると誰《だれ》とも遭遇《そうぐう》しない。咲太と理央が最初に人影《ひとかげ》を見つけたのは、もう駅前に着いたときだった。

切符売り場の少し手前。自転車に跨《また》ったシルエットが見えた。

額から流れる汗《あせ》をTシャツの袖《そで》で器用に拭《ぬぐ》っている。

その人物は、咲太と理央に気が付くと、

「おせぇよ」

と笑い、自転車を軽くこいで近づいてきた。

街灯の光に下にやってきたのは佑真だ。まさか、すでに到着《とうちゃく》しているとは思わなかった。電話の直後に家を飛び出して、全力で飛ばして来なければありえない早さ。

「国見《くにみ》が早すぎんの」

「飛んでこいって言ったの咲太だろ」

「なに、国見の体って筋肉で出来てんのか？」

「ま、そうじゃね」

咲太のことは流して、佑真が理央に向き直る。

「双葉、大丈夫《だいじょうぶ》か？」

「え？」

「咲太に変なことされなかった？」

「するか」

「てっきり咲太に襲《おそ》われたのかと思ったわ」

「なんで、襲った当人が通報するんだよ」

「良心の呵責《かしゃく》に耐《た》えかねて？　いや、咲太にそんな良心ないか」

深夜三時に自転車を飛ばしてきたのに、佑真はいつも通りだ。

「なんで……」

ぽつりと理央の声がこぼれる。

「なんで……」

もう一度。そのあとは本当に一瞬《いっしゅん》の出来事だった。

じわっと瞳《ひとみ》に涙《なみだ》を溜《た》めたかと思うと、それは理央の頬《ほお》を伝い、一気に流れ落ちた。アスファルトの上にぼたぼたと大粒《おおつぶ》の雨を降《ふ》らせる。

「なんで……なんで……」

と、繰《く》り返《かえ》しながら。

「国見《くにみ》、泣かすなよ」

「これ、俺《おれ》のせい？」

咲太《さくた》の非難の目に、佑真《ゆうま》は露骨《ろこつ》にたじろいでいた。事情をわかっていないからなおさらだろう。

「間違《まちが》いなく、国見のせいだな」

「まいったな」

本当に困った顔をして佑真が頭を掻《か》く。

「国見のせいじゃない……」

理央《りお》が涙声《なみだごえ》でフォローを入れる。溢《あふ》れる涙は、両手を使って拭《ぬぐ》っていた。なんだか、子供のような泣き方だ。

「国見のせいじゃない……」

ちゃんと声になっていたか不安だったのか、理央が念を押《お》す。

「梓川《あずさがわ》は適当なこと言うな……」

顔から手をどけた理央が咲太を睨《にら》んでくる。

その様子はべそをかいた子供にしか見えない。

「双葉《ふたば》って、かわいい泣き方するのな」

指摘《してき》すると、恥《は》ずかしそうに理央が俯《うつむ》く。

「そんなの知らない……泣くのなんて、久しぶりで……」

だから、泣き方がわからなかったのかもしれない。子供のとき以来だから、泣き方も変わらないまま高校生になったというわけだ。

「でも……でも……」

感極まって、再び理央が涙を溢れさせる。

「私……私は……」

鼻をすすり、もう顔はべちゃべちゃだ。

「全然ひとりじゃなかったんだ……ひとりじゃなかった……」

そう口にした理央は、やさしい表情で泣いていた。だから、咲太は何も言わなかった。理由なんて何もわかっていないであろう佑真も、黙《だま》って理央を見守っている。

それから、理央は「ひとりじゃなかった」と、何度も何度も繰り返し呟《つぶや》いていた。泣き止もうとして、でも、そのたびに失敗して押し寄せる涙の波に翻弄《ほんろう》されていた。

「咲太」

「ん？」

「俺《おれ》と双葉《ふたば》にジュースおごりな」

「僕《ぼく》が搾取《さくしゅ》される意味がわからん。いっちょんわからん」

「減った分の水分は、補給しないとまずいだろ」

佑真《ゆうま》の勝《か》ち誇《ほこ》った顔。

「たいして、上手くないけど、ま、今日は特別な」

「俺、炭酸ならなんでもいいや。双葉は？」

「アイスコーヒー」

泣きながらも、しっかりと理央《りお》の目は通りの先にあるコンビニの明かりを見つけている。どうやら、自販機《じはんき》ではダメらしい。

咲太《さくた》は「眠《ねむ》れなくなっても知らないぞ」と文句を言いながら、仕方なくコンビニに足を向けた。


ひとりでコンビニに入った咲太は、棚《たな》から青いラベルのスポーツドリンクを取った。嫌《いや》がらせに二リットル。それをレジに持っていき、大学生風の店員にアイスコーヒーを追加で注文する。その際、脇《わき》に置かれた手持ち花火のセットが気になった。手を伸ばして、「これも」と、一緒《いっしょ》に会計を済ませた。

「ありがとうございました～」

気だるげな店員の挨拶《あいさつ》に見送られて店を出る。

佑真と理央は店先に来ていた。なんだか、理央の顔が赤い。

「国見《くにみ》にエロいことでも言われたか？」

「言われてない。服のこと……」

小声で理央が教えてくれた。赤くなっているところを見ると、褒《ほ》めてもらえたのだろうか。

さすが、佑真というべきか……その辺りは心得《わた》ている。

手に持っていたアイスコーヒーを理央に渡した。すでにストローは挿《さ》してある。佑真には袋から出したスポーツドリンクを手渡《てわた》す。麻衣《まい》がＣＭをしているやつ。

「梓川《あずさがわ》はすっかり桜島先輩《さくらじませんぱい》に飼《か》いならされてるね」

と、理央は泣《な》き跡《あと》の残った顔のまま笑った。やっと涙《なみだ》は止まったらしい。

「咲太って、変なところで健気だよな」

そう言ってきたのは佑真だ。炭酸飲料でないことへの不満は出てこない。二リットルであることへのツッコミもなかった。それどころか、一気に半分ほど飲み干してしまう。本当に喉《のど》が渇《かわ》いていたようだ。残り半分は自転車のカゴに収められる。

「んで、これからどうするよ？」

自転車に跨《また》がったまま、佑真が素朴な疑問を口にする。時刻は午前三時過ぎ。

「これ」

咲太《さくた》は佑真《ゆうま》の自転車のカゴに、コンビニ袋を投げ入れた。買ったばかりの花火セットが袋から半分ほど顔を出す。

「この近く、この時間に花火やれる場所あんの？」

右を見ても、左を見ても、完全な住宅街。佑真の気持ちはよくわかる。

「海は？」

「ここから歩くんだと、結構距離《きょり》がある」

一番土地勘《とちかん》のある理央《りお》が冷静に指摘《してき》してくる。

「僕《ぼく》がチャリの後ろに双葉《ふたば》を乗せて、国見《くにみ》がダッシュすれば十分くらいで着くだろ」

「チャリの持ち主俺《おれ》なのに？」

「なんだよ、国見、双葉《ふたば》に走れって言うのか？」

「咲太に言ってんの」

笑いながらも、佑真は自転車を咲太に譲《ゆず》ってきた。屈伸《くっしん》運動をして、アキレス腱《けん》を伸ばして、走る気満々だ。

「ま、咲太を走らせたんじゃ、歩いていくのと変わらないだろうしな」

「冗談《じょうだん》じゃない。途中《とちゅう》で休憩《きゅうけい》を挟《はさ》むから、歩いた方が早い」

「偉《えら》そうに言うな」

けたけたと笑い、でも、すぐに深夜であることを思い出して佑真は必死に堪《こら》えていた。

「双葉」

自転車の後ろに乗るように促《うなが》す。

「先、行くぞ」

佑真は有無を言わせず走り出していた。これなら、理央は断れない。遠慮《えんりょ》もできない。

「ふたり乗りは捕《つか》まるよ」

呆《あき》れた顔で言いながらも、理央は自転車の荷台に横向きに座った。サドルの後ろをしっかりと摑《つか》んでいる。

「抱《だ》きついてもいいぞ」

「ほんと、梓川《あずさがわ》は変態だね」

「冗談《じょうだん》……うおっ」

思わず変な声が出たのは、予想に反して理央がしがみ付いてきたから。咲太の腰《こし》に後ろから両手を回して、背中にぴったりと体をつけてくる。肌《はだ》に伝わるやわらかい感触《かんしょく》。

「今度、桜島先輩《さくらじませんぱい》には、梓川が私に欲情してたって伝えておくから」

照れを含《ふく》んだ口調で、理央が強気なことを言ってくる。

「麻衣《まい》さんに叱《しか》られるのは、楽しみだなあ」

「それでこそブタ野郎だね」

それを笑いながら聞いて、咲太はペダルに力を込めた。速度が出るまで、右へ左へぐにゃぐにゃと蛇行《だこう》する。

「バ、バカ、真っ直ぐ走って」

珍《めずら》しく理央《りお》が慌《あわ》てる。

「双葉《ふたば》が重いんだよ」

「死ね」

なんとか体勢を立て直して前を行く佑真《ゆうま》に追いついた。

「お前ら、楽しそうだな」

並走する咲太《さくた》と理央を見て、佑真は楽しげに笑っていた。

「私は少しも楽しくない」

体重のことに触《ふ》れられた理央は、普通《ふつう》の女の子のように恥《は》ずかしそうにしていた。


十五分後、本鵠沼《ほんくげぬま》駅を出発した咲太たちは、一駅先の鵠沼海岸駅をさらに南下して、鵠沼の砂浜に到着《とうちゃく》していた。相模湾《さがみわん》に面した湘南《しょうなん》エリアの一角。この辺りは、海に面した公園にもなっていて、砂浜に出るルートも整備されていた。ビーチバレーのコートや、スケボーを楽しめるエリアなども近くには用意されている。咲太が利用する日は一生やってこないだろうが……。

東側に見えるのは江《え》の島《しま》だ。この場所からだと結構距離《きょり》があるため、島にかかる弁天橋《べんてんばし》は綱《つな》渡《わた》りの綱のように随分《ずいぶん》と細く見えていた。

「なあ、咲太」

「なんだよ」

「風強くね？」

三人は、咲太、理央、佑真の順番で、海に背中を向けて並んでいた。壁《かべ》を作って風を防ごうとしているのだが、なかなかロウソクに火がつかない。

「明日の夜、台風らしいしね」

風が湿《しめ》っているわけだ。

「もっと寄れ、国見《くにみ》。そのでかい体で風を防げ」

「咲太もな」

理央を挟《はさ》むようにより密集する。

「ち、近い……」

小声で理央が抗議《こうぎ》していたが、聞こえなかったふりをする。

「だから、近い……」

真ん中で理央は丸まっていた。

「お、ついた」

マッチを持っていた佑真が歓喜《かんき》の声を上げる。

「双葉、急げ」

佑真《ゆうま》に促《うなが》された理央《りお》は、小さくなったままロウソクの火に花火の先端《せんたん》を近づける。見事に着火。緑色の火花が噴出《ふんしゅつ》した。それは、黄色からやがてピンクへと変化する。

咲太《さくた》と佑真も続けて火をつけた。三人の周囲だけがぱっと明るくなる。

火薬の焼《や》け焦《こ》げるにおいは、強烈《きょうれつ》に夏を印象づけた。

最初の着火に手間取ったせいか、いざ火がつくと、妙《みょう》にはしゃいだ気持ちになれた。次から次へと、競い合うように手持ち花火に火をつけていく。

しばらくすると、風も急に止まった。三人は示し合わせたように線香花火に手を伸ばす。せ～ので一緒《いっしょ》に火をつける。ぱちぱちと静かに燃える小さな花火が三つ。

「国見《くにみ》は、何も聞かないんだね」

線香花火をじっと見つめながら、そう切り出したのは理央だ。

「ん？」

「私のこと」

「咲太に呼び出されたときは、さすがに何事かと思ったけどさ」

なんでもない風に話す佑真の横顔を、理央は横目で気にしていた。

「さっき双葉《ふたば》の泣き顔を見たら、もういいやって」

「あれは……忘れて」

「あ」

ちだった。

「お」

殆《ほとん》ど同時に、咲太《さくた》と佑真《ゆうま》の線香花火が落ちた。

「くっそー、負けたー」

佑真が伸びをしながら立ち上がる。別に勝負をしていたわけではないけど、咲太も同じ気持
ちだった。

「こっからだとよく見えそうだな」

そう言った佑真はひとり江《え》の島《しま》の方を見ている。

「は？　なにが？」

「江の島の花火。来週だろ？」

咲太も立ち上がって、佑真の隣《となり》に並んだ。確かに、適度な距離《きょり》があって花火が見やすそうだ。

「それ、去年、私言ったよね？」

理央《りお》の線香花火はまだついている。

「そうだっけ？」

「そしたら、ふたりが『近くから見たい』って言い出したの」

結果、人は多いし、首痛いし、音がすごくて大変だった。

「だったら、今年こそ、ここから見ようぜ？」

屈託《くったく》のない笑顔で佑真が理央を振《ふ》り返《かえ》る。

「かわいい彼女と約束はしてないのかよ」

即答しない理央に代わって咲太がそう指摘《してき》した。

「あー、ただいま絶賛ケンカ中」

わざとらしく乾《かわ》いた笑い声を佑真は上げていた。

「だってさ」

それを聞いて、咲太は理央に話を振《ふ》った。

「梓川《あずさがわ》はどうなわけ？　桜島先輩《さくらじませんぱい》と約束してないの？」

「ただいま事務所からデート禁止令が発令中」

「さすが、超人気の芸能人」

佑真が人の不幸をカラッと笑い飛ばす。

「その日、バイト入ってるけど、ま、古賀《こが》と代わってもらうから平気だな」

「古賀さんの予定はいいのかよ」

ひでえと言って佑真は喜んでいた。

「双葉《ふたば》は？」

「別に、予定ない」

「んじゃ、決まり」

「双葉は今日のお礼に、絶対浴衣な」

「え？」

咲太《さくた》の提案に、理央《りお》の声が裏返る。

「お、いいね。浴衣ー」

佑真《ゆうま》にそう言われて、理央は明らかに動揺《どうよう》していた。

「着るの、面倒《めんどう》なんだけど」

小さな声で、理央が抵抗《ていこう》になっていない抵抗をしてくる。

「ってことは、自分で着られんのな」

「……」

墓穴《ぼけつ》を掘《ほ》ったことに、言ったあとで気づいたらしい。理央は苦々しい顔で咲太を睨《にら》んでいる。

隣《となり》に来ると、肩《かた》を軽く殴《なぐ》って八つ当たりをしてきた。

「あのさ」

相変わらず江《え》の島《しま》の方角を見ていた佑真が言いながらあくびをする。

「空明るくなってね？」

富士山のある西から、江の島のある東へと視線を送る。佑真の言う通りで、確実に東の空は薄《う》っすらと白くなっていた。

「こんな風に徹夜《てつや》するのはじめて。私、なにやってんだろ」

「そりゃ、バカなことだろうな」

咲太は思ったままを口にした。

「確かにバカなことしてんなー」

佑真が同意する。

「あーあ」

それに、理央が大きなため息を落とした。

「残念」

続けて、そうもらす。

「言われてるぞ、国見《くにみ》」

「いや、咲太だろ」

「ふたりともだよ」

わけがわからず、咲太は佑真と顔を見合わせた。だが、やっぱりわからない。怪訝《けげん》な表情を浮《う》かべる咲太と佑真を見て、理央は小さく笑った。

「梓川《あずさがわ》と国見が女子だったらよかったのに」

もう一度、咲太は佑真と顔を見合わせた。

女子同士なら、もっと気兼《きが》ねなく、もっと色々な話ができたかもしれない。佑真のことも好きにならなかった。ずっとただの友達でいられた。

そんなことを理央は言いたかったのだろう。

「咲太《さくた》が明日からスカートはくってさ」

「一度はいてみたいと思ってたんだ」

佑真《ゆうま》の発言に、咲太はすかさずそう重ねた。

理央《りお》が笑い声を上げる。

「ばーか」

楽しそうな表情。咲太を見て、佑真を見て笑っている。

「ほんとバカで、最低だね。けど……」

そこで理央が言葉を止めた。

「けど？」

「なんでもない」

「なんだよ、言えよ」

「言わない」

「なんだそりゃ」

咲太と佑真は揃《そろ》って不満の声を上げた。でも、理央は言わないし、咲太と佑真もあえてそれ以上は聞かなかった。理央が何を言おうとしていたのか、その続きはなんとなく想像ができていた。

――ほんとバカで、最低だね。けど、それができるのが友達きっと、そんな風に言おうとしたのだ。

「国見《くにみ》」

佑真の反応を待たずに、咲太はスマホを山なりに投げた。預かったままだった理央のスマホ。

「ん？　おっと」

驚《おどろ》きながらも、佑真は器用に片手でキャッチする。その表情には疑問が浮《う》かんでいた。けれど、咲太が海をバックに理央の隣《となり》に並ぶと、「ああ」と納得した声を上げる。それから、佑真も理央の脇《わき》にやってきて肩《かた》を寄せた。

「な、なに？」

わかっていないのは理央だけだ。

「いいから、いいから」

構わずに、佑真はスマホのレンズを自分たちに向けた。カメラ機能は起動済み。全員がフレームに収まるように、ぎりぎりまで腕《うで》を伸ばしている。

「一億二引く、一億は？」

「二」

淡々《たんたん》と理央が答える。わずかに遅《おく》れて、パシャッとシャッターが落ちる気持ちのいい音が砂浜に響《ひび》いた。

それから、朝日が顔を出すまでの時間、咲太《さくた》たちは三人でだらだらと他愛のない話をした。父親と同じように理央《りお》も将来は医者を目指すのかとか、愛想のない女医って興奮するなとか、医者を目指す気はないとか、佑真《ゆうま》は女の趣味が悪いとか、彼女は彼女でいいところがあるんだとか、ケンカ中のくせにとか……気兼《きが》ねなく、遠慮《えんりょ》なく、とにかく言いたい放題だった。

朝日が昇《のぼ》ると、すげえとか、感動するとか、でも、ぶっちゃけ徹夜明《てつやあ》けに眩《まぶ》しい朝日はうれしくないとか言って砂浜を離《はな》れることにした。

もちろん、花火のゴミは綺麗《きれい》に回収。花火の燃えカスは、食べ終わった焼き鳥の串《くし》のように海水を入れたペットボトルに突《つ》っ込《こ》んである。

「あ、もう始発動いてるな」

ゆっくりと、咲太たちは片瀬江《かたせえ》ノ島《しま》駅まで歩いた。

竜宮城《りゅうぐうじょう》を模《も》した赤い駅舎。朝日を浴びて神秘的に輝《かがや》いている。

改札口の前で、佑真とは別れた。

「んじゃ、お疲《つか》れ。またな」

「おう」

ひらひらと手を振《ふ》りながら、佑真は自転車をこぎ出す。すぐにスピードが上がり、建物の向こうへと消えていった。

最後の最後まで、佑真は本当に理央に何も聞かなかった。

「双葉《ふたば》が惚《ほ》れるのも、ま、わかる」

「急になに？」

「国見《くにみ》はいいやつすぎるって話」

「梓川《あずさがわ》もね」

先に理央が改札を抜《ぬ》ける。咲太はその背中を歩いて追いかけた。

「僕《ぼく》をあんなさわやか野郎と一緒《いっしょ》にしないでくれ」

「梓川でも、照れることはあるんだ」

振り向きもせずに言って、理央は軽く笑い声を上げた。

ホームに停車していた電車に乗り込む。他にもちらほら乗客の姿がある。殆《ほとん》どが大学生くらいの若者グループ。咲太たちと同様、徹夜組が駅に流れ着いたようだ。遊《あそ》び疲《つか》れてぐったりしているのが大半。寝息《ねいき》すら聞こえていた。

出発時刻を知らせるベルが鳴る。プシューと音を立てドアが閉まった。

静かにホームから電車が走り出す。

「梓川」

早朝の電車特有の静けさ。理央の声だけがやけにはっきり聞こえた。その視線は正面の窓の外を流れる景色を見ている。

「こわいんなら、今日も一緒にいるぞ」

「それは平気。今は一分でも早く帰ってひとりで寝《ね》たい」

理央《りお》があくびを噛《か》み殺《ころ》す。

「同感」

つられて咲太《さくた》もあくびがもれた。

「んで？」

「もうひとりの私のこと」

「ま、そうだと思った」

「重症《じゅうしょう》なのはあっちの方だよ」

「……」

意図を確認しようと、咲太は横目を向けた。

「もうひとりの私は、私のことが嫌《きら》いだから」

「そか」

「男に求められて自分の存在価値を確認するような私のことを嫌ってる。嫌悪《けんお》して、あれは自分じゃないと思っている」

だからこそ、今、理央はふたりいるのだろう。

「けど、どれだけ嫌っても、嫌悪しても……これが自分だということも、もうひとりの私はきっとわかってる」

「難儀《なんぎ》な話だな」

「そうだね」

もうひとりの理央はここにいる理央を嫌うことで、結局は自分のことを嫌いになっている。

本当に難儀としか言いようがない。

「だから、お願い。もうひとりの私のこと、お願い」

「いいけどさ」

「なに？」

「そのお礼に、これからも物理実験室に顔を出したときは、コーヒーご馳走《ちそう》してくれよ」

「いいよ。あれ、私のじゃないし……でも、なんとかなりそう？」

頼《たの》んできておきながら、理央は不安を隠《かく》そうとはしない。

「どうだろ。わからん。ただ、双葉《ふたば》の泣き顔を見たとき、わかったような気もした」

気のせいかもしれないが、理央が強く求めるものの正体はそこにあったような気がする。

「あれは、もう忘れて。本気で恥《は》ずかしい……」

俯《うつむ》いて理央が小さくなる。そうしているうちに、電車は次の鵠沼《くげぬま》海岸駅に停車し、また出発する。一分ほど走って、今度は理央が降りる本鵠沼駅に到着《とうちゃく》した。

「あ、スマホはどうする？」

預かったまま、まだ咲太が持っている。

「持って行って。しばらくはちょっと」

その顔は、手にするのも嫌《いや》そうだ。

「わかった。んじゃ、おやすみ」

「梓川《あずさがわ》もね」

小さく手を振《ふ》る理央《りお》は、朝の光の中で少しやさしげに笑っていた。それは、一年以上の付き合いがある咲太《さくた》にとっても、一瞬《いっしゅん》ドキッとさせられる魅力的《みりょくてき》な笑顔だった。


眠《ねむ》たい目をこすりながら咲太が自宅のマンションに帰り着いたのは五時半過ぎ。寝静《ねしず》まっていると思った室内には人の気配がして、咲太が玄関《げんかん》で靴《くつ》を脱《ぬ》いでいると、

「おかえり」

と、理央が出迎えてくれた。

「ただいま……」

「お疲《つか》れだね」

「双葉《ふたば》、これ」

部屋に上がりながら、理央に差し出したのは預かってきたスマホだ。

「たぶん、もうしないと思う」

「……そう」

スマホを受け取った理央は、俯《うつむ》いた姿勢でその画面を見ていた。先ほど、咲太、理央、佑真《ゆうま》の三人で撮《と》った写真が、待ち受け画面に設定されている。

真ん中できょとんとした顔をしている理央。右隣《みぎどなり》では佑真がさわやかに笑っている。その反対側にいる咲太の顔は半分見切れていた。背後には海と、江の島と、朝を待つ青白い空が写っている。けして、上手に撮れた写真ではない。綺麗《きれい》な写真ではない。けれど、ありのままの今を切り取った最高の一枚だった。

「詳《くわ》しくはあとで話すよ。とにかく、眠《ねむ》い。寝《ね》る」

咲太はふらふらの足取りでリビングにたどり着くと、絨毯《じゅうたん》の床に倒《たお》れるように寝転がった。こうなると、もう動きたくないし、動けない。まぶたを閉じると、意識は一瞬《いっしゅん》にして夢の世界へと吸い込まれていった。

だから、そのすぐあとに続いた理央の言葉は聞こえなかったし、しばらくして玄関のドアが閉じる音がしたのにも気づかなかった。

その日の夕方、咲太が目を覚ましたときに、理央はもう家の中にはいなかった。

第四章

大雨の夜にすべてを流して

1

目を覚ますと、目の前に白猫《しろねこ》のはやてがいた。咲太《さくた》の体の上で飛《と》び跳《は》ねて遊んでいる。すくすくと元気に成長しているようで何よりだ。

起き上がって周囲を窺《うかが》う。見覚えのある部屋。咲太の家のリビングだ。その床に、咲太は先ほどまで寝《ね》ていたことになる。

ようやく、頭が回り出して、今朝、朝帰りをしたことを思い出した。

時計を見ると午後六時になろうとしている。十二時間も寝ていたらしい。それにしては体がだるい。まだ眠《ねむ》い。

それでも、夕飯の準備をしないといけないという意識が働き、咲太は立ち上がった。まずは汗《あせ》を流すためにシャワーを浴びる。

ぬるめのシャワーは気持ちよかった。

風呂《ふろ》を出る頃《ころ》には、しっかりと目も覚めた。パンツ一丁でリビングに戻《もど》ると、部屋からかえでが出てきた。

「お兄ちゃん、おはようございます」

「おそよう、かえで」

「おそようございます」

「双葉《ふたば》は部屋？」

今や咲太の自室は完全に理央《りお》の部屋と化している。

「いえ、まだ帰ってません」

「は？　出かけてるのか？」

「はい、お兄ちゃんが帰ってきてすぐに買い物に行くって言ってました」

「買い物って」

今朝、咲太が帰って来たのは六時頃。そんな早朝に買い物に出かけるのはおかしい。業者が市場に仕入れに行く時間だ。

咲太は事実上理央の部屋になっていた自室のドアを開けた。

「……」

妙《みょう》に片付いている。理央の荷物はひとつも残っていないし、掃除《そうじ》をした形跡《けいせき》まであった。

シャワーを浴びたばかりの体に嫌《いや》な汗がじんわりと滲《にじ》む。

「あのバカ」

体の真ん中に生じた熱い衝動《しょうどう》に任せ、咲太は反射的に玄関《げんかん》に駆《か》け出《だ》していた。ドアを開けて外に出る。だが、すぐにその足は止まった。

あてがないことに気づいたのだ。

それに、咲太《さくた》は未だにパンツ一丁のまま。クールビズのご時世でも、さすがにこの姿を世間は許容してくれないだろう。時代を十年は先取りしている。デンジャラスクールビズ時代の到《とう》来《らい》までは我慢《がまん》だ。

咲太は部屋に戻《もど》ると、八分丈《はちぶたけ》のカーゴパンツをはいた。Tシャツに着替《きが》えながら電話の前に移動する。

押《お》したのは友人のケータイ番号。理央《りお》のスマホの番号だ。

「……」

何度呼び出し音が鳴っても繋《つな》がらない。繋がったと思ったら、それは留守番電話サービスだった。

「僕《ぼく》だ。梓川《あずさがわ》だ。今どこにいる？　帰ってこないつもりか？　これを聞いたら連絡《れんらく》くれ。絶対だぞ」

無駄《むだ》と思いながらメッセージを残して受話器を置く。それをまたすぐに咲太は持ち上げた。もうひとりの理央に連絡するつもりだった。

「……」

だが、番号をプッシュしようとして気づいた。理央の家の電話番号を知らない。小学生の頃《ころ》にはクラスの連絡網なんてものがあったが、高校になってからは見た記憶《きおく》がない。これまでは知らなくても特に困ることはなかった。

「かえで、ちょっと出かけてくる」

「今からですか？」

少し寂《さび》しそうなかえでの頭にぽんと手を置く。

「悪いな」

「い、いいえ、お兄ちゃんは悪くないです。かえでならだいじょうぶです！」

「ご飯はカレーを解凍《かいとう》して食べてくれ」

「はい」

「たぶん、遅《おそ》くなる。先に寝《ね》てていいからな」

「何時になっても待ってます」

力強く意気込むかえでの頭を撫《な》でてから、咲太は家を出た。

自転車に跨《また が》り、住宅街を走《はし》り抜《ぬ》ける。まずは藤沢《ふじさわ》駅方面に向かった。そこで、電車に乗《の》り換《か》えて、理央の住んでいる本鵠沼《ほんくげぬま》に行こうと思ったが、一駅なら自転車の方が早いと判断して、咲太は自転車をこぎ続けた。

体に触《ふ》れる風が妙《みょう》に生暖かい。たっぷりと湿《しめ》っている。それが何を意味しているのかは、この年まで生きていればだいたいわかる。

台風の接近を知らせる空気。

速度を落とさずに自転車をこぎながら、咲太《さくた》は空を見上げた。どんよりとした重たい雲が頭上を覆《おお》っている。まるで生きているかのようにうごめき、不気味に形を変えながら北へと流れていく。

「これ、来るな」

口にした瞬間《しゅんかん》、大粒《おおつぶ》の雨が額に落ちてきた。すると、雨粒が一滴《てき》、三滴と続けて体に当たる。雨の勢いは瞬間的に増して、瞬《また》く間に土砂降りになった。

周囲が白く見えるほどの大雨。

「うそだろ」

Tシャツは重たく湿《しめ》って肌《はだ》に張り付く。

引き返そうかとも思ったが、戻《もど》っても濡《ぬ》れることに変わりはない。

「最悪だな、くそっ！」

咲太は悪態を吐《つ》きながら、必死に自転車をこぎ続けた。

理央《りお》の家に到着《とうちゃく》したときには、もうパンツまで雨が染み込んでいた。はっきり言って、気持ち悪いが、今は文句を言っている場合でもない。

インターフォンのボタンに触《ふ》れる。

両親が出た場合は、どうしようかと思ったが、出たのは理央だった。

「梓川《あずさがわ》？」

　インターフォン越しに、理央の声がする。

「なんでわかった？」

「カメラ」

「ハイテクだな」

「今さら珍《めずら》しくもないでしょ。いいから入って」

　門扉《もんぴ》を開けて自転車ごと咲太は双葉家の敷地《しきち》に入った。何度来ても慣れそうにないお金持ちの家という雰囲気《ふんいき》。ずぶ濡れになってみすぼらしさのアップした咲太を拒《こば》もうとする威圧感《いあつかん》がある。

　咲太が自転車を止めていると、ドアが開いて理央が顔を出した。モコモコのかわいいパジャマ姿。

「どうしたの？」

「双葉《ふたば》がいなくなった」

「え？」

「今朝帰ったときはいたんだよ。そのあと、僕が爆睡《ばくすい》して……起きたら、荷物ごときれいさっぱり消えてた」

「一応、言っておくけど、ひとりに戻ったわけじゃないと思う」

「だろうな」

それはなんとなくそう感じていた。戻《もど》る理由がない。

「行き先に心当たりないか？」

「……学校かもしれない」

たいして時間をかけずに、理央《りお》は力強く答えた。どこか、確信めいた意思を感じる。

「もうひとりの私が梓川《あずさがわ》や私たちの前から姿を消すつもりなら……たぶん、そうする。私なら最後に、ひとりじゃなくなれる場所だった学校に行くと思うから」

理央の瞳《ひとみ》には力が込められていた。疑う余地のない言葉だった。

「わかった。サンキュ」

そこで、大きな雷《かみなり》が鳴った。空気を震《ふる》わせる雷鳴《らいめい》。

「きゃっ」

驚《おどろ》いた理央が両手で耳を塞《ふさ》ぐ。

「双葉《ふたば》でもそういう声出すのな」

「い、今のは、突然《とつぜん》だったから」

言い訳している途中《とちゅう》で、再び空が光った。すぐに音が追いついてくる。近い。

「きゃっ！」

「……」

「違《ちが》うから」

「ひとりがこわかったら、国見《くにみ》を呼べよ」

「呼ばない」

「こわ～い、とか言って抱《だ》き付けばいいのに」

「私はそんなこと言わない」

「押《お》し倒《たお》して既成《きせい》事実を作れば、あいつ、責任取ってくれるぞ」

「そんな形で結ばれてもうれしくない」

「んじゃ、そっちは普通《ふつう》にがんばってくれ」

咲太《さくた》は適当に答えて自転車に跨《また》がった。

「私も」

「双葉は留守番。あ、家の電話番号だけ教えてくれ」

家の中に戻《もど》った理央が、メモ用紙を持って再び現れた。それを受け取る。

「なんかわかったら連絡《れんらく》する。それと……」

「もしかしたら、ここに来るかもしれない」

咲太の言葉を理央が先回りする。その瞳には緊張感《きんちょうかん》が宿っている。頭にあるのは、もうひとりの自分に遭遇《そうぐう》すると命を落とすという、ドッペルゲンガーの都市伝説だろう。実際、今、双葉理央はふたり存在しているのだから無視もできない。出会った場合にどうなるのかは誰《だれ》に

も わからない。それは、理央《りお》の立てた仮説においても同じことが言えた。

「そんときは、冷静に話し合ってくれよ」

「私はそのつもりでも……」

理央が何を言おうとしたのかはわかる。もうひとりの理央がそのつもりかどうかはわからない。咲太《さくた》の家から消えた理由を想像すると、きな臭《くさ》い展開になる可能性もゼロとは言えなかった。ふたりがひとりに戻《もど》ることができないのなら、どちらか一方しか、『双葉《ふたば》理央』として生きていくことはできない。ひとつの席をふたりの理央が奪《うば》い合《あ》うという状況《じょうきょう》も、考えておかなければいけなかった。

そんな最悪の事態も想定しながら、咲太は自転車を再びこぎ出した。今は一刻も早くいなくなった理央を捜《さが》し出《だ》さなければいけない。

一度、藤沢《ふじさわ》駅まで引き返して、江《え》ノ電《でん》で学校まで行こうかと思ったが、その案はすぐに自ら却下《きゃっか》した。

もはや、水滴《すいてき》が滴《したた》るほど雨に濡《ぬ》れているので、電車に乗るのはなにかとまずい。確実に迷惑《めいわく》になると思った。

あと、風の状態が気になった。かなりの強風だ。もしかしたら、強風、大雨の影響《えいきょう》で運転見合わせという可能性もある。そうなっては足止めだ。

だから、咲太は理央の家を出発すると、進路を江《え》の島《しま》方面へと取った。

道路を南下して、国道134号線に出る。

海沿いを走る道路。

ここを道なりに行けば、七里《しちり》ヶ浜《がはま》までは残り二キロ程度だろう。

海から吹き付ける風が強い。右側に映る海面は真っ黒で、普段《ふだん》は穏《おだ》やかな海水浴場にも高い波が押《お》し寄《よ》せていた。

目を細め、横殴《よこなぐ》りの大雨と強風に耐《た》えながら江の島の前を通過する。この季節、この時間にはついているはずの灯籠《とうろう》の光が見えない。大荒《おおあ》れの天気を前に、今日は片付けたのだろう。

体が風を受けてふらつく。何度も転びそうになった。

車通りの多い道なので、ひやりとする場面もあったし、脇《わき》を通る車が飛ばす飛沫《しぶき》を頭から被《かぶ》った。

「あー、くそっ、面倒《めんど》くせえな！」

誰《だれ》にも届かない文句がもれる。大雨に声はかき消された。

「ほんと面倒くせえ！」

それでも咆《ほ》えるのはやめない。自転車の速度は落とさない。七里ヶ浜が見えると立ちこぎをして、さらに速度を上げた。

「双葉、面倒くせえ！」

見慣れた七里ヶ浜《しちりがはま》が、まったく別の顔をしていた。元からこの浜はサーファー好みの波がある海だが、今日は見ているだけで飲み込まれそうな迫力《はくりょく》があった。

それに背を向けて、咲太《さくた》はもう見えている学校を目指して最後の力を振《ふ》り絞《しぼ》った。

「はあ……あ～、吐《は》きそう。吐く」

ふらふらになりながら、校門の前に自転車を止める。

閉まった門を乗り越えて、峰ヶ原《みねがはら》高校の敷地内《しきちない》に足を踏《ふ》み入《い》れた。

人の気配は一切ない。八月十三日の今日から十六日まではお盆休《ぼんやす》みのため、生徒は登校してはいけないことになっている。教師はいるのかもしれないと思ったが、その気配も咲太は感じなかった。当然、昇降口《しょうこうぐち》も閉まっている。

「ここまでして、双葉《ふたば》がいなかったら泣くぞ」

文句を言いながら校舎をぐるりと回る。物理実験室の外にやってきた。

先ほど、もうひとりの理央《りお》から鍵《かぎ》が壊《こわ》れている窓があることを教えてもらっている。奥《おく》から二番目。

「ここだな」

ガラスに手をかける。横に引くと、あっさり窓は開いた。

窓枠《まどわく》に足をかけて物理実験室の中に入る。

「双葉、いるか？」

返事はない。

「いないかー」

やはり、返事はない。

とりあえず靴《くつ》と靴下を脱《ぬ》ぐ。Tシャツも脱いで、シンクの上で絞《しぼ》った。面白いくらいに水を吸っている。残りはズボン。誰《だれ》もいないのをいいことに、パンツも一緒《いっしょ》に脱いで、雑巾《ぞうきん》絞《しぼ》りをすると、バケツをひっくり返したように水が垂れた。

学校内を全裸《ぜんら》で徘徊《はいかい》するわけにもいかず、湿《しめ》って気持ちの悪い衣服を再び身に着けた。気分は最悪だが、我慢《がまん》するしかない。

そんなことよりも今問題なのは、理央が物理実験室にはいなかったということ。

もうひとりの理央から「学校かもしれない」と言われたとき、絶対にこの場所にいると咲太は勝手に思っていた。

だが、いなかった。

もしかしたら、学校にはいないのかもしれない。

そう思った矢先、咲太の目に見知ったものが映った。黒板前の実験テーブルの上に置かれていたのは、一台のスマホ。手に取って操作する。理央のものだとすぐにわかった。

学校に来ていたことは確かだ。今もいるのかは確かめてみないとわからない。

不安を振《ふ》り払《はら》うように、咲太《さくた》は理央《りお》を捜《さが》すために廊下《ろうか》に出た。

あてもなく歩き出す。とりあえず、二年の教室に行こうと思った。自分のクラスにいるのかもしれない。

階段の方へと近付いていく途中《とちゅう》、咲太は一年の教室の前を通りかかった。峰ヶ原《みねがはら》高校は学年ごとに教室の階が違《ちが》う。一年が一階、二年が二階、三年が三階となっている。

一年一組の教室のドアが半分くらい開いていた。

「……」

そこは、去年咲太たちが使っていた教室。理央や佑真《ゆうま》も一緒《いっしょ》だった教室だ。

ドアを全開にして中に入る。

音に驚《おどろ》いた人の気配があった。

窓際の一番後ろに理央がいた。膝《ひざ》を抱《かか》えるようにして椅子《いす》に座り、目を見開いて教室にやってきた咲太を見ている。

「梓川《あずさがわ》、どうして……」

「あ～、酷《ひど》い目に遭《あ》った」

どっかりと椅子に座る。理央からは距離《きょり》のある教卓《きょうたく》の真ん前。そこは、咲太が一年生の三学期に座っていた座席だ。黒板がよく見える。

「……」

背中に、理央の視線が突《つ》き刺《さ》さる。警戒《けいかい》した空気がひしひしと伝わってきた。

気づいていないふりをして、咲太は口を開いた。

「昨日……ってか、あれ今朝か。双葉《ふたば》に言い忘れたことあってさ」

「……なに？」

「来週、花火行かね？」

「え？」

予想外の発言だったのか、理央が素の驚きを示す。大方、咲太が説得の言葉でもかけてくると思っていたのだろう。

「江《え》の島《しま》の花火大会だよ。去年も行ったろ？」

「そうじゃなくて」

理央の声にわずかな苛立《いらだ》ちが乗る。咲太の行動に苛立っている。

「国見《くにみ》も来るってさ」

「……」

「今回は、去年双葉が言ってた通り、鵠沼《くげぬま》海岸から見ようって話になってる」

「私は……」

「双葉も来るだろ？」

「……行かない」

「なんか予定あるのか？」

「私はもうここから消える」

それは、感情を殺した声だった。

「私は梓川《あずさがわ》の前から消えるよ。この街から消える」

静かで、冷え切った声だ。

「なんだよそれ」

雰囲気《ふんいき》を無視して、軽い調子で返した。

「この世界に、双葉理央《ふたばりお》はふたりもいらない」

もうひとりの理央も口にした言葉。同じ人間だから同じことを言う。そんな当たり前のことになんだか安心した。やはり、どちらも理央なのだ。

「私がいなくなれば、全部解決する」

「そうか？」

「もうひとりの私はいかがわしい写真のアップをやめたんでしょ」

「ああ、しないって言ってる」

「きちんと双葉理央として、あの広くて空っぽの家に住んでいるんでしょ？」

「そうだな」

「学校にも毎日行って、科学部の活動もきちんとしている」

「時々、国見《くにみ》の練習を覗《のぞ》きに行ったりしてな」

「何の不都合もなく彼女は双葉理央として生きている」

淡々《たんたん》と理央は自らの外堀《そとぼり》を埋《う》めていっている。自らの存在を追《お》い詰《つ》めていっている。心を完全に閉ざそうとしている。そのまま消えてしまおうとしている。それはどんな気持ちなのだろうか。

「バスケ部の一年なんか、もうひとりの双葉のこと、かわいいって言って騒《さわ》いでたぞ」

「なら、なおさらだよ。もうひとりの私は、私なんかよりもよっぽど上手に『双葉理央』をしている」

またひとつピースがはまる。絶望のピースが……。

「もうひとりの私の方が、この世界に馴染《なじ》んでる」

さらにひとつ追加された。

「『双葉理央』として、幸せに過ごしてる」

パズルはもう完成間近だ。いや、もう完成している。あとは……。

「私がいなくなれば、全部解決する」

余ったピースを捨てればいい。それだけだ。

「証明問題の解答としては不正解だな」

迷わずに咲太はそう返した。普段《ふだん》と変わらない調子で……。

「どこも間違《まちが》っていない。満点の答えだよ」

「大間違いだ。根本から間違ってるっての」

「だったら！」

がたんと大きな音がした。理央《りお》が勢いよく立ち上がったのだと思う。

「なんで、あんな写真を私に見せたの⁉」

「……」

咲太《さくた》は手の中のスマホに視線を落とした。咲太、理央、佑真《ゆうま》の三人で撮《と》った写真が待ち受け画面に設定されている。言葉にすると陳腐《ちんぷ》だが、そこには目に見えないものが写っている。きっと、友情という言葉を形にしたら、こんな絵になるんだと思った。

「私の居場所なんてもうどこにもない！」

震《ふる》えを帯びた激しい慟哭《どうこく》。

「あんな羨《うらや》ましい写真を見せられたら、そう思うしかない！」

鼻をすする音が背中に響《ひび》く。

「私はもういらないんだって……梓川《あずさがわ》も、国見《くにみ》も、あっちの私がいればいいんでしょ！」

だから、理央は泣いているのだと思った。心の底から泣いているのだと思った。すべてを失ったつもりで……。

「梓川は無神経だ‼」

攻撃的《こうげきてき》な鋭《するど》さを宿した言葉。今、この瞬間《しゅんかん》、理央は咲太のことを憎《にく》んでいる。そう感じさせるだけの刺々《とげとげ》しい感情だった。

「アホか」

それでも、咲太は理央の感情全部を笑い飛ばした。

「今さらなに言ってんだよ、双葉」

「なにって……」

「僕《ぼく》が無神経なことくらい、よく知ってるだろ。双葉もよく言ってんじゃん」

「……この状況《じょうきょう》でそれが言える、そういうところも！　だから、梓川は！」

まだ何か言おうとしていた理央に、咲太は平然と言葉を重ねる。

「つうわけで、十九日は鵠沼《くげぬま》海岸駅に六時半集合な」

それは、いつも物理実験室でだらだら話をしているときと同じ口調。佑真への片想いをからかっているときと同じ口調だった。

「……」

理央が言葉を詰《つ》まらせる。

「僕からは以上だ」

そう言って、咲太はスマホをポケットにしまって席を立った。真っ直ぐ黒板を見据《みす》えたまま、最後まで理央を振《ふ》り返《かえ》らなかった。

あとは理央《りお》の問題だ。伸ばした手を掴《つか》んでもらえなければ、これ以上、咲太《さくた》にはどうすることもできない。自分の力だけで他人を絶望から引っ張り上げるのは不可能だ。それができると思えるほど傲慢《ごうまん》にはなれない。

だから、もうここにいる理由はなかった。立ち去ろうとして一歩を踏《ふ》み出《だ》す。

その瞬間《しゅんかん》だった。

突如《とつじょ》、咲太の視界はぶれて、体がぐらつく。強烈《きょうれつ》な立ちくらみだと理解したときには、もう前後不覚に陥《おちい》っていた。

「梓川《あずさがわ》っ⁉」

理央の緊迫《きんぱく》した声がする。やけに遠くに聞こえた。

目の前は真っ暗で視界には何も映らない。一瞬《いっしゅん》、何か見えたと思ったら、それは床のタイルの不規則な模様《もよう》だった。汚《よご》れだったのかもしれない。そう思ったのを最後に、咲太の意識は完全に途《と》絶《だ》えた。

2

体が揺《ゆ》れている。がたがたと下からの震動《しんどう》もあれば、時々左右に揺さぶられている感じがする。

それに気づくと、誰《だれ》かの話し声が聞こえた。

ゆっくりと目を開けてみる。

見慣れない天井。だけど、一度だけ見たことのある天井だった。サイレンの音にも聞き覚えはある。あとは窓を打つ雨の音。ワイパーの規則正しい音がする。

「気がつかれましたか？」

咲太の顔を覗《のぞ》き込《こ》んできたのは、三十代くらいの男性。制服は救急隊員のもの。

「梓川」

隣《となり》には理央がいた。心配そうに咲太を見ている。

「あー、僕《ぼく》、ぶっ倒《たお》れたんだっけ」

酷《ひど》い立ちくらみに襲《おそ》われたのは覚えている。そのあと、意識は真っ黒に塗《ぬ》りつぶされて、気が付いたらここだった。

「脱水症状《だっすいしょうじょう》が見られますね。失神したのは、軽度の熱中症の症状かと思われます」

この時期、ＴＶをつければ、毎日のようにニュースで耳にする単語。まさか、自分がそれになると思っていなかった。

「どこか痛みはありませんか？　倒れたときにぶつけている可能性があります」

救急隊員の男性の話は簡潔だ。

「……」

全身の感覚を確かめる。特に痛みはない。

「どこも、痛みはないです」

「彼女の話では、頭を床に強くぶつけていたようなので、病院に到着《とうちゃく》したら検査をすることになると思います」

「はい」

言われるまま、咲太《さくた》は返事をしておいた。

ぶっ倒《たお》れておいて、「大丈夫《だいじょうぶ》です」と強がるのも間抜《まぬ》けだと思ったのだ。


十分ほどで病院に着くと、咲太は割と普通《ふつう》の診察室《しんさつしつ》に運ばれた。医療《いりょう》ドラマによく登場する救急患者《かんじゃ》が運ばれる処置室を見られると思ったが、思惑《おもわく》は外れてしまった。

診察してくれたのは二十代後半の若い医師。

「念のため、頭部のCTを撮影《さつえい》します」

と言われて、別のフロアに歩いて移動となった。言われるまま大仰《おおぎょう》な機械に頭の断面図を撮影され、また最初の診察室まで歩いて戻《もど》った。

「念のため、点滴《てんてき》を打っておきますね」

若干、不安になる言い回しだったが、ここは医者を信じるしかない。ベッドに寝《ね》かされて腕《うで》に針がちくりと刺《さ》さる。点滴台がベッドの脇《わき》に運ばれてきて、咲太はチューブで繋《つな》がれた。

「終わった頃《ころ》に来ます」

そう言って、若い医師は慌《あわただ》しく去っていく。他に重篤《じゅうとく》の急患がいるのかもしれない。

一滴《いってき》ずつ落ちる点滴を見ながら、咲太は大人しくしていることにした。そして、そのまま気持ちよくなってきて眠《ねむ》ってしまった。


次に咲太が目を覚ましたのは、頬《ほお》に伝わる違和感《いわかん》が原因だった。妙《みょう》に突《つ》っ張《ぱ》った感じがする。たとえるなら、誰《だれ》かにつねられているような感覚。

気だるさに打ち勝ちながら、咲太はゆっくりと目を開ける。

「おはよ」

綺麗《きれい》な女性が不機嫌《ふきげん》な表情で咲太を見下ろしていた。頬が突っ張っているのは、その彼女の指が、頬肉を摘《つま》んでいるからだ。

「……」

とりあえず、じっと見つめ返す。

「なに、見惚《みと》れてるのよ」

「すごい美人の先輩《せんぱい》がいたから、つい」

「その様子ならもう大丈夫そうね」

むくりと、咲太は体を起こした。ふらついた感じもない。見れば、点滴バッグは空っぽになっているし、いつの間にか、チューブも外されていた。針を刺《さ》した部分に止血用のガーゼが貼《は》ってある。

「それで、麻衣《まい》さん……これは何の罰《ばつ》？」

麻衣の指は未だに咲太《さくた》の頬《ほお》から離《はな》れていない。

「かえでちゃんに心配をかけておいて、幸せそうな顔で寝《ね》ていた兄への罰」

「なるほど、納得です」

それなら、仕方がない。

「すいませんでした」

「謝るのはかえでちゃんにね。早く電話してあげなさいよ」

「はい」

返事をして立ち上がる。麻衣にスマホを借りようかと思ったが、病院の中で使用していいのか悩《なや》んだのでやめておいた。

病院ならどこかに公衆電話があるはずだ。

「そういや、麻衣さんはなんでいるの？」

「双葉《ふたば》さんから連絡《れんらく》もらったの」

以前、麻衣のスマホから理央《りお》に電話をかけたことがあるので、そのときの着信履歴《りれき》から番号はわかったのだろう。

「でも、会いに来て大丈夫《だいじょうぶ》なんですか？」

マネージャーからはしばらく会わないように言われている。それが解除《かいじょ》されたという話を咲太は聞いていない。

今いるのは診察室《しんさつしつ》なので基本的に人目はないが、奥《おく》の通路は隣《となり》の診察室と繋《つな》がっているようで、先ほどから医師や看護師の行き来がある。その際、ほぼ全員が麻衣に気づいていた。白衣の男性は「え？」と声に出して驚《おどろ》いていたし、カルテを抱《かか》えたナースのお姉さんは、二度見をして確認していた。麻衣を見るために、無駄《むだ》に往復している若い医者もいたくらいだ。

「その前に、心配して駆《か》けつけてくれた彼女に言うことがあるんじゃないの？」

丸椅子《まるいす》から立ち上がった麻衣は不満そうだ。

「ご心配をおかけしました」

「やり直し」

「えー」

「やり直し」

ますます麻衣の不満は増していく。これは、麻衣の聞きたい台詞を咲太が言うまでずっと続くパターンだ。早々に当たりを引かないと、そろそろ足を踏《ふ》まれると思う。

「これのせいで、麻衣さんが仕事できなくなったら、僕《ぼく》は嫌《いや》だなあ」

「あのねえ、そりゃあ、仕事は好きだし、楽しいし、ずっと続けたいけど」

正解を言わない咲太《さくた》に対して、麻衣《まい》は拗《す》ねたような顔で一旦《いったん》言葉を区切る。その日は、何かを訴《うった》えかけてくる。言いたいことはなんとなくわかった。わかったけど、できれば麻衣の口から聞きたい。

「けど？」

何食わぬ顔で咲太は聞き返した。

「わかってて言ってるでしょ？」

「いえ、全然」

麻衣がわずかに唇《くちびる》を尖《とが》らせる。それでも、諦《あきら》めたように口を開いた。

「仕事は仕事で大事だけど……私は、咲太が風邪《かぜ》を引いたら看病してあげたいし、オフの日にはデートだってしたいの」

ふてくされたような顔。その目はそれを言わせた咲太を責めている。

「咲太のおかげで、仕事を再開したのに、咲太に会えなくなるんじゃ意味がない」

これはものすごい破壊力《はかいりょく》だ。かわいいとか、うれしいとか、そんな言葉で表現できる次元のものではない。

「麻衣さん！」

「な、なに」

「抱《だ》き締《し》めていい？」

「なんでよ」

警戒《けいかい》して麻衣が半歩身を引く。

「この喜びを麻衣さんに伝えようと思って」

「……」

一瞬《いっしゅん》、麻衣が考え込む。そのあとで、

「三秒だけよ」

と、強がった笑みで言ってきた。

「えー、一分くらいないと伝わらないと思うけどなあ」

「そんなに抱き合ったら妊娠《にんしん》しそう……って、きゃっ！」

言っている途中《とちゅう》で、咲太は麻衣を少し強引に抱き寄せた。背中に両腕《りょううで》を回す。麻衣の体はやわらかくて、あたたかくて、いい香《かお》りがする。

麻衣は咲太の胸に両手をついて小さくなっていた。

「はい、三秒」

「延長で」

「咲太は先にやることあるでしょ」

まずはかえでに連絡《れんらく》。そのあとで、理央《りお》にもお礼を言わなければならない。救急車を呼んでくれて、病院まで付き合ってくれた恩《おん》がある。

「やることやったら、麻衣《まい》さんと続きしてもいいの？」

「もう十秒以上経ったからダメ」

「えー」

「約束守らないからそうなるの」

さっと麻衣から離《はな》れる。

「もう遅《おそ》いわよ」

つんっと指で額を小突《こづ》かれた。

「……」

必死に目で訴《うった》えかける。

「死んだ魚のような目で見てもダメよ」

「これ、捨てられた子犬のような目なんですって」

「早く行ってきなさい。先生が戻《もど》ってきたら、話は聞いておいてあげるから」

「じゃあ、お願いします」

麻衣を診察室《しんさつしつ》に残して、咲太《さくた》は廊下《ろうか》に出た。

「まずはかえでに電話だな」

公衆電話は閉店して電気の消えた売店の側にあった。四つ並んだ自動販売機《はんばいき》の横。緑の懐《なつ》かしいやつ。

十円玉を入れて自宅の電話番号を押《お》した。繋《つな》がったのは留守番電話。

「かえで、僕《ぼく》だ。まだ起きてるかー？」

「お兄ちゃんですか！」

数秒遅《おく》れて、電話にかえでが出た。

「お兄ちゃんだ」

「よかった。生きてたんですね……」

「勝手に殺さないでくれ。このあと、病院の手続きとかあるだろうから、家に帰るのはもう少し遅《おそ》くなると思う」

壁《かべ》にかかった時計を見ると、夜の十時を回っていた。なんとか今日中には帰りたい。

「かえでは先に寝《ね》てていいからな」

「待ってます」

「そっか、ま、無理のないようにな」

言っても聞かないと思ったので、咲太はそう答えるに留めた。

「かえで」

「なんですか？」

「心配かけて悪かったな」

「かえでは妹ですから、お兄ちゃんの心配をするのは当たり前です！」

「んじゃ、いつも妹でいてくれてありがとな」

「は、はい！　これからもがんばります」

「じゃあ、あとで」

受話器を置くと、急に周囲の静けさに気づいた。その静けさの中に、エレベーターの到着《とうちゃく》を知らせるベルが鳴る。自販機《じはんき》コーナーの先にエレベーターがあるのだ。

ドアが開き、中からひとりの少女が下りてきた。

「あ」

思わず声が出たのは、出てきた少女の名前を咲太《さくた》は知っていたからだ。

「え？」

彼女もまた咲太の顔を見るなり、驚《おどろ》きの反応を示した。パジャマにスリッパという室内スタイルで現れたのは年下の少女……牧之原翔子《まきのはらしょうこ》だった。

「あ、あの……咲太さんがどうしてここにいるんですか？」

視線を泳がせながらも、翔子は取《と》り繕《つくろ》うようにそう聞いてきた。見られたくない場面を見られたとき特有の焦《あせ》りが顔に出ている。

「熱中症で倒《たお》れて救急車で運ばれてきた」

「だ、だいじょうぶなんですか？」

「症状《しょうじょう》は軽かったし、点滴《てんてき》打たれたら、普段《ふだん》より元気になった」

「水分の補給はきちんとしないといけませんよ」

ようやく真っ直ぐに咲太を見た翔子はお姉さんのようなことを言ってくる。

「ああ、そうだな」

「あと塩分もです」

「……」

「……」

会話が一度途切《とぎ》れる。

「えっと、牧之原さんはどうして？」

こんなところでばったり遭遇《そうぐう》した以上、この質問は避《さ》けられない。聞かないのも不自然だったし、正直咲太は気になった。

「風邪《かぜ》を引いてしまいました」

きっぱりと翔子が答える。

「どれ」

翔子にそれとなく近づいて、咲太はおでこに手を当てた。

「熱はなさそうだね」

「は、はい」

「声もいつも通りだし、咳《せき》も出てない？」

「……」

「鼻水も大丈夫《だいじょうぶ》そうだね」

ひとつずつ外堀《そとぼり》を埋《う》めていくと、

「ごめんなさい。嘘《うそ》をつきました」

と、翔子《しょうこ》はあっさり白状した。

それは最初からわかっていた。翔子はパジャマ姿だし、足元はスリッパだ。時刻は夜の十時で外来患者《かんじゃ》が通院する時間帯でもない。咲太《さくた》のように救急搬送《はんそう》された患者でもないのなら、あと残っている可能性はひとつ。入院患者ということになる。

「……どこか悪いの？」

聞くべきか迷いはあった。だが、俯《うつむ》いた翔子の心細そうな表情を見た瞬間《しゅんかん》、咲太は口を開いていた。

「あ……」

翔子は開きかけた口を、すぐに閉じてしまう。

「話したくないことなら、無理には聞かない」

「いえ、咲太さんにはお伝えしておこうと思います」

決意を秘めた眼差しで、翔子は顔を上げた。

自販機《じはんき》コーナーに置かれたベンチに並んで座ると、翔子はゆっくりと落ち着いた声で病気のことを教えてくれた。

病名は一度聞いただけでは覚えられなかったし、どんな漢字を書くのかさっぱり想像はできなかったけど、心臓の病気ということだけは理解できた。

とにかく難しい病気で、翔子の体の成長と共に悪化しているらしい。延命に繋《つな》がる処置はいくつかあっても、きちんと治すには移植手術に頼《たよ》るしかないのだと翔子は教えてくれた。ただ、子供の臓器提供者は大人と比べて圧倒的《あっとうてき》に少なく、移植手術を受けられる見通しもまったくないらしい。それに提供者が現れるということは、誰《だれ》かの不幸があってのものなので、話をする翔子は複雑そうな表情を浮《う》かべていた。

提供者は現れてほしい。だけど、そう思うことは、誰かの不幸を願っているようで胸が苦しくなるのだろう。

「移植手術を受けられなかった場合はどうなるんだ？」

「この病気がわかったとき、お医者さんからは、中学校を卒業するのは難しいかもしれないと言われています」

翔子はあまりに淡々《たんたん》と自分の最期《さいご》を語った。表情には安堵《あんど》すら浮かんでいる。その意味が咲太にはさっぱりわからなかった。

けど、それでもわかったことはある。

「そういうことか」

「咲太《さくた》さん？」

「やっとわかったよ」

「なにがですか？」

「前に、はやてのことで言ってたろ？『猫《ねこ》を飼《か》いたい』って言えば、両親は絶対に許してくれるってさ」

移植手術を受けられなければ、十四、五歳までしか生きられないかもしれない。そんな娘の言葉に、両親が耳を傾《かたむ》けないわけがない。できる限りのことをしてあげようと思うのが自然だろう。翔子《しょうこ》がほしいと言ったものはなんでも買ってあげて、翔子がやりたいと言ったことはなんでもさせてあげようとするはずだ。

「お母さんとお父さんは、わたしにすごくやさしいんです」

「……」

「やさしくて……わたしが何かお願いをすると、なんでも『いいよ』って言ってくれます。それはとてもうれしいんですけど、同じくらい辛《つら》いんです」

「うん」

余計な口は挟《はさ》まずに、咲太は相槌《あいづち》だけを打った。翔子や両親の気持ちがわかるなんて言えるはずがなかった。

「お母さんは『いいよ』って言ってくれたあとに、必ずわたしのいないところで『ごめんね』って謝っているから……病気の体に産んで、ごめんねって……」

「うん……」

「それで……はやてのこと今日まで言い出せませんでした」

そう語る翔子の横顔には、明らかな影《かげ》が落ちている。それに咲太は気づいた。その正体がなんであるのかも咲太は理解した。

だから、咲太は無言のまま翔子のほっぺたを摘《つま》んだ。

「な、なんですか？」

予想外の咲太の行動に、翔子が慌《あわ》てた声を出す。

「お母さんのせいにした罰《ばつ》」

「え？」

「そんな辛気《しんき》臭《くさ》い顔でお願いされたら、お母さんだって『ごめん』って気持ちになるって、そりゃあさ」

「……でも」

翔子が何か言おうとする前に、咲太はもう片方のほっぺたも引っ張った。

「しゃ、しゃくたさん!?」

たぶん、「咲太《さくた》さん」と言ったのだろう。

「牧之原《まきのはら》さんが、『病気でごめんなさい』って気持ちを持ってる限り、変わんないよ。きっと、お父さんとお母さんはその罪悪感に気づいてる。牧之原さんに『ごめんなさい』って気持ちを抱《いだ》かせていることが、ふたりにとっては一番辛《つら》いんじゃないか？　お母さんだって『病気の体に産んで、ごめん』って気持ちになると思う」

「……それは」

そうかもしれません、と翔子《しょうこ》が小声で続ける。

「でも、だったら、わたしはどうすれば……」

「牧之原さんはさ、お父さんとお母さんのこと、どう思ってるんだ？　自分のことで悲しい想いをさせて申し訳ないとか、そういうんじゃなくてさ」

「お父さんのことも、お母さんのことも、わたしは好きです。大好きです」

迷うことなく、翔子は真っ直ぐに咲太を見てそう言った。紛《まぎ》れもない本心がそうさせたのだと思う。

「それ、ふたりに言ったことは？」

「……ないです」

「『ごめん』って言われるより、僕は『好き』って言われる方が断然うれしいな。『大好き』なんて言われたら有頂天《うちょうてん》になる」

「ある人が言ってたよ。『ありがとう』と『がんばったね』と『大好き』が三大好きな言葉だってさ」

　ようやく、咲太が何を言いたいか翔子は理解したらしい。

「あ……」

「わたし……」

　咲太が手を離《はな》すと、翔子はさっと立ち上がった。

　わずかに遅《おく》れて、エレベーターの到着《とうちゃく》ベルが鳴る。出てきたのは、三十代後半の夫婦。翔子を見つけて反応したのがわかった。

　なかなか戻《もど》ってこないので捜《さが》しに来たのだろう。

「お母さん、お父さん」

　翔子が小走りでふたりに近づく。

「あ、翔子、走ったら」

　そう気遣《きづか》う母親の胸に、翔子は勢いを殺さずに飛び込んだ。

「あら、どうしたの？」

　面食らったような母親の反応。それでもやさしく抱き留《だど》めている。

「お母さん、お父さん、いつもありがとう」

「なに？　どうしたの？」

両親が顔を見合わせている。

「わたしは、お母さんのことも、お父さんのことも好きです。大好きです」

「お母さんとお父さんも、翔子《しょうこ》のことが大好きだよ」

父親がそっと翔子の頭を撫《な》でている。

「ええ、そうね」

「お父さんとお母さんがお父さんとお母さんでよかった」

母親に抱《だ》きついたまま顔を上げた翔子は、笑顔の花を満開にしていた。

「翔子……」

声を詰《つ》まらせた母親の瞳《ひとみ》は潤《うる》んで光っていた。父親もわずかに顔を背け、涙《なみだ》を拭《ぬぐ》っている様子だった。そこにあるのはあたたかい空気。お互《たが》いを気遣《きづか》う家族の思いで満たされている。

「わたし……お願いがあります」

「なんだい、翔子」

「猫《ねこ》を飼《か》いたいんです」

明るい笑顔のわがまま。それを翔子の両親は穏《おだ》やかな表情で受け止めていた。

「いいわね。そうしましょう」

両親に手を繋《つな》がれて病室に戻《もど》っていった翔子を見送ると、

「梓川《あずさがわ》」

と、後ろから声をかけられた。

いつから見ていたのか、背後には理央《りお》がいた。

「もう起き上がって平気なの？」

「またぶっ倒《たお》れても、ここ病院だから平気だろ」

「迷惑《めいわく》な患者《かんじゃ》だね」

理央はため息交じりに苦笑いを浮《う》かべる。

「双葉《ふたば》には迷惑かけたな」

「ほんと。やり方が卑怯《ひきょう》」

理央の目には不満が溜《た》まっている。

「あそこで倒れられたら、放っておけない」

「だったら、倒れた甲斐《かい》もあったな」

咲太は自動販売機《はんばいき》の脇《わき》にあるベンチに腰《こし》を下ろした。理央もふたり分ほど間を開けて座った。

「麻衣《まい》さんに連絡《れんらく》してくれてありがとな」

「ちゃんと感謝しなよ」

「だから、ありがとって言ったろ」

「私じゃなくて、桜島先輩《さくらじませんぱい》に」

「……もしかして、すげえ心配されてた？」

先ほど話をした際には、微塵《みじん》も感じさせなかったが、わざわざ急いで駆《か》け付《つ》けてくれたのだ。やはり、咲太《さくた》が思っている以上に心配をかけたのかもしれない。

「着いてしばらくは、寝《ね》てる梓川《あずさがわ》の手をずっと握《にぎ》ってたね」

「それ、写真撮《と》ってない？」

「撮ってるわけない」

「うわー、すげえ見たかった」

「ほんと、梓川はバカだね」

呆《あき》れたような笑い方。その乾《かわ》いた声が、廊下《ろうか》に響《ひび》く。

「……」

「……」

話が途切《とぎ》れると、夜の病院の静けさがぐっと増した気がした。自動販売機《はんばいき》のブーンという駆《く》動音《どうおん》がわずかに隙間《すきま》を埋《う》めている。

理央《りお》は伸ばした足のつま先をじっと見つめていた。次の言葉を探すように……。

「梓川、私は……」

「『自分はもう必要ない』だとか、『自分がいなくなればすべてが丸く収まる』だとか、『でも、本当はこわくてどうすればいいかわからない』だとか……そういう面倒《めんどう》くさい話ならもう聞きたくないぞ」

「……」

図星だったのは、理央の深い沈黙《ちんもく》が教えてくれた。

「自分のことなんて、別に嫌《きら》いでいいんだよ」

静かな病院の廊下に、声が浸透《しんとう》していく。

「……」

「僕《ぼく》は『ま、こんなもんだろ』って思いながら生きてる」

「さすが梓川だね」

息がもれるように理央が小さく笑う。そのあとで、

「普通《ふつう》、ここは『少しずつでも自分を好きになっていけばいい』とか、『双葉《ふたば》にもいいところはいっぱいある』とか言うべきなんじゃないの？」

と言ってきた。

「そんな前向きな生き方、疲《つか》れるだけだろ。自分大好きなやつってウザいしさ」

無理やり嫌いなものを好きになんてなれない。好きになろうとすればそこに摩擦《まさつ》とか圧力とか、なんらかの無理が生じる。それが自分を苦しめるだけなら、前向きに諦《あきら》めてみるのもひとつの手だ。それで救われるものがあることを、咲太は二年前に学んだ。かえでの件を通して知った。戦うだけがすべてじゃない。それでいいのだ。

「最低だね、梓川《あずさがわ》は。最低だけど……なんか、ほっとする」

憑《つ》き物《もの》が落ちたかのように、理央《りお》は安堵《あんど》の表情を浮《う》かべていた。

「ほんと、ほっとするね」

ぴんと張ったままでは、何かの拍子《ひょうし》に気持ちの糸はぶちっと切れてしまう。時々はたるませて、余裕《よゆう》を作ってあげた方がいい。気分はずっと楽になる。それに、余裕があれば、周りの景色の見え方も変わってくるのだ。今の理央のように……。

なんでも内側に溜《た》め込《こ》んでしまう理央には、そんなちょっとしたゆとりが必要だったのだろう。ほんの少しの適当さが必要だった。

余計な力が抜《ぬ》けた理央の横顔を見ながら、咲太《さくた》はそんなことを思っていた。

「あのさ、梓川」

しばしの沈黙《ちんもく》のあと、理央が少し言いにくそうに話しかけてきた。

「んー？」

「……花火」

「ああ」

「私も、行っていい？」

「ダメだな」

「……」

「そんな言い方じゃダメだ」

考えるような吐息《といき》が理央の小さな口から零《こぼ》れる。

それでも、必要だったのはほんの数秒の間だけだった。

「わ、私も、花火行きたい」

珍《めずら》しく慌《あわ》てたような声。表に出すことに慣れていない素直な感情が、理央をたどたどしくさせている。

「言う相手、間違《まちが》えてる」

咲太は残っていた十円玉を指で弾《はじ》いた。緩《ゆる》やかな放物線を描《えが》いたコインを理央が両手で挟《はさ》むようにキャッチする。その目は自然と公衆電話へと向かった。

ひとり立ち上がった理央が電話の前に立つ。

受話器を上げて、コインを投入し、番号をプッシュする。それらの音を咲太は背中で聞いていた。

緊張《きんちょう》した理央の息遣《いきづか》い。

すぐに電話が繋《つな》がった気配が背後から伝わってきた。

ゆっくりと理央が息を吸い込む。

「私……うん、梓川には会えた。それで、その……お願いがあるんだけど」

一度、言葉を止めたあとで、理央は大きく息を吸い込んだ。それから、

「私も、一緒《いっしょ》に花火行きたい」

と、想いを吐露《とろ》した。

それに続く言葉はない。息遣《いきづか》いも気配もその瞬間《しゅんかん》に消えたように思えた。直後、がたんっと硬《かた》いものがぶつかる音がする。

咲太《さくた》は静かに振《ふ》り返《かえ》った。

目に映ったのは、緑色のありふれた公衆電話。受話器がぶら～んっと垂れ下がっている。右を見ても、左を見ても誰《だれ》もいない。長い廊下《ろうか》が続いているだけだ。見える範囲《はんい》には、咲太しかいなくなっていた。

立ち上がると、咲太は受話器を摑《つか》んで耳に当てた。

「もしもーし」

少しふざけた声で呼びかける。

「梓川《あずさがわ》はもう診察室《しんさつしつ》に戻《もど》りなよ。桜島先輩《さくらじませんぱい》が待ってるんでしょ？」

返ってきたのはそんな言葉。

「これで、やっと麻衣《まい》さんとイチャイチャできるよ」

「聞いてないから、そんなこと」

「聞いてくれよ、少しは」

「それより、花火」

理央《りお》が問答無用で話題を変えてくる。

「梓川、遅刻《ちこく》しないでよ」

「双葉《ふたば》はちょっとくらい遅《おく》れてもいいぞ。浴衣着るの時間かかるだろうしさ」

「それ、ほんとに着ないとダメ？」

「浴衣の女子がいないんじゃ花火行く意味ないっての」

「そう……なら、約束だし仕方ないか」

その声はどこか楽しげだった。

終章

花火のあとに残るのは夏の思い出

八月十九日。

江《え》ノ島《しま》の納涼《のうりよう》花火大会の当日。

咲太《さくた》が待ち合わせ場所の鵠沼《くげぬま》海岸駅に行くと、すでに佑真《ゆうま》が待っていた。

「おす」

「うす」

佑真はその長身で浴衣を着こなしている。

咲太も今日は浴衣だった。

事前に、自分だけ浴衣は恥《は》ずかしいからと理央《りお》に強制されたのだ。

上から下までリーズナブルに揃《そろ》えて八千円。ついでに、かえでの分も買ってあげたら、そっちはもっとかかってしまった。しばらくはバイトのシフトを増やさなければならない。

「そういや、古賀《こが》さん本当にシフト代わってくれたのな」

今日、本来なら咲太はバイトの予定だった。

「今度、パフェをおごるはめになったけどな」

その際には、六百キロカロリーもあることを教えてあげようと思っている。

「仲のいいことで」

そんな話をしているうちに、下り方面の電車がホームに入ってきた。

すでに約束の時間は過ぎている。

ぞろぞろと改札口から出てきた乗客の中には、浴衣姿のお仲間もちらほらいた。その最後尾《さいこうび》に、咲太は見知った顔を見つけた。

「おーい、双葉《ふたば》」

佑真が手を振《ふ》って場所を教える。

目が合うと、理央はさっと俯《うつむ》いてしまう。離《はな》れていても耳まで真っ赤になっているのがわかった。

下を向いたまま、理央は小さな歩幅《ほはば》で近付いてくる。

白地に黄色と淡《あわ》い茜色《あかねいろ》の花柄《はながら》。帯はやさしいイエローで、かわいくまとまっていた。髪《かみ》はアップにして、でも、眼鏡をかけている。手に持った紺色《こんいろ》の巾着《きんちゃく》が全体の色合いを引《ひ》き締《し》めていた。

「双葉、眼鏡に戻《もど》したんだ」

「お、おかしい？」

フレームに触《ふ》れて、理央が眼鏡を気にする。

「浴衣に似合ってるよ。な、咲太？」

「なんかエロい。な、国見《くにみ》？」

「ま、確かに」

「だから、浴衣は嫌《いや》だったの」

呆《あき》れながらも、理央《りお》はまんざらでもない様子だった。

駅からゆっくり歩くこと約十分。咲太《さくた》たちが海岸に出ると、丁度最初の一発が空に打ち上がった。

大きな音を響《ひび》かせながら、夜空に美しい花を咲かせる。それが消えると、また次の花火が江《え》の島《しま》の空を鮮《あざ》やかに彩《いろど》った。

柳《やなぎ》のように垂れ下がる花火もあれば、輪っかをいくつも重ねたような花火もある。一度消えてからまた光る花火も……。

江の島の空に上がる花火を、咲太と理央と佑真《ゆうま》は、たいして言葉も交わさずに見続けていた。

フィナーレが近付くにつれて、大玉の花火が夜空を華やかに染め上げる。海面や江の島、弁《べん》天橋《てんばし》を明るく照らした。

連続の打ち上げ花火は見応えがあった。音が震動《しんどう》となって伝わってくる。

「国見《くにみ》」

そこに、小さな理央の声が紛《まぎ》れ込《こ》む。

「ん?」

「……」

理央の声は、花火の音で消されてしまう。

「なに？」

佑真も聞こえなかったようで、耳を寄せて聞き返している。

その耳に、理央が両手を添《そ》えて背伸びをする。何か囁《ささや》いていた。短い一言。花火が開いて消えていくまでの時間で、理央は佑真から離《はな》れた。

すぐに俯《うつむ》いた理央は恥《は》ずかしそうに唇《くちびる》をきつく結んでいた。顔も赤い。花火の照り返しでないことは、一目瞭然《いちもくりょうぜん》だった。

「双葉《ふたば》、俺《おれ》……」

「返事はいいよ」

佑真の言葉を理央が遮《さえぎ》る。

「わかってるから」

「……そか」

「なんか言われたら、私、泣くと思うし」

「そしたら、咲太が浴衣の袖《そで》を貸してくれるってさ」

「鼻をかんでもいいぞ」

「ばーか」

理央は咲太を見て笑った。佑真を見ても笑っていた。それから、右手で咲太の腕を摑《つか》み、左手で佑真の腕を摑んだ。それをぐっと自分に引き寄せて花火を見据《みす》える。

「お」

「うお」

予想外の理央《りお》の行動に、咲太《さくた》と佑真《ゆうま》は同時に驚《おどろ》きの声をもらした。

「きっと、私だけだね」

「ん？」

「梓川《あずさがわ》と国見《くにみ》に挟《はさ》まれて花火を見られるのなんて」

目の端《はし》には涙《なみだ》の粒《つぶ》が溜《た》まっていたけど、理央は笑顔だった。だから、咲太は何も言わずに花火に視線を戻《もど》した。佑真も同じようにしていた。

江《え》の島《しま》の夜空に大輪の花が咲く。

その光景をまぶたに焼き付けた。

一生消えない思い出のひとつとして……。

いつか、三人で懐《なつ》かしむ高校二年の夏の思い出として……。


それから、夏休みが終わるまでの約十日間は平凡《へいぼん》な日々が続いた。

デート禁止令は出されたままなので、麻衣《まい》と出かけたりすることはできず、そもそも、仕事がぎっしりで会う時間もなかった。

仕方がないので咲太はバイトに勤《いそ》しみ、時々は学校に行って物理実験室に顔を出した。理央

とだらだらと過ごす。理央《りお》からは、「部活の邪魔《じゃま》をしに来るな」と言われたが、咲太《さくた》は適当に聞き流していた。

そうこうしているうちに、長かったはずの夏休みも最終日を迎《むか》える。

八月三十一日。

この日は、午前中のうちに翔子《しょうこ》が両親と一緒《いっしょ》に訪ねてきた。体調が戻《もど》った翔子は二日前に退院していて、今日ははやてを引き取りに来たのだ。

玄関《げんかん》まで見送りにやって来たなすのは、「にゃ～」とちょっぴり寂《さび》しそうに鳴いていた。リビングから顔だけ覗《のぞ》かせていたかえでも同様だ。それでも、手を振《ふ》って最後はばいばいをした。

これが正しい形。いいことなのだから喜ばなければいけない。

帰り際、咲太がマンションの下まで見送ると、

「あの、咲太さん」

と、少し緊張《きんちょう》した声で、翔子が話しかけてきた。

「なに？」

「そ、その……」

目が合うと、珍《めずら》しく翔子が視線を逸《そ》らす。わずかに俯《うつむ》いた頬《ほお》は少しだけ赤い。

「また、遊びに来てもいいですか？」

それでも、上目遣《うわめづか》いに咲太を見て、真っ直ぐに聞いてきた。

「いいよ。はやてを連れておいで。かえでとなすのも喜ぶ」

「咲太さんは？」

「ん？」

「咲太さんもうれしいですか？」

「……」

「すいません。わたし、変なこと言いました……」

顔を真っ赤にして小さくなっている翔子の頭に、咲太はぽんっと手を置いた。

「またおいで」

「はい！」

顔を上げた翔子は、はにかみながら元気に答えた。それから、笑顔で手を振って、両親とはやてと一緒に帰っていった。

結局、二年前に出会った翔子のことはわからずじまい。それでも、翔子の幸せそうな姿を見送っていたら、

「ま、いっか」

と、咲太は思えた。

翌日の九月一日。永遠にやって来てほしくなかった二学期がやって来た。

まだ暑さの厳しい中、咲太《さくた》は仕方がないので朝から学校に向かった。学校でなら麻衣《まい》に会えるので、今はそれが原動力になっている。

江《え》ノ電藤沢《でんふじさわ》駅のホームで、佑真《ゆうま》と理央《りお》と一緒《いっしょ》になった。三人がばったり顔を合わせるのは珍《めずら》しいことだ。

「うす」

「おす」

「おはよ」

理央は眼鏡をかけていて、髪《かみ》はアップにしていた。知的で大人っぽい雰囲気《ふんいき》。少し垢抜《あかぬ》けた感じがある。

「なに、じっと見て？」

牽制《けんせい》するように理央が聞いてくる。けど、咲太の視線の意味など理央はわかっているだろう。だから、その点には触《ふ》れないことにした。

「双葉《ふたば》、宿題やった？」

「それを夏休みが終わってから聞いてくるのが梓川《あずさがわ》だよね」

そんな話をしながらホームに入ってきたレトロな電車に乗り込む。学校に到着《とうちゃく》する前から、懐《なつ》かしいその雰囲気《ふんいき》に、二学期がはじまったんだなあと咲太は実感した。

奥《おく》のドア口に理央を押《お》し込《こ》み、その脇《わき》に咲太と佑真は立った。

するとなんとなく視線を感じた。ひとつ隣《となり》の乗車口にいたのは佑真の彼女である上里沙希《かみさとさき》だ。目が合うと、さっと顔を背けられる。

「まだ、ケンカしてんのかよ」

「冷戦中」

佑真が困った顔をする。

「だったら、国見《くにみ》はあっち」

佑真の大きな体を、小さな理央が押し出す。

「お、おい、双葉？」

「理由を言わないってことは、どうせ、私か梓川が原因でしょ？」

「あ～、それは」

すぐに言葉を返せずに、佑真がしまったという顔をする。それは、咲太もなんとなく気づいていたことだ。

「何があったんだよ？」

「ま、なんつうか……スマホのアドレス帳から消された的な」

「僕と双葉が？」

「いんや、咲太だけ」

「あんにゃろう」

「そんなのすぐに仲直りすればいいでしょ」

当事者になっていない理央《りお》はさらっとそんなことを言う。

「いや、でもな」

「国見《くにみ》がそんなだと私の決心が鈍《にぶ》る」

「それ言われると弱いなあ」

覚悟《かくご》が決まったのか、佑真《ゆうま》は一旦《いったん》ドアから出ると、発車する前に隣《となり》のドアから再び電車に乗り込んだ。沙希《さき》のすぐ側に移動して、何か話しかけている。話しかけられた沙希は、少し戸惑《とまど》っている様子だったが、しばらくするとうれしそうに笑っていた。その表情は安心しているようにも見えた。

やわらかい雰囲気《ふんいき》で談笑する佑真と沙希を見たくないのか、理央は咲太《さくた》を壁《かべ》にしてドア口に身を潜《ひそ》めていた。

「ほっときゃよかったのに」

「これでいいよ。彼氏彼女になった場合、別れたらそれまででしょ」

「……」

「私は長くいたいから」

「すげえ、負け惜しみ」

「うるさい」

子供のように、理央が頬《ほお》を膨《ふく》らませる。咲太もはじめて見る理央の幼い表情。きちんと心を整理するにはまだ時間がかかるだろうが、今はこれでいいのだ。理央がそう思っているのだから……。

咲太たちを乗せた短い四両編成の電車は、今日もゆっくりとのんびりと走り出す。


全校生徒約千人を体育館に集めた始業式では、残暑の厳しさを物語るように、団扇《うちわ》を持ち込んだ生徒が多数見受けられた。

校長のありがたい言葉の最中でも、こんがり日焼けした生徒がぱたぱたと扇《あお》いでいる。それを教師は止めない。熱中症にでもなられたら困るからだ。

五分が経過しても終わる気配のない校長の話を咲太は右から左に聞き流し、ずっと三年一組の列を見ていた。

麻衣《まい》が所属するクラスだ。

だが、どうしたことか麻衣の姿が見当たらない。

昨晩、「明日は学校で会えるから」と電話をもらったので楽しみにしていたのだが、まだ登校していないのだろうか。

始業式が終わると、各教室に戻《もど》ってのＨＲとなった。担任の教師から「まあ、適当にぼちぼちな」という、よくわからない言葉をかけられた。たぶん、夏休み明けの生徒はだいたいやる気がないので、それに合わせて出てきた言葉なのだと思う。

鞄《かばん》を持って教室を出る。階段を上がって三階へ。そこは三年のフロアだ。

まだ、HRが行われている教室の様子を、咲太《さくた》は後ろのドアから覗《のぞ》き込《こ》んだ。

「……」

やはり、麻衣《まい》はいない。席は空っぽだし、鞄もない。登校していない様子だ。

本当に来ていないのか確認するために、咲太は公衆電話を求めて一階へ下りた。校舎の隅《すみ》っこにある事務室の前までやってくる。

恐《おそ》らく、咲太くらいしか使っていない公衆電話に十円玉を投入して、番号をプッシュ。

「……」

繋《つな》がる気配はない。十回目のコールのあと、留守番電話に接続された。

「えーと、咲太です。学校に来ていなかったようなので連絡《れんらく》しました。とりあえず、今日は帰ります」

そうメッセージを残して、咲太は受話器を置いた。

「ふう」

今日は絶対に会えると思っていたので落胆《らくたん》は大きい。

「ま、その分、ご褒美《ほうび》をもらえばいっか」

気持ちを前向きに切《き》り替《か》えて、咲太は帰路に就《つ》いた。

学校最寄りの七里《しちり》ヶ《が》浜《はま》駅から電車に乗って約十五分。終点の藤沢《ふじさわ》駅で降りてからは、約十分歩いて、咲太は自宅マンションの前まで帰ってきた。

その前で立ち止まり、向かいのマンションをそれとなく見上げる。そこには麻衣が住んでいるのだ。

インターフォンを鳴らしてみようかと悩《なや》んでいると、オートロックのガラスドアが開いて誰《だれ》かが出てきた。

「あ」

それは、麻衣だった。

咲太と目が合う。瞬《まばた》きを二回。けれど、何事もなかったかのように麻衣は視線を逸《そ》らして素通りしようとする。

「麻衣さん？」

肩《かた》に手を伸ばして呼び止める。

「っ⁉」

すると、咲太の手を振《ふ》り払《はら》いながら、麻衣が勢いよく振り向いた。どこか警戒心《けいかいしん》を含《ふく》んだ態度。瞳《ひとみ》には咲太を観察する光が宿っている。

「え、なに？」

異常なまでに違和感《いわかん》がある。何かがおかしい。その姿は確かに麻衣《まい》そのものだが、まとっている空気はまるで別人だった。

「あんた、誰《だれ》？」

「は？」

一瞬《いっしゅん》、何を言われたのか理解できなかった。

「あんたは誰って聞いてんの」

ストレートで攻撃的《こうげきてき》な口調。いつも余裕《よゆう》のある麻衣らしくない。視線も訝《いぶか》しげで、不信感を隠《かく》そうとしていない。本当に別人のように思えてきた。

理央《りお》の件が片付いたばかりだというのに、まさか、またドッペルゲンガーでも現れたのだろうか。

「ご存知、僕《ぼく》は麻衣さんと清いお付き合いをさせてもらっている梓川咲太《あずさがわさくた》ですけど」

皮肉をたっぷり込めてそう告げる。

「はあ？　こんな目の死んだ男がお姉ちゃんの彼氏なわけあるかっつーの」

小馬鹿にした態度。

「はあ？」

思わず、はあ返しをしてしまう。今、目の前の麻衣は「お姉ちゃん」と言っただろうか。もしかして、双子《ふたご》の妹。いや、妹がいるという話は、前に麻衣から聞いたことがあるが、それは少し複雑な妹のはずだ。離婚《りこん》して麻衣のもとを去った父親が別の女性と再婚してできた妹。母親違《ちが》いの妹。双子ではないし、年齢だって違うはずなので、見た目がそっくりということはあり得ない。

ただ、そうなると、他にどんな可能性があるというのだろうか。まったくもってわけがわからない。

けど、だからこそ、咲太はこう口にするしかなかった。

「お前こそ、誰なんだよ」

と……。

あとがき

本書は『青春ブタ野郎』シリーズの第三巻です。

第一巻は『青春ブタ野郎はバニーガール先輩《せんぱい》の夢を見ない』、第二巻は『青春ブタ野郎はプチデビル後輩《こうはい》の夢を見ない』というタイトルになっておりますので、もし本書から興味をお持ちになった方がいらっしゃいましたら、そちらも一緒《いっしょ》にお手に取っていただけたら幸いです。

一巻だと思い、お手に取られた方……ごめんなさい。

若干既視感《きしかん》のあるあとがきの書き出しになっている点もごめんなさい。


ご質問をいただいたりもしたので、タイトルについての話を少々。

ナンバリングをしない形で、タイトルの一部を変更していくやり方を採用したのは、今回のシリーズに関しては、巻ごとに明確なヒロインが存在するためです。

スポットの当たったキャラクターに、きちんと看板を持たせてあげようという親心……のような気分が働いたのだとご理解いただければと思います。

そんなわけなので、やはり第四巻も『青春ブタ野郎は○×△□の夢を見ない』となります。現状、有力とされている単語のひとつは『アイドル』なのですが、果たしてどうなるのか⁉

何アイドルなのか⁉

次巻は、麻衣《まい》がたくさん登場する予定です。あくまで予定ですが、たぶん、この予定は変わらないはず……。変わらないと思います……。変わらないですよね？

イラストの溝口さん、担当編集の荒木さん、本書につきましても、色々とご尽力《じんりょく》いただきまして、誠《まこと》にありがとうございました。引き続き、よろしくお願いいたします。

今回も最後までお付き合いいただきました皆様方《みなさまがた》にも厚く御礼申し上げます。第四巻でもお会いできることを願っております。恐《おそ》らく、春……ですね。

鴨志田《かもしだ》　一《はじめ》

◉鴨志田　一著作リスト

「神無き世界の英雄伝」（電撃文庫）
「神無き世界の英雄伝②」（同）
「神無き世界の英雄伝③」（同）
「Ｋａｇｕｙａ　～月のウサギの銀の箱舟～」（同）
「Ｋａｇｕｙａ２　～月のウサギの銀の箱舟～」（同）
「Ｋａｇｕｙａ３　～月のウサギの銀の箱舟～」（同）

「Ｋａｇｕｙａ４　～月のウサギの銀の箱舟～」（同）
「Ｋａｇｕｙａ５　～月のウサギの銀の箱舟～」（同）
「さくら荘のペットな彼女」（同）
「さくら荘のペットな彼女２」（同）
「さくら荘のペットな彼女３」（同）
「さくら荘のペットな彼女４」（同）
「さくら荘のペットな彼女５」（同）
「さくら荘のペットな彼女5.5」（同）
「さくら荘のペットな彼女６」（同）
「さくら荘のペットな彼女７」（同）
「さくら荘のペットな彼女7.5」（同）
「さくら荘のペットな彼女８」（同）
「さくら荘のペットな彼女９」（同）
「さくら荘のペットな彼女10」（同）
「さくら荘のペットな彼女10.5」（同）
「青春ブタ野郎はバニーガール先輩の夢を見ない」（同）
「青春ブタ野郎はプチデビル後輩の夢を見ない」（同）
「青春ブタ野郎はロジカルウィッチの夢を見ない」（同）

本書に対するご意見、ご感想をお寄せください。

電撃文庫公式ホームページ 読者アンケートフォーム
http://dengekibunko.jp/
※メニューの「読者アンケート」よりお進みください。

ファンレターあて先
〒102-8584　東京都千代田区富士見 1-8-19
アスキー・メディアワークス電撃文庫編集部
「鴨志田 一先生」係
「溝口ケージ先生」係

本書は書き下ろしです。

電撃文庫

青春《せいしゅん》ブタ野郎《やろう》はロジカルウィッチの夢《ゆめ》を見《み》ない

鴨志田《かもしだ》 一《はじめ》

発　行　2015年1月10日　初版発行
2019年7月20日　17版発行

発行者　郡司 聡
発行所　株式会社KADOKAWA
〒102-8177　東京都千代田区富士見2-13-3
プロデュース　アスキー・メディアワークス
〒102-8584　東京都千代田区富士見1-8-19
03-5216-8399（編集）
03-3238-1854（営業）
装丁者　荻窪裕司（META＋MANIERA)
印刷・製本　旭印刷株式会社

ISBN978-4-04-869173-4　C0193　Printed in Japan

電撃文庫　http://dengekibunko.jp/
株式会社 KADOKAWA　http://www.kadokawa.co.jp/

電撃文庫創刊に際して

文庫は、我が国にとどまらず、世界の書籍の流れのなかで〝小さな巨人〟としての地位を築いてきた。古今東西の名著を、廉価で手に入りやすい形で提供してきたからこそ、人は文庫を自分の師として、また青春の想い出として、語りついできたのである。

その源を、文化的にはドイツのレクラム文庫に求めるにせよ、規模の上でイギリスのペンギンブックスに求めるにせよ、いま文庫は知識人の層の多様化に従って、ますますその意義を大きくしていると言ってよい。

文庫出版の意味するものは、激動の現代のみならず将来にわたって、大きくなることはあっても、小さくなることはないだろう。

「電撃文庫」は、そのように多様化した対象に応え、歴史に耐えうる作品を収録するのはもちろん、新しい世紀を迎えるにあたって、既成の枠をこえる新鮮で強烈なアイ・オープナーたりたい。

その特異さ故に、この存在は、かつて文庫がはじめて出版世界に登場したときと、同じ戸惑いを読書人に与えるかもしれない。

しかし、〈Changing Times,Changing Publishing〉時代は変わって、出版も変わる。時を重ねるなかで、精神の糧として、心の一隅を占めるものとして、次なる文化の担い手の若者たちに確かな評価を得られると信じて、ここに「電撃文庫」を出版する。

1993年6月10日
角川歴彦

電撃文庫

さくら荘のペットな彼女7

鴨志田一
イラスト／溝口ケージ

春。空太たちは高校3年生に進級し、さくら荘にはクセのある新入生が入寮してくる。そんな中、空太×ましろ×七海の三角関係にも変化が訪れて——!?

か-14-16 2312

さくら荘のペットな彼女7.5

鴨志田一
イラスト／溝口ケージ

カタブツ生徒会長とはうはうの馴れ初め、風邪でさらに扇情的になったましろのお話に加え、七海の空太への想いを綴った書き下ろし新作を収録した短編集第2弾！

か-14-17 2379

さくら荘のペットな彼女8

鴨志田一
イラスト／溝口ケージ

ついに天才少女ましろと声優志望の七海から告白を受けた空太。修学旅行が迫る中、空太は旅行が終わるまでに返事をすると約束する。果たして空太の出す答えとは——。

か-14-18 2422

さくら荘のペットな彼女9

鴨志田一
イラスト／溝口ケージ

ついにましろと彼氏彼女になった空太だが、付き合うってどんな感じ!? と新たな壁にぶつかることに。そんな中、龍之介と組んだゲーム制作が始まろうとしていた。

か-14-19 2502

さくら荘のペットな彼女10

鴨志田一
イラスト／溝口ケージ

——なんたって、ここでの毎日は、ほんとに最高だったから。学園の問題児の集まりさくら荘を舞台にした、輝く日々を駆け抜ける青春ストーリーついに本編完結！

か-14-20 2567

電撃文庫

さくら荘のペットな彼女10.5

鴨志田一
イラスト／溝口ケージ

ノーパン少女栞奈と天真爛漫少年伊織の恋模様や、高校卒業後の空太たちを描く書き下ろしエピソード＋おまけ掌編を収録した、これが最後の「さくら荘」です！

か-14-21 2704

Kaguya ～月のウサギの銀の箱舟～

鴨志田一
イラスト／葵久美子

〝自分の見ているものを他人に見せることができる〟という使い道のない超能力を持つ真田宗太。そんな彼が盲目の少女、立花ひなたと出会って……。

か-14-4 1583

Kaguya2 ～月のウサギの銀の箱舟～

鴨志田一
イラスト／葵久美子

とある事情で盲目の美少女ひなたと一緒に住んでいる真田宗太。京先輩からよけいな入れ知恵をされたひなたが接近大作戦を仕掛けてきて……。

か-14-5 1642

Kaguya3 ～月のウサギの銀の箱舟～

鴨志田一
イラスト／葵久美子

晴れて〝おつきあい〟が始まった宗太とひなた。しかしその愛の巣には早々に京が居座ってしまい……。旅行、海、露天風呂とイベント盛りだくさんです！

か-14-6 1713

Kaguya4 ～月のウサギの銀の箱舟～

鴨志田一
イラスト／葵久美子

宗太とひなたの間に生まれたアルテミスコードの謎を解くため、2人は〝ずっと手を繋いでいる〟ことになる。それはつまり、寝るときも食事のときもお風呂のときも一緒ってことで⁉

か-14-7 1769

電撃文庫

Kaguya5 ～月のウサギの銀の箱舟～

鴨志田一
イラスト／葵久美子

ひなたやゆうひとともに「銀の箱舟」に身を寄せることになった宗太。そこで、宗太はもう1人の「かぐや姫」アリサに出会い――？　物語はクライマックスへ!!

か-14-8　1829

軋む楽園《エデン》の葬花少女《グリムリーパー》

鷹野 新
イラスト／せんむ

〝葬花少女〟それは、謎の生命体レギオンから世界を守る人類の最終兵器。少女たちとの出会いによって、高校生・葛見の運命は苛烈にその色を変えていく――。

た-28-3　2705

軋む楽園《エデン》の葬花少女《グリムリーパー》Ⅱ

鷹野 新
イラスト／せんむ

レーヴァンとして覚醒した高校生・葛見は、葬花少女達と共にクリサリスを解放した、はずだった。冷酷に迫り来る破滅と絶望の中、葛見達が見たものは――！

た-28-4　2770

軋む楽園《エデン》の葬花少女《グリムリーパー》Ⅲ

鷹野 新
イラスト／せんむ

熾烈を極めたアイリス戦の終結。だが、その戦いを妨害した人物が――。捜索する葛見達が知る驚愕の事実とは⁉　〝彼女〟はなぜ人類を裏切ったのか――？

た-28-5　2872

お嬢様の幸せは理想郷の果てに

黒羽朽葉
イラスト／旅田尚幸

臆病で人見知りで天然なお嬢様・椋子を育てるために、幼馴染みの赤津慎はアホらしくも涙ぐましい努力を重ねていく。脱力必至の学園エロコメディ、登場！

く-10-2　2874

電撃文庫

デュラララ!!×6

成田良悟
イラスト／ヤスダスズヒト

臨也に嵌められ街を逃走しまくる静雄。自分の立ち位置を考えさせられる帝人。何も知らずに家出少女を連れ歩く杏里。そして首なし《デュラハン》ライダーが救うのは——。

な-9-31　1795

デュラララ!!×7

成田良悟
イラスト／ヤスダスズヒト

池袋の休日はまだ終わらない。臨也が何者かに刺された翌日、池袋にはまだかき回された事件の傷痕が生々しく残っていた。だが安心しきりの首なし《デュラハン》ライダーは——。

な-9-33　1881

デュラララ!!×8

成田良悟
イラスト／ヤスダスズヒト

孤独な戦いに身を溺れさせる帝人の陰で、杏里や正臣もそれぞれの思惑で動き始める。その裏側では大人達が別の事件を引き起こし、狭間で首なし《デュラハン》ライダーは——。

な-9-35　1959

デュラララ!!×9

成田良悟
イラスト／ヤスダスズヒト

少年達が思いを巡らす裏で、臨也の許に一つの依頼が舞い込んだ。複数の組織に狙われつつ、不敵に嗤う情報屋が手にした真実とは。そして、その時首なし《デュラハン》ライダーは——

な-9-37　2080

デュラララ!!×10

成田良悟
イラスト／ヤスダスズヒト

紀田正臣の帰還と同時に、街からダラーズに関わる者達が消えていく。粟楠会、闇ブローカー、情報屋。大人達の謀略が渦巻く中、首なし《デュラハン》ライダーと少年達が取る道は——。

な-9-39　2174

電撃文庫

デュラララ!!×11
成田良悟
イラスト／ヤスダスズヒト

池袋を襲う様々な謀略。消えていくダラーズに関わる者もあれば、なぜか一つの所に集っていく者達もある。その中心にいる首無しライダーが下す判断とは——。

な-9-41 2323

デュラララ!!×12
成田良悟
イラスト／ヤスダスズヒト

新羅を奪われ怪物と化すセルティ。泉井の手によりケガを負う正臣。沙樹は杏里に接触し、門田は病室から消える。混乱する池袋で、帝人が手に入れた力とは——。

な-9-45 2552

デュラララ!!×13
成田良悟
イラスト／ヤスダスズヒト

混沌の坩堝と化した東京・池袋。決着をつけるのはやはり全ての始まりの場所。帝人とダラーズはどうなってしまうのか。そして歪んだ恋の物語が、幕を閉じる——。

な-9-47 2674

デュラララ!! 外伝!?
成田良悟
イラスト／ヤスダスズヒト

みんなで鍋をつつきつつ各々の過去のエピソードが明かされる物語や沼袋から来た偽静雄が絡む「デュフフフ!!」、さらに書き下ろし短編も追加したお祭り本登場！

な-9-49 2789

デュラララ!!SH
成田良悟
イラスト／ヤスダスズヒト

ダラーズの終焉から一年半。首無しライダーに憧れて池袋に上京してきた少年と、首無しライダーを追いかけて失踪した姉を持つ少女が出会い、非日常は始まる——。

な-9-48 2731

電撃文庫

デュラララ!!SH×2
成田良悟
イラスト／ヤスダスズヒト

失踪事件を追う少年達と首無しライダー。街がざわめく中、ついには粟楠会の幹部や八尋の仲間まで姿を消していく。非日常を求めて再び動き出した池袋の行方は――。

な-9-50　2821

デュラララ!!SH×3
成田良悟
イラスト／ヤスダスズヒト

池袋の街で起こる連続傷害事件。その犯人は――池袋を舞台にしたアニメのキャラクター!?　そして、遊馬崎と狩沢に『犯人捜し』を依頼された八尋達は――。

な-9-51　2869

Fate/strange Fake ①
成田良悟
イラスト／森井しづき　原作／TYPE-MOON

それは「偽りだらけの聖杯戦争」。その聖杯に満ちる魂は、真実か、それとも――。第五次聖杯戦争から数年、米国西部にて発現した〝聖杯戦争〟の行方は……。『Fate』新シリーズ始動!

な-9-52　2870

ラストダンジョンへようこそ
周防ツカサ
イラスト／町村こもり

ダンジョンの最奥に召喚された少年・サトル。彼は気弱な魔王の娘・ロレッタを守るため、迷宮の王《ダンジョンマスター》として魔物と罠を駆使し、強欲な冒険者どもを駆逐する……!

す-8-20　2787

ラストダンジョンへようこそ2
周防ツカサ
イラスト／町村こもり

《覇王》を打倒し、迷宮も当分安泰――と思いきや!　スライムさんが資金を横領して一気に経営難に!?　しかも人間の世界の組織『教会』が怪しい動きを見せ始め――?

す-8-21　2877

電撃文庫

魔法科高校の劣等生①入学編〈上〉
佐島 勤
イラスト／石田可奈

累計3000万PVのWEB小説が電撃文庫で登場！ 全てを達観した兄と、彼に密かに想いを寄せる妹。二人が魔法科高校に入学したときから、その波乱の日々は幕開いた。

さ-14-1 2157

魔法科高校の劣等生②入学編〈下〉
佐島 勤
イラスト／石田可奈

優等生の妹・深雪が加入した魔法科高校生徒会。劣等生の兄・達也はその生徒会の強引な依頼で、違反行為を取り締まる風紀委員メンバーとなるが、そこでも波乱の日々は続き——。

さ-14-2 2171

魔法科高校の劣等生③九校戦編〈上〉
佐島 勤
イラスト／石田可奈

『九校戦』の季節がやってきた。全国から集まった魔法科高校生の、若きプライドを賭けた勝負が始まる。夏の一大イベントに沸き立つ生徒たち。唯一、司波達也を除いて——。

さ-14-3 2220

魔法科高校の劣等生④九校戦編〈下〉
佐島 勤
イラスト／石田可奈

『九校戦』に技師として無理矢理参加させられた〝劣等生〟の達也。彼は、未来の魔法師たちがぶつかりあうこの競技の裏で暗躍する、ある組織の存在に気づく。

さ-14-4 2239

魔法科高校の劣等生⑤夏休み編＋1
佐島 勤
イラスト／石田可奈

今度の『魔法科』はウェブ未公開の書き下ろしを含む計六編の特別編！ 達也と深雪の物語の裏で起こっている、彼ら彼女らの意外なエピソードが紐解かれる！

さ-14-5 2308

電撃文庫

魔法科高校の劣等生⑥ 横浜騒乱編〈上〉

佐島 勤
イラスト／石田可奈

全国の高校生による、魔法学・魔法能力・魔法技術を披露する舞台『魔法学論文コンペティション』。司波達也が持つ類い希なる頭脳と能力はそこでも大いに期待され……。

さ-14-6 2359

魔法科高校の劣等生⑦ 横浜騒乱編〈下〉

佐島 勤
イラスト／石田可奈

『論文コンペ』会場である横浜に、異国の魔術師たちが侵入した。ついに司馬達也は、恐るべき〝禁断の力〟の解放に踏み切るのだった。華麗なる司波兄妹の活躍に、刮目せよ。

さ-14-7 2398

魔法科高校の劣等生⑧ 追憶編

佐島 勤
イラスト／石田可奈

今から三年前。司波深雪にとって、忘れられない『出来事』があった。その『出来事』から深雪は変わった。兄との関係も。兄に向ける、自分の心も――。

さ-14-8 2451

魔法科高校の劣等生⑨ 来訪者編〈上〉

佐島 勤
イラスト／石田可奈

雫と『交換留学』で魔法科高校にやってきた金髪碧眼の美少女リーナ。彼女を見た達也は、瞬時にその『正体』に気づき……。司波兄妹の学園生活に、再び波乱が巻き起こる。

さ-14-9 2500

魔法科高校の劣等生⑩ 来訪者編〈中〉

佐島 勤
イラスト／石田可奈

『吸血鬼』事件の全容は次第に明らかになりつつあった。通常の魔法では太刀打ち出来ず、未知からの『来訪者』である彼らが、ついに魔法科高校に襲来する！

さ-14-10 2548

電撃文庫

魔法科高校の劣等生⑪ 来訪者編〈下〉

佐島 勤
イラスト／石田可奈

ロボットに寄生した『パラサイト』――ピクシーは、達也に付き従うことを決める。別次元からの『来訪者』を巡った激突は、魔法科高校を舞台に最終決戦を迎える！

さ-14-11 2582

魔法科高校の劣等生⑫ ダブルセブン編

佐島 勤
イラスト／石田可奈

二学年の部、開幕！ 生徒会メンバーとなった達也と深雪の前に、ユニークな『新入生』が現れる。彼らは、「七」の数字を持つ『ナンバーズ』で……。

さ-14-12 2619

魔法科高校の劣等生⑬ スティープルチェース編

佐島 勤
イラスト／石田可奈

今年の『九校戦』はひと味違っていた。新種目『スティープルチェース・クロスカントリー』への対応が急がれる中、九校戦を舞台に新たな陰謀が企てられる。

さ-14-13 2717

魔法科高校の劣等生⑭ 古都内乱編〈上〉

佐島 勤
イラスト／石田可奈

パラサイドール事件の黒幕・周公瑾の捕縛を四葉家から依頼された達也と深雪は、潜伏先である京都へ向かう。そこで、二人は『作られた天才魔法師』と運命の出会いを果たす。

さ-14-15 2801

魔法科高校の劣等生⑮ 古都内乱編〈下〉

佐島 勤
イラスト／石田可奈

パラサイドール事件の黒幕・周公瑾を追う司波達也。九島家の天才魔法師・光宣と共に、ついに潜伏先を突き止めるが、そこは意外な場所で……。一条将輝登場の下巻発売！

さ-14-17 2866